翁久允叢書 1

悪の日影

須田満・水野真理子 編集

桂書房

はしがき

二〇二三年、翁久允《おきなきゅういん》が亡くなって半世紀。これを記念して、若い世代の読者が手軽に久允作品を読めるようにという要望が寄せられ、誕生したのが〈翁久允叢書〉です。

小説、戯曲、随想、郷土史、宗教論など幅広い著作活動を紹介していきます。

最初の出版は、長篇小説『悪《あく》の日影《ひかげ》』です。サンフランシスコの邦字新聞『日米《にちべい》』に翁六渓《ろっけい》の筆名で一九一五年六月から九月まで連載され、移民文学・移民地文芸の代表作として知られる作品です。この作品は翁久允の最晩年の仕事である『翁久允全集』では第一回配本として、一九七一年八月一日に日本で出版もされました。

なお、カリフォルニア州のスタンフォード大学・フーヴァー研究所が運営する〈邦字新聞デジタル・コレクション〉では、海外の日系人による新聞の多くがＷＥＢ上に公開されており、『悪の日影』の初出はＰＤＦで読むことができます。

公益財団法人翁久允財団

須田　満

編集附記

一、底本は、『翁久允全集　第五巻』（翁久允全集刊行会　一九七二）とした。初出紙として、日米新聞社刊『日米《にちべい》』第一面に一九一五年六月から九月まで合計百回連載された『悪の日影』を参照した。

一、底本の明らかな誤記・誤植を訂正したほか、次のような整理を行なった。

（一）底本での第九五回・第九六回の内容は、作者の意思で削除された箇所が多く、全体の物語の展開に必要な箇所に欠ける可能性があると編者は判断し、初出を本書に復活させた。

（二）旧仮名遣いは、現代仮名遣いに改めた。テニヲハの間違いの多いことは認識しているが訂正や註づけをせず原文のままとした。

（三）旧漢字は、「常用漢字表」「人名漢字表」に基づき適宜新字体に改めた。

（四）初出は、多くの場合ひらがなによる総ルビであるが、本書では難訓と考えられる言葉には、適宜ルビを振った。

（五）当時の在米日系一世は、英単語をそのまま日常表現に組み入れる事が多かったが、初出・底本ではそれを漢字にひらがなやカタカナのルビを振ることで表している。これを本書ではカタカナのルビを振ることで反映させた。

一、本文中には、現代では不適切と思われる表現が見られるが、当時の時代背景と、作品の学術的意義を考慮して、原文通りとした。

一、巻末の「シアトル旧日本人街」は伊藤一男『北米百年桜㈠』からの転載。

一、註釈の主な参考資料

・竹内幸次郎『米国西北部日本移民史』（シアトル市　大北日報社　一九二七）

・伊藤一男『北米百年桜㈠〜㈣』（復刻版　ＰＭＣ出版社　一九八四）
〔初版　正・続二巻　日貿出版社　一九六九、一九七三〕

・坂口満宏『日本人アメリカ移民史』（不二出版　二〇〇一）

・逸見久美・須田満共編『翁久允年譜　１８８８―１９７３』第三版（富山市　公益財団法人翁久允財団　二〇二〇）

・『ジャパニーズ・ディアスポラ・イニシアチブ』（二〇二三年七月二七日閲覧）
https://hojishinbun.hoover.org/?a=p&l=ja&p=home

・『ジャパンナレッジ』（二〇二三年七月二七日閲覧）
https://japanknowledge.com/en/about/copyright.html

（須田満）

悪の日影

長編小説『悪の日影』

翁六渓《おきなろっけい》氏は在米青年作家として頗《すこぶ》る有望なる将来を有し、真摯なる研究的態度を以って在米邦人社会独立の文学を建設すべく努めおるもの。『悪の日影』は邦人の移植発展しつつあるこの荒涼たる太平洋沿岸三州のアトモスフェヤと而《しか》してその間に浮動せる人間の性情とを描きて一種の人生観に達するものなり、本社は敢えて江湖の精読を希《こいねが》う。

(『日米』一九一五年六月二日・第一面)

もうそろそろ、メープルの葉[1]も黄色くなった。一年ぶりでシアトルに帰って来た戸村《とむら》は田島《たじま》と、今日の日曜を半日、キャピタル丘《ヒル》[2]の墓地で暮した。

「僕は汪洋《おうよう》としたコロンビヤの大河[3]に面しつつ半年の労働を続けて来たが収穫したものは、ただ漂浪者の深い寂寥《せきりょう》だけであった」

こう戸村は言って憂鬱な瞳をあげると、あの淋しかった水辺のキャンプで漁歌《ぎょか》を聞きながら、北の国の友達や、思い出の中の女らをそそるように懐かしんだ夜の孤独を思い返していた。

紅い夕日がタコマ富士[4]の裾を塗《ぬ》って残紅が流れるようにピュゼット・サウンド[5]の波を彩った時、彼は田島の黒く黙っている姿を憎らしく思った。なぜもっと友情の断片でものせて、自分のこの制御し難い悲愁を慰める言葉を恵んでくれないのだろう。もうこの友とも、これっきり打ち解けた話もできないような気がする。別れていると何かにつけて慕われた友だったが、異なった生活に一年間も別れていたためか、なにか二人の間には黒い深い溝ができたようにも感じられるのだ。

戸村は、一《ひと》枝のメープルについてる黄色い数葉を、こんな忌わしい思いから紛らすために、一つ一つむしっていた。夕暮を歌う小鳥の声は、やや暑かった午後の熱気を微風にのせ、森の方へ去る気分と調和させて、静かな墓場の淋しさを一層強める。彼等は四年前にこの丘で葬った友の墓を見舞ってから、互いに異なった追想に耽りながらここへ来たのだが、田島の胸にも戸村の胸にもひとしく漂うあの日の残虐で惨憺だった友の最期の光景であった。二人はいつも彼の死を回想するときに、あのだぶだぶ流れる赤い血潮の床板《フロア》を思いに描いた。大きなジャック・ナイフがその血に塗《まみ》れて投げ捨てられてあった。

「おい、しっかりしろ、これッ田山《たやま》！」

急報に接して馳《か》けつけた田島と戸村は、田山の死に瀕した血染の肉体に抱きついて叫んだ。病院に運んで白いベッドに横たえた頃は、もう田山の生気がなかった。……

「君！　田山の死も女なんだ！　悲惨な出来事の裏には必ず女がいる。女は、いけない。いけないいよ」

田島はこう言って、田山の部屋の、今は悲しい形見の数々を手にしながら戸村を顧みた。

「そうだ、あの女だ！」

彼等は田山の仇敵《かたき》を懲《こ》らしめんためにと、翌《あ》くる夜、松若亭に出かけて、昨夜の不祥事についてお房《ふさ》を呼んだ。——その時の光景は、二人の胸に一生消すことのできないもので、同時に二人は一生その印象の回想から戦慄せずにはおれなかったのだ。

「だって、私は何も知らないんですもの」

お房はどこまでも田山とは何ら深い情交がなかったと言い通し、殺害した相手の男のことについても口を切らなかった。

「悪魔! 貴様は、悪魔だ!」

田島はぼろぼろ涙を流しながら女を罵《ののし》った。

「どうしてです。田山さんは自分の勝手で私に惚《ほ》れてきたんでしょう。あの人を誤ったのはあの人の罪ですわ。私はこうした商売をしてるんですからね。まァ一杯おあがりよ」

その落ちついた態度と、びくともしない図々しさに、年若な戸村は度胆《どぎも》を抜かれたのである。激昂した田島はその時、ビーア[6]の盃《グラス》を女の眉間に投げつけた。さッと赤い血潮が女の額から流れたとき、台所から現れた汚ないエプロンの男に田島は組伏せられた。女のわんわん泣き叫ぶ声が、激昂した田島の耳に入らなかった。

「こん畜生。おい戸村、何してるんだ。あんな奴たたき伏せろ、田山の仇敵《かたき》じゃないか!」

戸村は、小震《こぶる》いに震っていた。そしてただ呆然として戸口から入り込んで来たいろんな男や女らの顔を見つめていた。

「何だ！　何だ！」

叫び声、騒ぐ音！　田島は汚ないエプロンの男に締めつけられながらまだわめき叫んでいる。そのうちに女は、ハンカチで額を掩《おお》いながら去った。

「ウ、乱暴しなくたって話がわかるでしょう……」

汚ないエプロンの男が憎らしそうに田島を顧みた。

「でもあんまりだ。戸村、きさまは腰抜けだな」

田島はとうとう三人の男に組伏せられた。

二

あの時のことを思い起すと、二人には切っても切れぬ濃い友情がむし返されるのであった。あれから何かにつけて二人の心を結びつけていたあの事件から、昨日、一年ぶりで旅から帰ってきた戸村と田島は一夜を語り明かした果てに、今日の墓参となったのだ。

あれからの二人の生活はかなり変化していた。同じ郷土の中学[7]に籍を置いた三人は、同じ年[8]にシアトルへ上陸したのだが、戸村と田島は学校生活に入ったけれど、田山はアラスカに飛んだのであった。

一人の愉快な友が、とうとうあんなことで亡くなってから、二人の精神的な傾向は何となく次第に変って行ったのであった。

田島は、どこまでも女を悪魔とした。彼より三つも年若い戸村は、友の死から女に対する恐怖の念も湧いたが、また、そうした暗い世界の歓楽を心潜かに求めるような傾向ももっていた。時々二人の間には恋愛論が始まった。その議論の中には必ず悲惨だった田山の死が論じられた。

「女！　女を恋するもよかろう。だが、女にも種類がある」

田島はこう言って、下町の女のみを悪魔とした。それは彼の場合は祖国ですでに恋を味わい、女を得、そうして若い時代の最初の歓楽をしつくしていたからであった。だが戸村には、そうした時代は今来たりつつあるのだった。

「男の恋は女を対象とする。その女は平等なはずだ……」

「田山の死はどうか。もし彼は恋を選び女を選んだら、あの残虐な最期を地上に残さなかったろう」

田島の眉が上がって、唇が微動し始めると、たばこを巻きつける手さえぶるぶる震うのであった。

「しかし、田山の生涯もあれで面白かったんじゃないか。お房という女を恋して死の結果を得たんだ。もう田山は生まれぬ前から彼の運命があした死を約束していたはずだ。君！　人間がだね、どんなに努力したってその運命の手から遁《のが》れることができないのだよ……」

　こんな事から激論しては、二人は別れ別れの生活をたどるようになった。それから戸村は田島に対して、小さなことまでも秘密にしようとしだした。田島の頑固な女性観とはもう争おうとはしなくなった頃には、彼は一生懸命に何かを求めようと、怪しい眼の光を世界の上に注ぎはじめだした。

三

　好んでラブの詩を読み出したのもそのころであった。どんな書物のどの頁を繙《ひもと》いても〝LOVE〟という字が一字でも見つかったら嬉しかった。彼はまた、邦語の「恋」という字も字画や趣味の上から好きになってきた。

　いらいらしい彼の三ヵ月が続いた——。それは、彼は田舎町で田島とともに学校生活しながらも対象のない恋に悩んだからであった。女！　女！　夢にも幻にも、女という字が眼にちらついた。女という囁きが耳に響いた。彼は文字の上の〝女〟に三ヵ月も悩まされ通した。

「僕の恋は、僕のものだ。そうして僕の恋ほど自由なものはない。僕は如何なる女とでも恋をする権利をもってる。自由をもってる――」

しかし、彼には如何なる女でも恋しようとする寛度《かんど》[9]がまだなかった。彼はただ、彼の理想から彼にふさわしい女を求めようとのみ悶えるのみだった。

そのうちに頭を悪くした[10]戸村は、田島からもいろいろ忠告をされて、一か年休学することにし、そうしてコロンビア河畔の、漁師町生活を体験して帰って来たのだ。

「田島君――」

戸村は、メープルの枝葉をむしり終るとさびしい回想から甦《よみがえ》って、友を顧みた。

「僕はどこまでも漂泊者の悲哀を消すことはできなかったが、時折は馬鹿に冒険的な歓楽を欲し求める性癖のあることを自分に発見したね。なんだか僕は今日、田山の墓を詣《まい》[11]りながら、僕の前途にもあんな厭《いや》な運命が手を拡げて待ってるような気がしてならない――」

「馬鹿な！」

田島は、立ちかけた。そうして戸村の話には何の興味もないといった心もちを打ち消すように彼はいつもやる口笛を吹きだすのだ。

戸村は、やはり自分の真実を知るものは世界の誰でもなくて、自分ひとりだと思うと無限の淋しさが胸をこみあがるのだ[12]。しばらくでもいいからこの淋しさを紛らせる何物かが欲しい。

「もう帰ろうじゃないか」

田島が言うので戸村も立ち上がった。オレンジ色に焼けた西空《にしぞら》の森をかすめて三羽の鳥が飛んでいった。

四

電車の中で、若い粋な女の姿に見惚れる自分に気づいて戸村は、田島を憚《はばか》[13]った。なんとなく田島は自分の挙動に注目してるようで気が狭められた。しかもその注目が自分の弱点と欠点の何かをかぎつけようとする意地悪な努力であるようにも気が僻《ひが》んでくるのだ。

戸村はこの春、漁村の倉庫で親しんだウエラの面影を思いに浮べていた。よく野バラの花をもって来ては、彼の仕事帽のリボンにさしてくれた少女であった。余り語らぬ乙女で聾《つんぼ》の父と盲目《めくら》の兄をもっていた。そうして生まれながらにこの世を悲しむような、哀れな彼女の毎日の生活が戸村の興味を一層惹きつけていたのであった。

「My Hero[14]というソングを知ってる？」

彼はある日の正午《ひる》の休み時間に倉庫の背戸《せど》へ出て、限りない川の流れを淋しそうに見やっている女の傍に微笑しながら立って、こう囁いた。

I have a true and noble,[15]
He is my sweetheart, all my own.
His like on earth who shall discover?
His heart is mine, and mine alone.

というんでしょう？」

ウエラは故郷の春の空を思い起させるような碧い瞳に、歓喜と幸福の色を浮べて微《ほほ》笑《え》んだ。

「ウ、それ、いいソングだね」

白い鴎《かもめ》が、小波の上や、中空を漂《ただよ》ったりしてる中を小さな黒い燕《つばめ》が電光《いなづま》のように往来した。緑の向こう岸は黒いまでに水に映ってる。

アイリッシュ・ブルームの黄花が匂わせる微風に、午食《ごしょく》を終えた漁夫の歌が洩れて、漁村の静寂に美《うる》わしい変化を与えた。町にゆくガソリン・ボート[16]から、白いハンカチを振る女の姿も見えた。

Come! Come! I love you only.
My heart is true,
Come! Come! my life is lonely,[17]
I long for you,

ウエラは、世界のどこかに生きてる情人《スイートハート》を恋うように歌いはじめた。戸村はここへきてから、この乙女の淋しい頬のあたりに浮んだ色と、故郷の空のような瞳と、スイートピーズのような唇から洩れる愛らしい音調とにひきつけられて、いつも暇さえ得れば、傍に行って語ることを好むようになった。

五

「貴方《あなた》は情人《スイートハート》をもってるのかね」

「ああ、もっています」

十八の頬には初めて淋しさを消す色が浮んだ。

「何処にいるの？」

彼は驚きと好奇に満ちた眼で少女を覗いた。

「遠い遠い所にいるんだわ」

それからウエラの小唄は、日曜の夕べや普通の日の正午《ひる》に言い表せない魅力をもって戸村の耳へ響いた。彼等はある日曜の午後、蕨《わらび》のたくさん茂ってる丘を散歩した。丘続きの川の曲りめに、こんもり茂ってる森の梢に数百の黒い鳥が、どんなトラブルがあったのか大騒ぎしだした。ウエラは白い穂になった蒲公英《たんぽぽ》の花を指にしながら、

「これを三度で吹き散らしたら、私の思いが叶うのよ」

何の意味かわからない微笑で、迷信と俗説を信ずる女のように、彼女はしばらく目をつぶってから厳粛な態度で二寸ほど手前の穂花に赤い唇を寄せ、そしてフーッと三度吹いたが、まだあとに二片の穂が残った。

「駄目だわ！」

失望したようにウエラはしぼれ返った。

「何が駄目なの、馬鹿ね、あんたも」

金砂色《きんしゃいろ》のふさふさした頭髪《かみ》に結びつけた空色のリボン。クローバの葉を象《かたど》ったブローチピンに、春の光が輝いて、白い血色のよい首にまきつけた珠数《じゅず》のような首飾り――その部分的な色彩を調和的に見やりながら、戸村は青春らしい幻想を描きだした。

山道には蝸牛《かたつむり》がぬるぬる歩いていた。そうして若葉には毛虫がたかっていた。彼等

は恋を語るでなく、ただ最初の独占的な散歩の自由を終ってから、悩み思うべき一夜を迎えたのであった。

戸村は、その日からウエラを恋し始めた。赤い野バラをおくる少女の細い指に人知れぬキスを与えたのもそれからであった。水百合[18]の花をミルクびんに挿して、その匂いなき花から、女の匂いを嗅ぎ出そうとしたのもそれからであった。ラブ・ポイム(恋の詩)の数々を作ったのもそれからであった。「私の小鳩よ！　私は汝《あなた》のためには地球上の如何なる価値をも惜しまぬであろう。コロンビヤの流れも、オレゴンの森林も汝《あなた》に代わる愛の美《うる》わしさはもたぬ……」といったような手紙を書いたのもそれからであった。

六

アイリッシュ・ブルームが蜂や蝶にその亡骸を見せると、ライラックの匂いが田舎家の垣を飾り出した。蝶々草《パンジー》とポピーが教会の庭を色どると、駒鳥《ロビン》が啼く。栴檀《せんだん》の若葉に黄色な小鳥がとまって、バラの花が綻《ほころ》ぶと無憂樹《アソカツリー》[19]が初夏の緑を濃くする。コロンビヤの水源で、暑い陽光が雪を溶かすと水色が濁り始める。小鳩のようなウエラと、丘のガムの樹の小蔭で、日曜のはかない逢瀬を楽しむ頃には、互いの胸に秘密らしいものがからまる。そうして同じ仕事場の朋輩どもから忌わしい排斥と皮肉の声が頻《しき》りなしに伝えられるようになって来た。意地の悪い岩田は、五人の仲間にいちいち戸村とウエラとの甘い仲を悪意に吹聴し始めてから、漁師仲間のウエラを見る眼色も変りだして来た。

「ウエラをジャップにやるもんか」と荒くれた漁師の若者らは、ささやき合うようになった。三角帆《さんかくほ》を立てた小さなボートに黒い合羽《かっぱ》を着た二人ずつの漁師が、乾いた網を積んで出かけるが、あくる朝になると生々しい鮭を山ほど積んで帰ってくる。

戸村は、同胞の意地悪い反感と白人漁師の激昂と、嘲笑ばかりしている支那人の間にはさまって、遂げ難い恋《ラブ》を恋しつつ不快な毎日を陰惨にくり返していた。

ウエラの顔も日に日に蒼ざめてゆく。噂になってからの彼女は、一層悲哀に包まれる容貌となった。臆病な戸村は、激しい恋の炎に包まれながらがじがじ[20]した気分を沈黙の鎖につないだ。

「戸村君、一度ぐらいは物にしたんだろう？」

岩田は、鴨の首のようなパイプを厚い唇にくわえながら、ある夜、キャンプの団欒《だんらん》に戸村をひやかした。

「失敬な事を言い給うな」

いらいらした戸村は、頭から、この嘲笑を怒った時、一同は意味ありげな顔を見合してクスクスするのであった。

彼は自分のベッド[21]に帰ると赤い南京酒の素焼びんに口つけて、くたくたした気分を医《い》やすために、ぐっと一口飲み下《お》ろした。隣室からは、まだ何か笑い嘲《あざけ》る声が漏《もれ》てる。それが自分に関連していることのように戸村は気持ちを揉《も》ますのだ。

七

向こう隅の室《へや》から、南京の若い男が蓄音機を鳴らすのが漏れてくる。そのわけのわからない支那の音楽に耳を傾けていると、小窓に小さな石を投げつけたらしい響きがするので、覗くと一人の女が、ほの暗い夜の中にぽつねんと立ってるのだ。

戸村は、そっと自分の部屋を抜けて、罪でも犯しつつある人のように、がたぴしがたぴしいう階子段《はしごだん》を下りて、濁った空気のどんよりした食堂をぬけて大戸《おおど》を静かにあけた。

と、ウエラは小声で、早くあとからついて来いと囁いた。

川原に建て出されたキャンプをあとに橋を渡った二人は、町の方にゆく電車道を横切って崖下の松の樹の下に佇んだ。

川風がほろろ寒く肌に染みると、潮満つる小波の音がウエラの動悸の如く彼の呼吸に迫った。三、四点の星が薄暗い空に浮いて、遠からず月が昇るべく、東の空はやや明るくなっていた。

「どうしたの？」

柔らかい小腕を握って、戸村は潜《ひそ》かに小声を耳に通した。

と、ウエラはほろほろ泣いてるのだった。

「どうしたの？ ウエラ？」

肩に手をかけると一層強くしゃくり上げる。驚きと恐れに襲われた戸村は、手の施しようもないように、しばらくぼんやりしつつも、不安の中に震い込んだ。ややしばらくして、「ねえ、ウエラ、どうしたの？」

潮満つる音と、女の泣き声が、悲しい幕の音楽のように、戸村の心をひき締めた。一羽の蝙蝠《こうもり》が、松の枝を掠《かす》めてキャンプの屋根へ飛んだ。

「あのね――」ようやくウエラは話し始めた。

「私、ことによったら、明日《あす》から町の方のキャナリ[22]へ働きにゆくかもしれないわ」

「そりゃ、どうして？」

「どうしてって……」女はまたも泣く。

「漁師の連中らがかかってここに置いたらいかんというんです。昨日《きのう》から私は随分争ったのよ。伯母なんかでも漁師どもの讒言《ざんげん》をきいて、私と貴方《あなた》の仲を誤解し切ってるんだわ……」

「……そうか」かなりな沈黙の後に戸村は、涙を流しながら力なく呟いた。

八

戸村は昨日シアトルへ帰って来た背景には、田島とそうした情緒的な苦悩と漂浪的な悲哀を親しく打ち解けることのできないギャップを見い出した不快と不満もあった。一年の漂泊を頭に浮べると、なんだか気分がぐらぐらしてとりとめもなかった。人間は、こうしていろんな経験の上に悩みと悲しみの国を自ら建設しつつ窮《きわ》まりない道を辿《たど》ってゆくうちに、青春には見離され、残忍な老年と暗黒な死の影へ抛《ほう》り出されるのだと思うと、今少し強い自我の発揮をし尽して、あらん限りの歓楽に入りたかった。水辺の生活を営んでいた頃にも、支那人の老人が、腰も曲り頭も白髪《しらが》になってるのに、赤爛《あかただ》れた眼をしわくちゃさせながら臭い煙草を燻《くゆ》らしながら、何らこの世を意味あるらしく思うでもなく、小汚ない生活をしつつ今にも死にそうな毎日を送っていたのを目の前に見た時、どんな青年も美人も、一度はこうなってゆくのかと思われ、どれだけ老年を呪ったかしれなかった。彼は時々、頭髪の中に白い一筋の毛を見出して、むしゃくしゃしながらいらだって引き抜いたこともあった。そうして、生命は自分を嘲《あざけ》ってるようにも思われて、抜いた白毛《しらが》をずたずたに噛み切ったりした。また、鏡に対して去年とみれば褪せ始めた唇の色を惜しんだ。往来で出遇う自分より若い青年を見る時は、ただこうしておれないような気にもなった。自分の前には老いという仇敵が死の国を背景にして待ち構えてるが、後ろには青年という歓楽が、春の野のように幸福を盛りながら絶えず歌い、絶えずかちどきを挙げている日々に、自分は青年の領土から追われつつあるような気がして、二十四という年の悲しみを切実に味わわずにはおれなかった。

「もう人間も三十になったら駄目だ！　二十五までだ！」

若い時に喧嘩ばかりして来たと、その頃の元気な時代を謳歌ばかりしていた舟乗りの四十男が、かつてふとしたことから懇意になり、青年が好きだ好きだといってはご馳走してくれたが、その男の悲痛な額に刻んだ皺《しわ》を戸村はいつも思い起して、来年で別れようとする人生の最高歓楽が、いつ自分に与えられることだろうと思い悩んだ。こうしてるうちに、自分も若さを誇るに足る何らの形見も領有せずに、残酷な老いの姿に虐げられるのかしらと思えば、勉学も努力もすべての自分のつまらない欲求を捨てて、ただ歓楽を目的とした世界に身を浸し込もうとも思うのだった。

九

田島はジェイムズ[23]のプラグマチズムがどうの、オイケン[24]の哲学がああのと、堅苦しい話ばかりしているが、自分よりか三つも年が上になれば、もうあんな馬鹿馬鹿しい哲学なんどを考えなければならないのかしらと思われもした。

……赤い燃えるようなドレスを着た女が今、電車から降りた。戸村はその後ろ姿から目を放った時に何気なく視線の末を田島に注ぐと、哀れな老を語るような眉間の皺が深く刻まれて、少し禿げ上った額にはまだまだ、たくさん残した世の中の歓楽を忘れているように見えた。

「妻君の方から手紙が来るかね」

戸村は、自らを偽る自己の悪徳を掩《おお》うように田島を顧みた。

「ウ、時々来る。……困ってるらしいよ」

淋しく笑う。

「どうして?」

「どうしてってさ、僕はどうも手紙を書くのが嫌だからな」

「やっぱり君は、例のとおり音信しないんだね」

勝手に夫婦になって、勝手に別れて、勝手に音信不通になってる友人のことを、戸村は自分の身にひきくらべるほど同情をもちはしなかった。寧ろ、困ってる妻君がもう少し困る方が面白いように思われた。冷たい女性観を抱いてる田島に対する復讐としてでも、今少し妻君を悲しめさしてやりたいとさえ思った。

「僕は妻を忘れることはないが、しかし君、どれだけ書いたって夫婦仲の音信ほど平凡なものはないよ」

「そうだね、元来夫婦というそのものは平凡なんだからな。僕は夫婦者を見ると頭から可哀そうになるね。平凡な生活の中に安住してさ、無意味な肉交を遂げてさ、そうして結果は生活難の種となる子供を産む。夫婦というものは平凡なもので神聖ではない。神聖な人間のライフはラブのあることだね。僕は一生、ラブに生きてラブで死にたい……」

「そのうちに君もわかるよ」

田島は、こう言って欠伸をするのだった。

「オイ、一日どこ歩いて来たんだい。探したよ……」

電車を下りてから日本人街《まち》をてくてく歩いてくると角で、キリスト教青年会の連中が何か群集に対《むか》って説教をしてるところを過ぎようとすると、向こうからポケットへ貧乏そうに手を突込んで来た大山《おおやま》と浮田《うきた》は、忙しそうに二人に突き当らんばかりに言うのだ。

「何かあったのか」

戸村はこう言って、浮田の顔に添わない[25]口元の変なパイプを眺めた。

「何もなかったけれど、君は今度文芸講話会[26]の幹事になってるんだから、来週やるならやるで場所も決めなきゃならず、研究のことも決めておかなきゃならぬ。それで相談しようと思っていたのに……」

「そんなに怒らなくてもいいだろう。来週のサンデーだろう……」

「ウ、君はいつ帰るんだい」

田島を顧みて浮田は、ぽかりとパイプから煙を出した。

「今晩帰るよ。戸村君、君はどうする」

戸村は、ようやく明日から田舎の学校が始まることに気がついた。折角帰ってきながらまた、島へゆくということは、空腹でありながらたくさんの御馳走を眼の前に置いて引き返すような未練もあった。

「二、三日、君は遊んでゆけ！」

大山は今まで黙っていたが、戸村の飢えた心を見透《みすか》して、同情をもって言ってくれてるようにも思われた。しかし田島の手前、その心もちを見透されるのがひとつの弱点を握られるようで、小さな反抗が胸に起った。

「まァとにかく、晩めしでもやろうじゃないか」

浮田はこう言って、角のめし屋に入ろうとした。丁度その時、讃美歌がキリスト青年会の連中から手風琴《ハンドオルガン》のリズムにのって流れて来た。停車場の時計台は、ほの暮《く》るる初秋の街を物淋しく見せるシンボルのように七時を過ぎて立っていた。

めし屋の二階に上って青いカーテンの中へ四人は吸い込まれた。丸ぽちゃの女は、去年も時々食いに来た時見染めたよりもより若く見られた。

「しばらくでしたね」

といって、茶をついでから注文どおりに肉鍋を運んで来た。浮田はビーアをも取らした。四人は戸村を中心として一年間の変遷を語り合った。山の手の白人の家に働いていた河野《こうの》は、よく白楊《しろやなぎ》の並木を縫うて[27]下の明るい町の灯を恋うて、毎夜来てはお文《ふみ》に逢っていたが、三週間前に北の海辺のキャナリへ行ったことや、どこへ行っても二ヵ月とは続かない美術家の菊川《きくかわ》は河野の後を追うて行った。それから俳句をやる島《しま》田《だ》は、恋に悩んでいること、劇を研究してる山田《やまだ》は盛んに耽溺するようになったことや、それから彼等を中心として裏面を飾ってる娼婦らの一群に話が移った。

「戸村、君に座布団をプレゼントしてくれた女な、ありゃ近頃すっかり腕をあげたよ」

浮田は、浮々した調子で、もう二、三杯のビーアに顔を赤くしながら変な口つきで例のパイプを吸いはじめた。戸村は、

「お文かい？」

と何気なく言って

「どう腕をあげたんだい」

「河野をはじめ、城田《しろた》、川辺《かわべ》って連中を手玉にとって怪腕を揮《ふる》ってるよ――」

田島はつまらなさそうに、嫌な時は口をゆがめる例の癖を始めた。戸村は、座布団の女の記憶をよび起していた。

――それは一昨年の冬であった。文芸講話会が初めてあそこの料亭で開かれた時、

彼はビーアの鬢《びん》を運んでくる二十五、六の優しいしとやかな女の姿を見た。束髪《そくはつ》[28]に結った頭と長い顔とが、少しだらしなさそうな口元とあまり高からぬ鼻と目つきに、何ともいえない艶《あで》やかな印象をとどめてるのが、どことなく戸村に好きだった。しかしその頃はまだ日本からきて間のないことだったし、こうした社会の女に対する同情というよりはむしろ嫌悪が勝っていた。その晩の印象から彼は二、三回お文に接する機会を得た。そうして冬休みにシアトルへ出て来た時分は、もう自分の姉さんのように思われていたが、それも心の中に深く秘めておいた。彼は友達にさえその秘密を打ち明けなかった。ところがある日、自分のホテルへお文から座布団が届いていたのであった。

十一

四人は角のめし屋を出てから、一先《ひとま》ずホテルに帰った。文芸講話会の倶楽部にはアラスカ・ボスの小出《こいで》が一人で碁盤に向かって黒と白の石を並べていたが、戸村を見ると、

「オ、久しぶりだな」

と立ち上って握手した。

しばらくすると、タコマにいた熊谷《くまがい》がやって来た。髭を生やしたりしてる。戸村は、あちらにいた時分にも、この友とは最も親しく文通していた。そうして、芸術だの恋愛だのと互いに議論ばかりした手紙を書き交わした。

「小鳩をどうして来たね」

と熊谷は例の皮肉な調子で戸村に言うのだ。そうして笑ってる。彼はあとからゆっくり話すという目つきをして、椅子に腰かけると浮田は、

「オイ、朝鮮《ちょうせん》、一番やろうか」

小出は朝鮮といわれて腹を立てるでもなく、浮田を前に置いて黙って白を取って相手になってるのを見ながら、戸村は微笑《ほほえ》まずにはおれなかった。大山も田島も、二人の碁に目を注いだ。戸村は熊谷と顔を見合わしたが、

「いつ島へ帰るんだい」

と聞かれて、また古疵《ふるきず》をつつかれたように胸がどきどきした。田島は一寸《ちょっと》振り向いて、

「ああもう二十分しかない。君は二、三日遊びたけりゃ残ってもいいよ」

「じゃ、僕は明後日《あさって》帰ろう」

「そうし給え」

田島の帰るのを船場まで見送るために熊谷と二人で出かけた。日曜の第二街は淋しかったが奇麗だった。田島が船に乗り込むと二人は、ぶらぶらしながら帰って来た。

「君のクインというのはタコマにいるのかい」

戸村は熊谷と腕を組みながら幾分か晴々した気分になって、こう訊ねた。

「しかし、つまらんよ。僕はもうつくづく悲観してる。君、女っていうものは疑問だ、謎だ」

「だから面白いんだよ」

こんな事を言いながら日本人町に出ると、向こうの軒燈《けんとう》29が恋しく思われた。

「久しぶりで行こうか」

戸村がいうので、熊谷は呆れたような顔をして、

「君は、今では平気で料理屋へ行けるような気分になれたのかい」

「だって仕方がないんだものね」

戸村は大分気が立って来た。

「僕は一年間の漂浪で、すっかり僕を革命してしまった。漁村から二マイルもある町へは遥々《はるばる》歓楽の鬼を漁りに行った僕だものね」

「しかし、お互いにそうなってゆくんだな。考えてみると、僕等も実際、人から羨望

されなければならない年なんだもの。もう二、三年したらすぐ三十という不吉な年が手を拡げて待ってるんだぜ……」

戸村の胸には自然的な誇りが湧いた。如何なる女もこの青春の熱烈な情火に投じたら、操を破っても恋を投げかけてくるに違いないという勝利の思いが、心臓の動悸とともに頭へ上《のぼ》った。

「実際、僕等は不幸な境遇に流された刑人のようなものだね。二十四、五という年まで、不充実な生活に追いたてられて来て、結局は何もない。もう金も権力も位置も見切った」

熊谷は泣かんばかりに切実な小声を立てて戸村と組んでる腕をしかとひきしめた。

「移民地！　情けない世界だ。哲学も詩も文学もない世界だ！　……しかし、太陽だけは輝いている。熊谷！　僕達にはまだ与えられた自由が束縛されずに残ってるんだよ」

二人はいつかほの暗さが情緒をそそる軒燈の下に来ていた。

「どうする」

「はいろう――」

浅黄《あさぎ》の暖簾に白く屋号を染出した下を潜《くぐ》ると、奥からばたばたと出て来た二人の女

は、

「いらっしゃーい」

と金切り声で叫んだ。二人はしばらく途方に暮れていたが、示されるままに一室を陣取ると、さっきはまはっきり目に映らなかったお文がにこにこしながら茶を運んできて、

「まァ、しばらくでしたことね」

と手を取らんばかりに懐かしんでくる。

「僕を覚えてる？」

戸村は、少し真面目になって、つんと澄まして見た。

「忘れてなるものですか」

「あの時代からとみれば君も随分変ったそうだネ……僕も変った！」

熊谷はにやにやしながらカキ餅《もち》を頬張っては茶を啜《すす》った。

十二

戸村はビーアの四、五本も傾けると、例の浮々した調子で漁村の生活を語り出した。

熊谷はその話の中から何かの意義を探り出そうとする努力を唇頭《しんとう》に浮べながらお文に

グラスを渡すのだ。

「とうとう僕もあの町で洗礼を受けて来たよ」

戸村はじろりとお文の横顔を見つつ、

「エルサベスという女でね。――エルサベス。いい名じゃないか。僕はその女の容貌よりも名に惚れたね。……というのは、僕はある独逸《ドイツ》の小説を読んだ中に、女主人公の名がエルサベスといって、非常に薄命な女だった。それを思い出すとなんだか、その小説の女ででもあったような気がしだして、僕は自然と熱くなったんだナ」

熊谷は、髭を変な指つきでむしりながら、

「すると、その女は例の小鳩とはちがった女かい」

「ウ、小鳩の女[30]との幕《カーテン》が下りてからの戯曲《ドラマ》さ」

「ウ、そりゃ面白い」

戸村は、冷たいグラスをのみ干してから友の前に置いた。

「春雨がしとしと降った晩方でね、仕事が終ると僕は不愉快なキャンプの仲間から逃れたい願望から、君の所へよく抄出して書き送ったバイロン[31]の詩集をポケットに入れて電車に投じた。長い一直線な川岸の電車道の右側は崖になっていて、枝垂柳《しだれやなぎ》が一面に茂っていた。丘の上には、樫《かし》や白楊がじっとりと雨にぬれている。川面《かわも》から起る霧が、だんだん濃くなって、明朝《あす》の大漁を予示していた。僕は田舎から町へ何かの用で出かけるらしい四十女の側《そば》に座しながら、町のどこへ行こうかというあてもなしに、ぼんやり町の灯影《ひかげ》を恋うていたのである」

例の癖で、戸村は話をやり出すと細かい叙景から始めなければ済まなかった。お文は又、そういう話しぶりを好いた。戸村の頭には、電車を降りてから長い橋を渡って小雨の中を悄々《しょうしょう》と立て襟の男が、町の灯影に吸い込まれゆく情景がまざまざと描かれた。

意地の悪い岩田《いわた》、そうしてもとは舟乗りしていたが、脱船して加州《カリフォルニヤ》の方々を回った果てに喧嘩から人を殺し、三年の懲役に服して来た須藤《すどう》。南京《なんきん》[32]に尻を売って馬鹿な金を博奕場《ばくちば》にもってゆく佐々木《ささき》。暇さえあれば相手を探して花札を引いてる金子《かねこ》。……そうした忌わしい同胞の一群がまざまざと頭に浮んだ。彼はそんな社会であることを承知で出かけたとはいえ、そうした仲間とどうしても同化することができないで、仕事が終りさえすればキャンプを捨てた。雨が降っても外に出た。おまけに、その時分は自分の罪悪暴露を恐れた須藤は、戸村の排斥を企てた。——戸村が漁村へ来《き》始めの頃、須藤と心置きなく話をした一夕、感激のあまり自分の過去の罪悪を告白してから、彼は他の人に漏れんことを恐れたのだ。そうして戸村がウエラと関係あるごとくに吹聴して、岩田を煽動し、頻《しき》りと佐々木をつついた。

「どうでも勝手にするがいい」

戸村は、こうした投げ出すような気になって、いつもキャンプを捨てては外に出たのであった。その頃の事を思い起すと、今でも頭がぐらぐらする。そうして薄どんよりしたキャンプの空気、だだッ黒い小汚ない戸の方々に貼りつけた支那人の赤い唐紙《からかみ》、夜は南京虫[33]に襲われて夢まで汚ない……。

そういう生活の中に一縷《いちる》の光明を繋いで淋しい孤独な自己に幾分かの色彩を与え、寂寥な心に変化を恵んだものはウエラであった。彼女とは割りないことから交際を断たれた反動が、いよいよ色街のエルサベスへと流れたのだ。

こんな回想を瞬間の頭に浮べて、戸村は唇を拭いながら語り続けた。

「日本人町の玉場《たまば》[34]へゆくと、汚ない風をしたジャップどもが、資格のある吾々までも排斥させる反感を米人に与えるために、群がり遊んでいた。奥の玉台は博徒で黒くなっていた。ちょっと見ると五尺七、八寸もあるような大きな日本人の女が、五尺足らずの男を相手に、醜い顔をしかめながら何か話し込んでいる。あとからわかったたんだが、その男はその女の亭主だったのだが、そのコントラストは非常に面白かった。僕は誰も知った者が居ないし、なんだか昨夕《ゆうべ》、南京虫に食われたあとが気もち悪いので、そこのお上さんから風呂屋のあるところを教わってその玉場を出た――」

十三

戸村は、玉場の横の小暗い小路から板道《いたみち》(道は川原に突き出しているから街路の下は潮満つる時は水になってるその上)を教わったとおり、がたくさ[35]した五、六軒の家を越すと〝日の出亭〟と薄ぼんやりした行燈《あんどん》をかかげた家の前に立ちどまった記憶を喚《よ》び起した。――

ちりりん、と戸を押すとベルが鳴って、水滸伝《すいこでん》[36]中の豪傑のような頬に二寸ばかりの傷ある男が出て来て、

「いらっしゃい」と声をかけた。

「お湯ですか、沸いていますす」といって、入口から三つばかりの戸を経た次の戸を押し開けた。蝿の糞が一面についてる電球をねじると、ぬるぬるした板の間の向こうに三人ほどしか入れないような湯船に濁った水がどろどろしていた。服を脱いで入ると今まで人がいなかったように思っていたのに、お湯の中から、ぬっくり首を伸ばした者がある。吃驚《びっくり》して、

「やア、今晩は」

というと、向こうは、

「戸村君じゃないか」

薄暗い光で湯気を透して見ると、佐々木だった。

「どうした、一人で？」

「ウ——」

それから、佐々木はそわそわしながら湯をあがって、さようならとも言わずに去った。僕は、何だか不吉な前兆でも見たような気もちとなって、久しぶりで垢だらけな体をごしごし手拭で擦《こす》った。

お湯がすんでから、奥の方で何か艶《なま》めかしい声がするので、寒気の立つような暗い廊下を向こうにゆくと、暖簾のかかった部屋に卓子《テーブル》や椅子《チェヤア》の並んだ料理屋風の部屋が四つほどある。それを越えてゆくと、台所らしい薄暗い隅の方に怪しげな二人の女がビーアを飲みながら浮いた調子で三人の男を相手にさざめいて[37]いるのだった。

「今晩は！」

と顔を出して、銭を払い、そうしてさっきの顔に傷のある男に、

「ここは料理もやるんだね」

「へ」

と、つけたように腰を曲げる。

僕は、一室に入って一人でビーアを傾けてると、ケッチンの方の笑い声が、女の金切り声をもって最後となり、それから角立った日本語の男どもの荒声に変った。しっかり聞こえないが、一人の男が何か頻《しき》りと叫んでいたが、しばらくすると他の男が、

「なんだ？ こん畜生、生意気な」

と言ったかと思うと、皿の割れる響きが轟然《ごうぜん》と聞こえた。女等の叫び声と共に、総立ちになったらしい。一同は喧騒な声の中にしばらくは取り組んでるようだ。

僕も、つい浮々して立ち上がり、そこの入口にはいって光景を見ると、二人の女郎は隅の方でちぢこん[38]でいる。だだッ黒い床板《フロア》に割れた白い皿の破片を越して一人の男は額からだらだらと血を流しながら、後から押えられた男をもぎ放そうと悶《もだ》えてる。こちらの男は、やはり罵っている。

なんでも女郎の事から起った争闘らしかった。二人の女郎は、僕の現われたのを機会にでもするように、二人の争う男を盗み見ながら、こそこそと逃げた。そのとき僕は、非常に驚いた。というのは、先刻《さっき》は後ろから見たせいかわからなかったが、今見ると血まみれになってるのは、佐々木であったことを知ったのだ。

「オイ、佐々木君！」

と、同じキャンプの男だから声をかけようかと思ったが、大体平生から僕に厚意をもっておらぬ男だから、黙って自分の部屋に帰り、いろんな事を思いながら、ひとりでビーアを傾けた。

しばらくすると、外から二人づれの男が入って来た。台所《ケッチン》の騒動を見て、すぐその中に投じ、何か言ってるようだ。すぐ人の喧嘩を買いたがるのは日本人だから……。

大分静かになってから、さっきの男は申し訳のように二本のビーアを運んできて、

「どうもすみませんでした」

というから、一体どうしたんですかと聞くと、

「どうって、あの女どもが悪いんです。毛唐の女郎は表面は甘く言ってるけれど、なかなかですからね」

と、顔に似合わぬやさしさで説明するのだ。

「まァ、色仇《いろがたき》といった風の喧嘩なんですよ」と小さく笑う。

「佐々木はあんな若い癖に、そんな女をもってるのかね」

「どうしてどうして、あのサイノコ[39]と来たら」と、首をすくめて肩をゆすぶった……。

戸村の話が切れぬうちに、お文はほかの女と代った。

十四

中途から入って来たお国《くに》は、戸村の話に何の興味もなさそうに熊谷へビーアをつぐのだった。その態度は、なんだね、こんなところへ来てそんな下らない話を——と思ってるように見えた。

「君は知ってるだろう？　戸村君を」

と、熊谷は戸村の話の中途からお国に言った。

「見覚えがあります。今、お文さんから聞きました……どうぞよろしく」

毒婦らしい口を歪めて、じろりと戸村を見返した時、彼はこの女の第一印象として、男を好いてきたら、どこまでも追っかける女だというような感じを受けた。その毒婦らしいところが、今まで優しくてしとやかな女のみを理想してきた戸村の心に、異様な反抗と、それに伴う憎悪をおくったが、それが又、一生忘れることのできない女のようにも感じられた。酒を飲ましてぐでんぐでんにして、真裸《まっぱだか》にしてから、身体中を舐《な》めてやりたいような気にもなるのだ。おかしな自分だとその矛盾した気もちを繰り返しつつ、戸村はお国の横顔を覗いては目を伏した。

そうして話の続きを頭の中でまとめようとするもののごとく、熊谷の方へグラスをやっては、しばらく目を閉じるのだ。――

――「日の出亭」から、少しいい機嫌になって出た戸村は、小雨の道に立ちどまって、その行先を思案した。まだ見ぬ世界を探りたい好奇心と、初心《うぶ》な恐怖が彼の心を閉めたり緩めたりしていた。――自分はあの時、再び玉場に帰って大きなお上さんが変な腰つきで相手の男と玉を突いてるのを眺めていたが、ふとした出来心に誘われてまたも小雨を潜《くぐ》った。そうして支那人街を抜けると、明るい窓が三間ほど置きに並んでる中に、いろんな女たちが思い思いの化粧をこらして、伊太利人《イタリー》、希臘人《ギリシャ》、北欧人、日支人らが、ぐでんぐでんに酔いどれて歩く一人ひとりに目くばせをしたり、呼んだり叫んだり、囁いたりしてる長屋続きの通りを往来した。四辻《よつじ》の四ッ角には大きな酒屋があって、伊太利人の音楽師がヴァイオリンやピアノを弾く。肉に飢えた一群の男どもは、その角の酒屋のまばゆい電燈《あかり》の下を潜ってウィスキーを呷《あお》り、唄い踊っては三々五々、手を携えつ四つのサイドウォークのどれかにゆく。自分もあの裸体の大額を四つも掲げた明るい酒屋に飛び込んで二杯の冷たいビーアを傾けてから、向こうの大鏡に映る自分の姿を見て言うにいわれぬ淋しさを心に刻んだ。というのは、そこらに立ち騒いでる一群の陽気な白人に比して、自分の面影が青ざめ、体躯《たいく》も貧相に見えて、とても彼等とは、女の上で競争できないというような悲観が来たからである。額の中の裸体美人は、酒に浮かるる男どもの一瞥に、すぐ温かい肉を求めさせるような、淫猥なものであった。

音楽師の二人が唄い始め、奥の円卓には五、六人の博徒が盛んに金貨銀貨の音を立てている。自分はその光景の中に、今まで貴族的な思想に生き、自我を没却した生活の中に束縛を感じながら屈従して来た馬鹿らしさを嘲《あざけ》ってみた。歓楽の世界が春のように、人々の面に現われていた。自分はその時、官能の一つ一つを開放するような音楽のリズムにつられながら足どりをやっていたのを覚えている……。

戸村は、その回顧から話しかけたのであった。そうして、二度も三度も自分の理想に合った女を見出すべく、一人一人の顔を選んだ。百二、三十人も巣をつくってるこの開放された街の、幾万の男の視線に硝子も曇るような窓のカーテンが処々に降りていたりした。その掩われた窓の中にはあの芝居が始まってるのだ。若い十七、八から四十五、六までの女たちが、野の花のごとく咲いている。二ブロックにわたるこの怪しい巷を、砂糖に群がる蟻のごとく、すべての希望欲求を、瞬間の肉に贏《か》ち得る歓喜に同化すべく蠢動《しゅんどう》[40]してる。彼は六、七十のお爺さんまでがそこらを彷徨して歩く現象をみて、滑稽と共に哀れさを感じた。地球上の人間が、一生を通じて愛着し、固執する隠された欲望がこの巷に公開されているのだ。この世界には道徳も宗教も哲学もなかった。ただそこにはフランスの官能満足に耽る病的な詩人・芸術家らの作品が展開せられてるだけだった。

「なんという面白い世界だろう」

彼はあっちにもこっちにも黒い影の男が、白い女の窓に吸い込まれたり吐き出されたりするのをみては、果敢《はか》ない天国と地獄が彼等のうしろに描かれてるように見て過ぎた。——

十五

「一通り覗いて歩いた末に、人通りも少なくなった一番端《はな》から更に一まがりした奥の方に行くと、普通の家のようなペンキ塗りの小さな家の前に赤い四角な軒燈《けんとう》がついていた。軒下には赤い葵《ジレニャム》[41]の花が、年増女の袖裏《そでうら》[42]のように、黒い暗《やみ》をほの赤く艶《えん》に彩っていた。小窓から青い瓦斯《ガス》の火が明るく洩れて、細かく降ってる窓外の雨を絹糸のように見せた。その光景の中に僕が何かを求め探すような、憧憬に満ちた身体《からだ》をしばらく立たしていたと思い給え」

戸村は、熊谷にじっとりとしたその時の気分を与えんために、散文的に物語った。

「と、窓の中に一人の女が、今、うしろの戸を開けて入って来た。手には鳥籠をもってる。よく見ると小さな白い鳥が飛んでる。女の視線はしばらくして窓外の僕に放《はな》された。

『カム・イン、ハーネー[43]……』

鏡台の上に鳥籠を置いた女は、窓の方へ寄って来て、やさしく誘《いざな》うのだ。そうなると、大胆に入るということのできない僕である。女の誘惑しないうちに自分から征服して大胆に入ればこの悔いもなかったろうに、自分一人で気がむしゃむしゃするのだ。

そうして、自分の野卑な欲望を抱いてる心の中を見透《みすか》されるのが嫌さに妙な反抗をもってその場を去ったものである。女は窓をあけて追っかけるように叫んだ。僕は悪いことでもしかけたような気に襲われて、少し足ばやにもとの道へ引き返した」

「まァ――」

と、お国は阿呆らしいといった風に熊谷の顔を覗きながら、戸村のグラスにビーアを注ぐのだ。彼はその時、蟹の足を箸でほじくりながら極まり悪そうに微笑んで、

「まァ、聞き給え。そうしてあちこちの女を見て歩いたが、どの女も僕に対して言葉さえかけて呼ぶものがない。みんな申し合せたように、僕が通ると知らぬ顔をしている。すると鳥籠の女が、この百二、三十人もいる女の中で、自分に対して何かの約束ある女のようにも思い返されて、はっきりとあの鳥籠をもって現われた姿が頭に浮ん

でくるのだ。薄絹《うすぎぬ》の淡紅色のドレスを着た黒みがかった頭髪、お化粧を厚くしてるんだろうが、皮膚の滑らかな、そして赤い唇、長い睫毛に緑の瞳が、どことなく憂《うれ》わしく輝いていた。そうして僕が去ろうとした時、窓ぎわまできて叫んだ音楽的な声――きっと、フランス女にちがいない。なぜあの時、自分は思いきってこの身をなげつけなかったのだろう……と思いながら又、引き返してその女の家にくると、カーテンが降りていた。その時の口惜しさと妬《ねた》ましさ。自分の情人が誰かに抱かれてる忌わしい秘密の戸を開こうとするような、いやらしい気分にいらいらしだした」

「まァ、どうでしょう――」

と、お国は又も笑う。

「それからもう一度、用もないのにぶらぶら明るい巷を小雨に濡れて彷徨《さまよ》うた。もういい加減の時刻だと見計って行ったのである――」

その時の戸村の心もちは、実に惨めなものであった。いくらかかわりのない女であるにしても、一度の印象からして永い間の関係を続けてきた女ででもあったような気から生ずる一種の嫉妬心が、わけもなく心に湧いていた。酒でも飲んで少し管《くだ》を巻いてやりたいようにも思われた。――そのくせ、引き込まれて室内に入ると極まりが悪くて、まごまごしていた。

「先刻《さっき》、どうして入らなかったの？」

女は安楽椅子に腰かけて発作的な微笑を頬の辺《あたり》に浮べている戸村の傍に寄りながら、甘えるように聞くのだ。男はただ、にやにやしながら鏡に映る自分の顔を眺めていたが、

「あれ、何という鳥だね」

とほかのことを聞く。

女は肉に飢えた哀れな異邦人の漂客を恵むような態度で、男の膝に腰かけた。薄いドレスを透して女の微温が肉の渇者たる男の情念へ泌み込むのだった。

「何という鳥かね。私はビクトリヤと呼んでる……ビーアでもあがりますか」

「さァ、やってもいい――」

女は奥から丸い広告用の絵盆に小瓶のビーアとグラスを載せて来た。男は、女から注がれるままに、一杯のみ干してから女に返した。

「外は雨がまだ降ってる？」

女はもう、久しい以前からの知り合いのような態度で話しかけるのだ。

十六

「その女から受けたというんだね、洗礼を。もう、そこまできいたら解った」

熊谷は言った。その時お文は再び入って来た。そして、

「熊谷さんも辛抱強いのね……」

と言って笑うのだ。戸村はどうした加減か、お文が来ると気が引きしまってくるのだ。表白できない一種のチャーミングが二人の間を滑らかに通うていた。臆病な彼は、平気を偽り装うて、杯をさすことさえできないのだ。

「ほんとに戸村さん、私、貴方のお帰りになったことを新聞で見た時には嬉しかったわ……」

熊谷は少し酔いも回りかけたので、今まで肱《ひじ》をついていたのが起き上って、

「お安くないね」

と皮肉った。戸村は何か言おうとする口を、目に見えない大きな手で圧せられたような気がした。しばらくして、

「実際、戸村さんも人が悪いわ。あちらへ行くなら行くって一言ぐらい言ってくれそうなものを、ね」

「何をです」

少し真面目になって女を見上げると、お文はかなり酔ってるようだったが、

「何をって？……まァ一杯くらい下さったってもよさそうなものね」

笑ってから、男のさすグラスに波々注がれたビーアを一息に飲み干して、

「ほんとにね、噂からって言いますが、全く貴方が南の方へお出《いで》になった時分、私は変な気がしましたわ。城田さんは新聞にあんな嘘ばかりなんだけれどお書きになったし、それからくる客ごとに、私を冷やかすんでしょう。川辺さんなんかも、それゃ皮肉を言うんです。……そんな噂から私もなんだかやっぱり貴方があんな一途に勉強してなさる身を、私風情の艶聞《えんぶん》で怒っていらっしゃるのじゃないかと、それればかり気にしていましたわ……」

お文はそう言ってくれれば戸村も言いたいことがないではなかった。去年の暮れ、座布団を自分のホテルへ届けてくれてから、クリスマス時分に、何かの会合で行った時、出口のところで女は一寸自分を呼びとめて贈物だとてネクタイを一本くれた。それが金筋なんかの通った余りけばけばした品物で、下町の男でも好みそうなものだったから自分はかけようともせずに、トランクの底深く秘めておいた。

あの漁村の余寒きびしかった夕べ、仕事場の働きもしっかり決まらず、まだウエラ

などが来ない時分であった。まだキャンプでは花合わせ44が盛んにやられ、勝ち負けの争いで昨日も今日もトラブルが絶えなかった。自分は、古い日記帳でも読み返そうという気分になってトランクの底を探すと思わずそのネクタイが出て来たのだ。

――ほの暗いフロントの隅で、お文が一寸物静かに自分の袖を引いて、こっそりくれた贈物であった。それから日記を読み返すでもなく、そのネクタイからお文の記憶をよび起こすために、一夜抱いて寝た。……いろんな断片的な過去が頭に浮いた。紋付きを着せて日本まげに結わせて、畳の目の新しい座敷に座らせておきたいような女。そうしてどことなく自分の親戚のお寺の御親造《ごしんぞ》に似ている懐かしさ。自分を弟かなんぞのようにして、純な情けでもあるように振舞ってくれた女の姿、たった四、五度しか逢わなかったのだけれど、記憶はいろんな想像を附加して、往ったり来たりした。日本の家は相当の暮らしをしているようで、検事の娘だとか噂されていた。初めて酌婦として現われた時には、何とか彼《か》とかと悶着もあった。種々のことから問題ともなった。が、酌婦としては初心《うぶ》で、温みがあって、気立の優しいところが、戸村の印象に深く刻まれていった――。

「実はね、君のところへ手紙でも送ろうかと思ったのだよ……しかし君は有夫の身だしね。そんなことをするのが一種の罪悪のように思われて止《よ》した。そして又、いずれ逢って昔話でもしようと思っていたから……」

戸村は、にやにやしてる熊谷の横顔を覗きながら、真面目に言うのだ。

台所からベルの音が響いたのでお文は去ると間もなく、お常《つね》は三味線を抱きながら現われた。

「今晩は――まァお久しぶり」

首元の疵《きず》がこの女の若い時代を語るように思われた。

夜はかなり更けた。

お常は手持無沙汰に三味線を抱いていたが、誰も謳うような景色もないので、もじもじしていた。

「それじゃ下手なのを一つ」

といって女はわけのわからない何とか節をやりだした。

「君はこんな趣味があるかい」

戸村は熊谷を顧みた。

「もう五、六人の女と苦労した後でなけりゃ、こんな悠長な余裕が出て来ないね。僕にはこうして気持ちのわからない女の前で酒をのむということさえ苦痛だ……」

お常はつまらなさそうに三味線を椅子に打ちかけて、お客からのグラスを待つように微笑んだ。

と先刻から事によったら破裂しそうであった隣室から、癇高《かんだか》な男の叫び声とともに卓子《テーブル》でもひっくり返すような忌わしい音が響いた。同時に女が金切《かなぎ》り声《ごえ》で震い立つような
「まァ、佐藤さん」

と噛みつくような声だ。

お常は大変が起ったという風に、そわそわしだしたが努めて落ちつきながら
「仕様がないんです……」

「誰だい――」

「アラスカ帰りの方ですよ」

と、ずどんと蹴倒《けたお》したような響きがして女の泣き倒れた光景が眼の前で見るように浮ぶ。

「お文さんじゃない？」

「え、そうですよ――」

その後を何か言いたそうにして唇を結んだお常は、こうしてはおれぬといった風に立上った。戸村も無意識に立ちかけた。ケッチンの方から二、三人わいわい馳《か》け出し

たらしい。

「生意気な！　女の癖になんだい、貴様ばかりが女か、畜生め！　……」

暴れてる男の口を遮《さえ》ぎるように仲間は何か口を出すと、皿が飛んだ。

「やったな、佐藤！　貴様、オレを誰だと思ってる？」

二人の取っ組みが始まったらしい。室内に飛び込んだケッチンの連中はまァまァと穏やかに仲裁してるらしいが、佐藤の叫喚《きょうかん》はやみそうもなかった。

と、女将が出てきて、

「佐藤さん、何ですな」

と、たしなめるように叫んで、

「そんな弱い者を虐《いじ》めるもんじゃありませんよ。さァ、文ちゃん、起きなさい。そうして機嫌よく一杯やりましょう」

こう言われると佐藤も強くは出れぬらしかった。お文のすすり泣きが手に取るようにきかれた。

「仕様がないね、君」

戸村は、忌わしいこれらの連中を心から忌み嫌うように熊谷の顔を覗きながら囁いた。

「現象だよ、これも。みんな自分の欲望を満足させられない不平だよ、反抗だよ。……人間って奴は大抵こんなものさ。表面に出すと出さないだけのことさ。まァ、人は人、勝手な生活だ」

「それもそうだ」

熊谷は大分蒼くなった顔の上に、非美術的な恰好で載ってる鼻の頭を人差指でつつきながら、小鼻を動かすように息を吐いた。

一《ひと》しきり騒動があってから酔っ払いもどうやらケッチンに座り込んだらしかった。お国があたふたしたような気配で入って来ては又出て行った。

「どうしたんだろう」

戸村は頭の中の何かを壊されたような気がした。そうしてその気持ちをおし隠すように、

「で、君はなんかね。その富江という女と、どこまでラブが進んだんだね」

と、熊谷の気分を引き立たすために、彼が手紙で詳しく報じてきた恋の一端から道を啓《ひら》こうとした。

「どこまでって……さァ、淡紅色《ときいろ》の刺身の一切れを一つの割箸で二人の唇に挟んだ位なものさ」

熊谷は軽くそうは言ったが、頭の中には、その最初のチャーミングをまざまざと描いてるようだ。

「貴方さえしっかりしていて下さったら、私は大丈夫よ」

こう富江は言って、しっかりと手を握った。頭髪《かみ》を縮《ちぢ》らせた上に、けばけばした鏤《る》金《きん》[45]の丸櫛《まるぐし》[46]をさした頭を自分の懐ろに突込《つっこ》んで、激しい心臓の鼓動を聴きとるように、しばらくはものも言わなかった。

――もう自分のものだ。女はこうして全てを自分に投げかけている。……熊谷はそうして再び女の唇を求めた。四つの唇が微妙な感覚から数分間も離れなかった。

「明日、私の家へ遊びにいらっしゃい……」

男が去る時、女は思案をしてからこう囁いた。

十七

熊谷の眉《まゆ》は刻々曇り始めた。今頃は又、例の男があの富江を占領しているのでないだろうかという不安と嫉妬が湧いてきたのだ。

「どうもこの間から、少し調子が変ってきてる……」

そう思うと、何のかかわりもないこんな料亭で、無意味な時間を消してるのが惜しかった。

「帰ろうじゃないか」

というが早いか、立上って帽子かけの下へ行った。

今一度お文の顔を見て、さっきのトラブルがどうした理由《わけ》かをきいて帰りたがってる戸村には、その慌ただしい友が憎らしくなった。が、自分は今ここで友を裏切りたくもない。

「じゃ帰ろうか。何だかこう、不吉な感じがするね」

卓子《テーブル》を叩くとお常が忙しそうに飛んで来て、

「まァ、誰もきていなかったですか、どうも済みませんでした。今晩はお島《しま》さんが休んでるもんですから……」

といってあわてて椅子《チェヤア》に寄り、少し苛々してる戸村の機嫌を繕《つくろ》うようにグラスへビーアを差した。白い泡が微かな音を立ててグラスの縁に消えてゆくのを見詰めて、心の奥にお文を求めている戸村は、自分の心を見透かされるのを憚《はばか》って何気なく装うた口から勘定をきいた。

薄暗い廊下を出てから、ほろろ寒い街路の夜気に夜の更けてるのを覚えた二人は、まだ今晩はどこで泊ろうという当てもなかった。

「少し散歩しようじゃないか」

熊谷は言った。もう人通りも少なくなり、偶《たま》に駆《はし》る電車は終日の激動に疲れたといったように、物憂い姿をけだるく見せた。角の酒屋《バー》の戸《ドーア》も鎖《とざ》され、黒ん坊の靴磨きも椅子《チェヤァ》をたたんで宿に帰った。小路の曖昧な家の小蔭には、黒ん坊女のもぐりが佇《たたず》んでいた。そうして漸く喧騒な都会が眠りにつこうとしている。二人は何処へ行くにも当てがなかった。ただ二人とも自己の激しい懊悩《おうのう》を打ち解けて、涙でも出して熱く固く手を握り絞りたかった。が、こう沈みゆく外気に、心もしっとり濡れてゆくと、話の緒口《いとぐち》も出なくなり、妙な沈黙が、苛々しい二人の心を削りつけるように、内部をがじがじさした。

都会らしい街路から、人家もまばらな、丘続きの坂道へ出た二人は、漸やく空を仰いで西空の一角に弦月《げんげつ》[47]が、衰えゆく世を嘆くように懸《かか》ってるのを見出した。白いペンキ塗りの家から、黒い犬が飛び出して来て、沈黙を破る二人の足音に吠えた。

「お文と河野は何か関係があったのかい……」

長い沈黙から救われたように、熊谷は戸村の言葉に心を醒ました。

「さア、いろんな噂があったけれど、大したこともないんだろう」

「そうかな……」

と、頷いて戸村は、自分はなんとなくお文が懐かしいといった心を打ちあけるのを憚った。

「君、ああした社会の有夫の女から、僕らは真の恋を探し出すことができるもんだろうかな……」

熊谷は、両手をポケットに突込んでロダンの彫刻に現われる憂鬱な人生の断片のような態度で、一寸立ちどまると嘆くように言うのだ。

「僕はこう思ってるね。瞬間でも刹那でも、男と女の心が溶け合って完全な同化を表現した時、そこに真の恋があると……」

「だけど僕は、それには満足できない。鳥や獣のように、瞬間の同化からくる情欲の発火に、真の恋を付けたくない。——永遠のラブ、僕はそんなことばかり欲《ほっ》して、この頃悩まされるね」

「永遠のラブ……」

戸村は繰返した。自分のような人間には、そういうラブがとても存在し難いものだと思われた。永遠に生きるラブあらば永遠に生きるライフがなければならぬ。ライフ——生命を離れて、人生を離れて、彼はラブを見出すことができないのだ。人間は断片的な生活を続ける一生に、断片的な恋を味わい、ライフを楽しむに過ぎない。非凡な人間、天才とか英雄の仲間入りはとてもできないと自らを見くびってる彼は、現象の局部に自分の生命を浮かして悲しみ、淋しみ、悩み、そうして楽しんでゆくよりほかに、自分の生活の開展がないと思った。毎日毎日、死の海に向かって追い立てられつつある人間である。永遠はどこにあろう……。

十八

人間の最高の生活は、超自然にあると熊谷は考えている――。

悪も醜も善も美もない。実在そのものと自己を結びつけて精神的に生きる人間にのみ、この最高な生活が営まれる。そして、自分は今、一歩を進めて、最近の苦痛を精神から拭い去ったら、その自覚に近づくことができるようにも考えられた。しかしそこには無数の矛盾と撞着《どうちゃく》が、遠慮なく彼を混乱さしていた。……

二人の間には、こうした隔《へだた》った思想が、垣を造っているので互いに唇を閉じ合っていた。戸村は、黒い喪服をつけた老婆が、唇を縫いつけたように沈黙してよろよろと淋しい山道をたどってゆく後姿を見つめるような気もちで、薄暗い沈黙をまざまざと目の前に描いた。

――太古のような大森林の神秘を破って小さな人間の斧の音が、朝早くから憂々《かっかっ》[48]

と響く。キャンプの朝食がすむと、黒蟻のような人夫が、四方八方にと大森林の中へ吸い込まれるのであった。そして永久に眠れる大森林の一角から、巨樹が倒されてゆく。黒蟻が蚯蚓《みみず》を引っぱるようにわいわい言って巨樹を引っぱる。そうして、去年まで劫久《こうきゅう》を誇ってるように鬱蒼として小さな人間の生活を嘲っていた大森林が、無言の中に高原と化して、鮮やかな風も目に見えるように吹く。……熊谷は、そうした毎日の激しい労働に虐げられつつ、人間が始まってから、この地球の上を、このようにして幾億の人類が征服しつつ来たが、偉大な地球は、何を怨むでなし、又、何を怒るでもなく、黙々として人間のつまらぬ建設と努力を永久に嘲ってゆくように思われた。人間はこの地球を平坦な円体にすべく、永久に努力してゆくのであろうが、寛大な地球は常に微笑を、時としては嘲笑を与えるのみで、何も語らぬ。――自分は、そういう偉大な地球を学んで自分の哲学を創造して行かねばならぬと、熊谷は考えつつキャンプの夜に筆をとった。

そんな生活に入る前に、熊谷は恋に陥《お》ちていたのであった。富江から、優しい言葉と、温かい唇を恵まれた時に、とかく世事を悲観し、人事を皮肉に観察した彼の性癖が、刻々溶けそめたのであった。

「どうだね」

といって、いつも晩方の淋しさがタコマ富士の裾から綻《ほころ》んで、彼の胸に迫る時、彼は白人の酒屋で一杯のビーアを申し訳的に傾けながら電話を借りて富江に声かけた。

「熊ちゃん？　いらっしゃいよ……」

甘たるい声が、細い電話の線を、あの喧騒な都会の空中を伝って彼の鼓膜に響くと、もう堪《たま》らなかった。

そうして出かけた。人に目立たぬようにしては、こっそり出かけた。女の縫ってくれたシャツを着込んだ彼の顔には、幸福が最高潮に満ちていた。浅黄《あさぎ》の暖簾を潜ると、ケッチンから飛び出て来た女は、いきなり男の腕に投じて瞬間の抱擁が、室内の空気まで異様に酔わせた。

「富江はオレのものだ！」

この勝利と誇りが、彼の知識も才能もすべての生活の意味までも没してしまって、消し難い誘惑を彼の心に釘づけてしまったのである。

漸やく友達や知人から、二人の仲を臭ぎ出されて忌わしい風評が残酷な人の話頭《わとう》に伝えられると、女も男も世間を憚らなければならなかった。富江の亭主は、目に角立《かどだ》てた。

「ラブ――オレは今ラブの上に漂《ただよ》うてる」

こう思った時、熊谷は、今日までの自己を反省して、そこに矛盾な自己を発見し、無暗《むやみ》に遁逃《とんとう》的な思想に襲われ始めた。それは自分は女の心を支配し得るが女のすべてを支配できないという絶望から起ったものであった。

戸村の方へ、熾《さか》んに悲痛な手紙を寄こしたのもその頃だった。

「私は、夜の星に女の瞳を見た。丘の緑葉に女の髪を見た。そうして、海岸に寄す小《しょう》波《は》に女の動悸を聴いた。……宇宙のすべてが彼女の表徴である。然《しか》も弱い私は、この偉大なるラブの本体を握りきることができない。

私は、今日の夕べも公園の冷たい土にキスして泣いた。彼女の冷たい肉体の一局部を抱いてキスした感激の迸《ほとばし》りの如く……。

しかし、友よ、私は永久に彼女のすべてを自然から見出し得るだろうか――」

こういう手紙を戸村に寄こして間もなく、彼は森林生活を始めたのであった。

十九

もうホテルも、大抵の家は門戸を閉じたような時刻であった。西の弦月は黒い雲片《くもき》れに呑まれて、夜露の降る微かな音さえ聴かれた。

天地は、巨《おお》きな獣《けだもの》の熟睡の如く静かであった。二人は、一歩一歩と都会に反《そむ》いて田《でん》甫《ぽ》続きの道をたどった。熊谷は、一週間前に、森林生活をやめてタコマに帰ってから、意味の深い金をば、タンポポが穂花を散らすように捲《ま》き捨てたことを淋しく思い返した。

「未練だね、君、なぜ人間にはこの未練という卑怯な、そうして嫌悪すべき癖があるのだろう？」

熊谷は、さっきから自分一人で思い返していた自己の生活を、戸村がみんな知っていてくれてるものとして小声で囁くのであった。

「で、その女は今、どんな態度をみせてるんだい！」

「お話しにならないよ。あの女は、非凡な悪婦だ。いろんな噂を、この間帰って来てから聞き込んだんだね。それでいて、僕はあの女より外に愛する女が、又とこの世にいないような気がするのだ……」

サクラメントのある料亭で、情夫と乳《ちち》ぐっていた現場を前の亭主に押えられ、ピストルを向けられた時の富江の、恐怖に満ちた顔。その次に忍び逢った夜、いよいよ激昂した男が、おのれと言ったまま一発でとばかりに放ったピストル、後頭をかすった後疵《きず》が今でも緑の髪深く秘められてあるということ。下町の風評が高くなり、とうとう前夫に六百ドルの手切れ金を出して今の男と北へ落ちのびたということだが、そうした経歴を隠しもちながら、自分の前では乙女《おとめ》の如く振舞った女！　自分はとうとう魅せられて塗り消すことのできない恋に落ちた。その女の深い同情と愛着と、甘い言葉が、自分一人に与えられた蜜語だと信じた愚かさを嘲りたいが、富江の心のどこかにまだ熊谷という自分の影が潜《ひそ》んでるらしい覚束《おぼつか》ない信念から、今でも思い切ることができない。――そういう心もちもすっかり戸村と打ち解けて、限りない友情の暖かさも味わいたかったが、こうして左と右に、深い夜に包まれて、あてどのない散歩をしつつ語るには、ふさわしくない告白のようにも思われた。

「人間っていうものは変だな。一旦、悪い女だと解れば解るほどその女が恋しい。恋の前には悪も善に化し醜も美に転ずる。そこの心理に深い意味があるような気がしてならない。……僕はね、狂人という奴は、僕の今のような心もちから発足してゆくんだろうと思ってる。全くこの頃の僕はどうかしてるぜ。時々船に乗ったりすると船中の客人が一様に笑ってる時もある。かと思うと一様に怒ってる時もある。冷たい岩に耳をあてると岩の原子が動いてるような音をきかされるほどに神経が昂《たかぶ》ってる時もある。無暗に何でも舐めてみたくって堪《たま》らぬ時もある。……実際、自分ながらおかしいのだ――」

戸村は、この狂せんばかりの友の熱烈な告白を耳にすると、何とはなしに声でも立てて泣いてやりたい気になった。

「君は呪われてるんだ！」

戸村は、熊谷の情感を傷つけないようにこう言った。

「永遠のラブから呪われてるのかもしれない」

二人は、もうあてもない散歩から引き返そうとした。遠くから夜の眠りをゆり起こすように、早朝の汽車が、ガンガンと鐘を鳴らして、物憂い響をたてるのがきかれた。間もなく、黒い怪物が、赤い大きな二つの眼玉を光らして、黒い息を吐き出しながら、彼等の歩いてる道の下を過ぎた。そうして汽笛は丘の方にこだまして、余音が、草木の葉末《はずえ》までも震動さしてるようだった。

暁近い灯の影は、老婆の眼のように薄どんよりとしていた。二人の頭もぼんやりしてきて、もう語る気力も尽きていた。

彼等は浮田の泊ってる宿屋にゆくと、まだ電燈がついて客か何か人の囁きまできかれた。

「まだ起きてるようだよ」

といって戸村は戸を叩くと、しばらくして、

「誰だ？」と浮田の声だ。

「オレだオレだ」ようやく戸村だとわかったらしい浮田は鍵を外した。

中には〝朝鮮〟と大学生と浮田は、三人で花札を遊んでいた。

「負けた、負けた」

といって大学生は外《そ》っ歯《ぱ》をむき出して二人に目礼した。

四季とりどりの花札は、疲れた二人の目にも鮮やかに見られた。

二十

一《ひと》きりの勝負がついたらしく、三人は何処かのレストランへ珈琲《コーヒー》を飲みに行こうと言い出した。大学生は奢《おご》ることになっていたので、ひょろ長い山高帽を頂いて、

「君らも行かんか」

と言った。が、戸村と熊谷は疲れきった頭を休ませたいので、

「行ってき給え」

と申し合わせたように言って、浮田のベッドに洋服のまま打倒《ぶったお》れた。

三人が出てゆくと、二人は互いに離れたことを胸に描きながら眼を閉じた。

戸村は、今出て行った三人の中の一番後から、悄然《しょうぜん》と古い帽子をあみだに冠って、垢まみれの茶色の洋服を立襟にして、随《つ》いて行った朝鮮の姿を哀れげに描いた。

二年前に初めて吾々の倶楽部へ顔を出した頃は、布哇《ハワイ》である新聞社をやっていたと言ってかなり吹いていたが、これという仕事をするでもなく、ぶらぶらやってるうちに来た時は古くもなかった帽子や服がだんだん汚れ、シャツなどもほとんど洗濯したことがないようなものを着ているようになった。

「君のような人を僕の社へつれてゆくといいな……どうだ行かないか、待遇はよくするぜ。なに、ちょっとバンクーバーに取るべき金があったので、それに米国沿岸の視察に来たのさ、来月帰るつもりだ。社の方でも待ってるからな――」

こんな事を自分に語りながら、鼠のような小さな口に微笑を湛えていたが、濃い眉の間に刻まれた三条の立皺《たてじわ》は、この男の何かの秘密を表示してるように思われた。

間もなく小出は、バンクーバーに行って二週間もすると帰って来た。そして、

「駄目だった……」

と呟いていたが、それからずっと浮田のホテルに隣合って寝起きして来た。

来月来月と言いながら小出は布哇へ帰るような気色もなかった。どうかすると戸村は、下町の玉場の奥の小暗い窓の下に、昼間でもアラスカ行きの連中が花札を引いてる中に交って、刻《ほ》り込んだような凹眼《おうがん》を光らせ、思案そうに赤だの青だのと、考えては打ってる小出の姿を見るのであった。

半年もして小出に逢った時は、誰がつけた名ともわからずに朝鮮朝鮮と綽名されていた。それでいて彼はその名に満足でもしてるように、呼ばれるままに、

「なんだ！」

と答えているのだ。

だんだん朝鮮の風貌もみすぼらしくなってきた。初めは山高帽を冠ってカラーもつけていたのだが、今はへなへなな鳥打帽《キャップ》に小ぎたないオーバー・シャツで、靴も破れかかっていた。

「世間を逃れてるんだからな。これでも布哇へ帰ったら社長なんだけれど。まァ、世間を濁《にご》してる時はこうしていなきゃ……」

ある日、戸村は、朝鮮から中食を奢られた時、彼は淋しくこう言った。が、戸村は、どうして又、布哇へ帰らないのかときくのが、彼を責めるように思われて、ただ聞き流しておいた。

浮田にきくと、朝鮮は布哇で新聞社をやっていたのは事実らしいが、なんでもその若い時分に人の妻君を横取りして家庭を作っていたが、その妻の心がいつの間にか社内の某に転じていた。そして妻の心はもう取り返すこともできなかった。実際、社用だといって沿岸視察に来たのだが、その間に妻と某が一緒になってしまったから、も

う帰ったところで面目もないし、失望落胆の結果、今日のようになってるのだと言った。

「可哀そうだね」

戸村は、それから、朝鮮の薄暗い姿を見るたびに、何だか哀れになった。

朝鮮は、それからだんだん下町の底にと沈んでいった。交際《つきあ》う友も無頼漢ばかりとなった。そうして下町の勢力雑誌を起こそうとまで計画した。そういう人の生涯を傍観しながら戸村は、なんだかそういう人生の裏を操る何か無形の力があるようにと感ずるのであった。

どこからどうもぐり込んで、どんな収入からどうした生活をしているものかわからない朝鮮は、いつも、汚ない洋服のままで毎日ぶらぶらして暮らしているので、浮田のところへきては碁や花を弄《もてあそ》んでいるのだ。

彼等は今、明るいレストランの棕櫚《しゅろ》を植え込んだショーウィンドに面して珈琲を飲んでるに違いない。

……戸村はこんな思いを描きながら眠りに落ちた。

二

夜は静かに更けた——。

熊谷と戸村は、浮田の床の上でぐったりと眠りかけた。

と、だしぬけに、つい近所から夜の静寂を破るピストルの音が響いた。間もなく又一発轟《とどろ》いた。往来をばたばたと駆ける人の足音も聞こえだした。夜警のホイッスルが、闇の胸底から轟くように響いた。

「オイ、なんだろう」

戸村は耳をそば立てた。熊谷は深い眠から醒めたように、少し赤味がかった瞳をあけた。

「支那人町《チャイナータウン》らしいな」

ホテルの事務所から、誰かが飛び出たような気配がした。往来を駆ける慌ただしい足音が、兇悪な光景を思い起こさした。戸村は、立ちかけると自分の身に迫る危険でも見届けるように駆け出した。熊谷もあとからついた。

外に出ると、向こうの煉瓦《れんが》造りの家の角を二、三の影が飛んだ。アークライト[49]が疲れた獣《けもの》の眼《まなこ》のようにどんよりしていた。

「支那人町《チャイナータウン》だ！」

角を曲ると、ミルウォーキ・ホテルの向こう側に、黒い人影が群がっていた。急報に接した警察の黒い自動車が向こうの電車道に沿うて駆けつけた。

そこに行ってみると、一人の老人が、支那店《しなみせ》の入口で血塗《ちまみ》れになって倒れていた。わけのわからない支那語で四、五人の支那男《チャイナマン》どもが叫んでる。大きな夜警査《ポリス》が、よろよろしながら棍棒を手にして犯人の誰であるかを訊《ただ》していた。朦昧《もうまい》[50]な支那人の言明は何の要領も得ないらしかった。

「又、例の党派の争いが始まったんだ！」

うしろの方で大学生と浮田はささやき合っていた。

「オ、君らは初めから見ていたかい」

戸村は顧みて浮田の肩を叩いた。

「丁度ホテルへ帰ろうとするところへ、一発響いたから飛んできたが、もう犯人がいなかった」

こういう場所でも、すぐ激昂したがるのは日本人の癖で、支那町の巣窟《そうくつ》で生活しているものらしい四、五人が、自分らの仲間に起こった事件ででもあるように、逆《のぼ》せ返ってざわめいていた。

血塗れになった老人は虫のような息の下から何か叫んでいたが、夜警から抱き起こされた時分は、もう死にかかっていた。白いサイドウォークに赤い血がだぶだぶ流れた。そこらに迂路《うろ》ついてる支那人《チャイニーズ》は同胞が今、こんな残忍な最期を遂げているのを見ながら、同情とか哀憐とか驚愕というような色が少しもなく、蛇が殺されたのを見てでもいるような格好で何か囁き合っていた。犯人を見出し得ない二人の夜警は苛々しながら、店の中へ入ったり出たりしていた。誰に何をきいてもこれという当てになる言葉を聞き出すことができないようだ。

「支那人《チャンコロ》ときたら、実際、何がなんだかわからないからな」

浮田は嘲けるように言って、

「オイ、帰ろうよ」

と、見ると、朝鮮は、打倒《ぶったお》れた支那人の老人の傍《かたわら》に、小黒く立ちながら左の手で下顎をつかみ、その肱を右の手でおさえながら、深い何かの意味を忍び返すように打ち眺めていた。

「オイ、朝鮮」

大学生は言うと、ややしばらくして返事もせずに、黙って、小寂しい顔をこちらに向け、病みつかれた馬かなんぞのように、彼等の後に従《つ》いた。

「あんな事件の裏面には、どんな秘密が伏在してるんだろうね」

戸村の頭はかなり逆《のぼ》せ返っていた。

「とにかく、支那人はああした何かの犠牲者には必ず死にかかった老人をもちいる——党派の争いなんだ。奴等のダークサイドと来ちゃ、とても僕等には想像がつかんね」

浮田はこう言って、煙草に火をつけた。

「あの爺《おやじ》は、支那人の間でも博奕《ばくち》の名人だ。あんな風をしてはいるが、なかなかの金持ちだったんだぜ」

朝鮮はあの老爺《ろうや》の生涯を詳しく知ってるように言うのだ。

五人はホテルに帰った時分は、もう、あの残虐な光景は忘れられていた。

「戸村、君は朝鮮と寝い——」

浮田はそう言って朝鮮に、いいだろうというような目配せをした。

「ウ、来て寝てもいいよ——」

「じゃ熊谷、君は浮田と寝るか」

戸村は、そう言って鏡台《ビューロー》の前に立ちながら寝台《ベッド》に腰かけてる熊谷の、物暗い顔が、鏡の中に写ってるのを見ながら言った。

三

朝鮮は、下着一枚になって寝台《ベッド》へ転がった。鏡台の上には煙草の吸殻が灰皿の上に、蚕虫《かいこ》のように三つ転がっているほか何もない。そうして、枕元のスタンドの上には二、三冊の講談本が投げられてあった。戸村は、靴をぬぎながら、何の装飾もない朝鮮の部屋が、朝鮮自身の生涯のように淋しく、更けた夜の一局部に存している寂寞《せきばく》を感じないわけには行かなかった。

「大分、金を儲けて来たかい」

朝鮮は〝高橋お伝〟の講談本51を翻《ひるがえ》しながら淋しい微笑を小さな唇頭にのせて、凹《くぼ》んだ眼から異様な光を放ちながら言った。

「大抵、使ってしまったよ」

「もう、僕らのようになったらしょうがないがね。君らは金を使わないようにして、一生懸命勉強しなきゃ」

兄貴が弟をたしなめるように、それでも朝鮮は真心から言うのであった。

「大山や浮田なんかからみりゃ君は有望な青年なんだから……この秋から又、学校をやるんだろう?」

「あ」

戸村はこう言って床の中へもぐり込んだ。そうして無意識的に、スタンドの上の講談本を手にした。濃い紫紺色《しこんいろ》[52]の闇夜に二、三点輝いてる星の下で、悪党らしい壮漢が、頭髪を振り乱した女の頭上から、銀色の刃《やいば》を真っ向に振りかざしている絵の表紙をまじまじと見た。こういう講談の内容を満たしている日本の古い時代が、一種の親しみをもって今夜は見られた。朝鮮はと見ると、この間からの続きを読んでるらしく、片手に本を捲き込んでいたが、間もなく日が暮れるように寝落ちた。

戸村は床《ベッド》が代わるとなかなか寝られぬ性質で、いろんな事が頭へ湧いてきてとりとめもなかった。講談本を二、三頁読んだけれど、さほどの興味もこなかった。そこで頭の上へエッキステンション[53]で引かれた電球をぱちりと捻《ね》じて眼を閉じると、朝鮮は寝返りを打って、口の中で何か囁いた。

しょんぼりした朝鮮の姿が、いろんな背景の前に、戸村の頭に浮びだした。これでも若かった時代は人の女房を横取りするほどの元気もあったのである。この頃の彼はほとんど去勢された人間のように化しているが、毎日毎日何を企んでいるのか、その底暗い彼の生活はいろんな意義を附して彼の想像を複雑にするのだ。

「小使金に不自由したら、オレに言ってこい」

戸村はまだ漁師町の生活へゆかなかった前、朝鮮はよく厚意的に言ってくれたものであった。その時分はいつも金貨の三つや四つはポケットでちゃらつかしていた。今、一年ぶりで会ってみると、まるで塗り替えたように人間が変っているのだ。もとは『実業之日本』[54]とか時折は『中央公論』[55]など読んでいた朝鮮、この頃はこんな講談本より書物らしい何物も室内にもっておらない。大きな純金の指輪も今では彼の指に輝いていなかった。

「いつか運が向いてくる――」

朝鮮はこんな事ばかり考えてるような人間に見えた。浮田や大山が寄り集まって女の話をやりだしたりすれば、朝鮮はその縮れた頭毛《かみ》を引きむしるようにして、黒い溜息を吐き出し、何も言わずに室外へふいと出るのが常になってるそうである。それから推してみると、彼は最初の頃よく女の惚気《のろけ》をいっては若い倶楽部の連中らの好奇心を煽《あお》りたてたが、女房に逃げられてから、全く女を疑い、女を忌み嫌うようになったようである。

「女というものはこいつ一つ落してやろうと思い込んでやりだしたら、どんな女だって落ちないものはないもんだよ」

と朝鮮は言って、よく例のひょうきんな手つきで面白おかしくしな[56]をやって見せたものだった。

「まず女には、何かの印象を最初に与えておくことだ。この人は面白い人だとか、または憎らしい人だとか、親切な方だとか――どの方面でもいいから、その落してやろうと見込んだ女には、何かを女の心に打ち込むんだ」

朝鮮はそう言って、女に対する陥落兵法の数種を若い者らに説教したものであった。

「七人の子供をもった女にでも油断をするなって――全く真理だぜ」

朝鮮は、女の弱点を挙げつくし自分の多岐な色情界の話を終ると、いつも感慨に満ちたような調子で言ったものであった。

それがこの頃、女の事といえば耳を掩《おお》うようになった。倶楽部の連中らでも、女を語る大山とか河野とか川辺を心から悪《にく》んでるように見えだしてきた。

二三

戸を叩く音に目ざめると、浮田の声らしく、

「オイ、戸村、電話だよ」

と言ってる。おかしいな、こんな朝っぱらから誰だろうと思って浮田の部屋に出かけると、熊谷はまだ寝ていた。もう十一時である。

壁にかかった電話機を耳にあてると、

「戸村さんですか」女の声だ。——お文である。戸村の胸はどきどきした。

「昨晩はえらく失礼しました。貴方、今日島へお帰りになるんですか？」

お文は言いにくそうに、一寸お逢いしてお話したいことがあるから、今日一日泊まって今晩遊びにきてくれませんかというのである。

「何か用事があるの？」

「え、一寸話したいことが……じゃね、きっといらっしってね……」

電話を切ってから戸村は、希望に満ちた眼を輝かしながら、床《ベッド》の中へもぐり込んでる浮田のわきに腰をおろした。

「今のは誰だい？　女の声だったぜ……」

浮田は気にかかるように言って戸村を見上げた。戸村は、お文だと言いたかったが、

「なに——誰でもない」

浮田は、疑ぐるような目をして、鼻の頭を小指の先で掻《か》きながら、にやにやしていた。

熊谷は、ぼんやり目を開けて、疲れきったというような首を起こして戸村に目をやり、

「怪しいぞ、今の電話は、アレかい」

「ノーノー」

打ち消した戸村の言葉には、どことなく狼狽した気分が漂うていた。そのうち朝鮮も、のこのこ起き出した。

四人はメーン街のある飯屋につれだって入った。そこには大山と川辺も来合わせていた。六人が一緒になって食事を始めた。お千代《ちょ》はみんな気心のわかった常客なので遠慮なく大山の膝に腰かけながら、きゃっきゃっ笑い崩れた。この女は笑ってふざけることよりほかに能のない女であると思わせるほど、笑いふざけてばかりいる女だった。ことにこの連中らが出かけると一層激しかった。

「お千代さん――」

ケッチンではよく、ここの爺さんがあまりきゃっきゃっいう女をたしなめるように呼んだ。爺さんというのは六十五、六の小柄な、神経質な老人であった。三十余年も米国の方々の料理屋でコックをして来た者で、自慢するほどの腕も十分あった。無学な頑固な老人だが、浄瑠璃は得意で、どこかにお祝いごとでもあると、きっと上下《かみしも》[57]をつけて唸《うな》るという風変り者であった。また、お客が自分の料理に文句でも言ったら最後、客室へ怒鳴り込んでゆく老人であった。そのコツをよく知ってる連中らは、う

まくなくても盛んに隣室から洩れるような声で、

「いつ来ても、ここのご飯がうまい」

と目配せしながら褒めると、爺さんは労力も報酬も顧みずに、精魂をこめた料理に腐心するのだった。

お千代は今も呼ばれたので、ぺろりと舌を出しながら殺し笑いしてケッチンに出かけた。大山は例の癖で、握り拳の拇《おやゆび》を人差指と中指の間に挟み出して、お千代の鼻先へつき当てた。朝鮮は黙って、帽子をぬぎもせず、頬杖《つらづえ》つきながらその光景を見ては、片手で、茶碗の中から飯をほじくりあげた。

間もなくお千代は、エプロンで笑った顔を掩いながら、くすくす笑って入ってきた。

「これがどうした」

大山は、真面目な顔で、例の拇を女の鼻先に突き出した。

「また、大山さん」

その手を叩き落して、戸村の差し出した茶碗にめしを盛った。大山はその肥《ふと》ったお尻を撫でながら顔を歪めて笑う。

「お千代さん……」

朝鮮は、初めて口を開けた。

女は、

「えっ」と言って大山からくすぐられた手を押《おさ》えた。

「どうだ、ものは相談だが、君も亭主はなし、この、さかりのついた犬のような奴らを代りがわりに抱いてやってくれないか――」

「大山さん……」

と女は、またもくすぐられた手を叩き伏せて、

「ほんとうに、この豚さんは手癖が悪くなったわ」といって、朝鮮に向かい、

「でも近頃出来てるんだからね、お生憎《あいにく》様よ……」

と言って笑うのだ。

二四

今年の暑さを名残《なごり》とするような太陽は、朝からけばけばと、煤煙《ばいえん》の巷に放射した。不恰好な軒燈の文字や窓硝子のサイン、それから非美術的な看板が、日本人街《まち》の塵埃《ほこり》にまみれて、時折思い出したような渦巻風に溜息でも吐いてるような午後であった。汚ないエプロンにその妻のだらしなさを偲ばせるような角店《かどみせ》のアイスクリーム屋では、色《い》沢《ろ》も褪《あ》せた麦藁帽《ストローハット》をあみだに冠った赤靴の青年たちが、紅い苺汁《いちごじる》を白いアイスクリ

ームにたらして、銀のスプンで舐めては、何かを罵《ののし》り合っていた。彼等の陣取ってる狭い丸卓《テーブル》の上には、英字新聞の号外があった。

「オイ、見ないか」

と中の一人が、赤い曹達水《ソーダすい》の壜口《びんぐち》からストローで、ちゅうちゅう吸ってる青年の肩を叩いて、向こう側を静かに歩いてゆく女を目で知らした。

「イヨー!」

英字新聞を手にするが早いか、大きな声で叫んだ一人が、すぐ顔を掩《おお》うて笑った。

丁度お文は、仕度を済まして、ホテルから出たところであった。いつも此処《ここ》を通るときは、誰かがいて野次るのが慣例のようになっていた。

世間のいろんな青年が、不断の注視を自分に怠っていないということが証拠立てられると、開放された虚栄心が、無限の幸福と法悦をのせてお文の胸に花咲いた。彼女は、日傘で心もち自分の身を掩うたけれど、薄い日傘を透した無数の視線が好奇の光を織《お》り交《ま》ぜた。

あの青年たちは野球倶楽部の連中らであることはよく見ないでも解ってる。あの人たちの半分は自分に興味をもち半数はお国さんに興味をもっている。——お文はお国に対する、口でいえない一種の嫉妬を胸に湧かしていた。自分より五つも年下であるということがそれを煽《あお》っていた。

彼女は今、角を曲ると、ふと戸村の影が、停車場の前の石橋の欄干にもたれてるのを発見して小足を留めた。つかつか向こうまで出かけたいような気にもなった。が、そこら日本人街《まち》の無数の目が自分を中心に動いてるように思われるので、どうせ今晩は逢えるのだからという希望を紅い紙でもたたむような心で、料亭の暖簾を潜るのであった。

二五

「お文さん――」

鼻の下に大きな黒子《ほくろ》のある、頬骨のとがった、この料亭の主人《ボス》は黒眼鏡越しに、ケッチンへ入りかけたお文の後ろ姿を認めると、呼びとめた。この融通の利かない主人が、この頃なんとなく自分の挙動を仔細に眺めてるように思われて、お文は、何でもないことに呼びとめられても、心臓へ針をさし込まれるような傷《いた》みを感じた。

「なんですか」

ふりむくと、主人は一通の手紙を手にしていた。そうして意地悪そうに裏返し表返ししてから、二、三歩重々しく近寄ってお文の手へ渡しかけ、勿体《もったい》そうに首を傾けた。

そうして、

「お文さん……」

と努めて優しい言葉を出したが、その胸の中には押えきれない何物かが蔵《おさま》ってるように見えた。

「こんな処にいるんだから、手紙のやりとりも時にはよいが、あまり深入りしちゃいけませんぜ。この間も橋本君は、どうもうちの奴が近頃少し変になってきたようでと心配していたからね……」

こういう弱い商売をしている主人《ボス》には、使ってる女が、こうして客を引くのもいいけれど、あまり深入りしてその女の亭主から怨まれた苦い幾多の経験を舐めてきたことも思い返された。お文にはいろんな条件がついていた。某教会の牧師さんまで自分のところに働かせてはいけないと干渉してきたのを無理にたのんだほどの女である。間違いでもあったら牧師さんに対して済まぬばかりでない、大丈夫だからと引受けた橋本君にも申し訳がない――主人はこう思いながらも自分の商売柄として女に強くは言えなかった。

「これですか、なに、この人は何でもないんだわ！」

お文は、もう幾つもこうした社会で胡魔化しや嘘を覚えてから、自分を監督する主人を翻弄することくらいは何でもなかった。

「そりゃお文さんだって馬鹿じゃないんだから、考えてはいるだろうけれど……」

お文の感情を害《そこな》わないような微笑を洩らして主人は、せっかちに鳴る電話口へ急いだ。

「ハ、いますよ。一寸待って下さい……お文さん……」

お文は、悪いところへかかってきたと思いながら、そこに行って受話器を耳へ当てた。

「は、私、文です。あ、わかりました。いいえ、構いませんわ。は、さようなら」

戸村からであった。今、三十分ほどしてからくると言われたが、お文は、主人の手前、親切そうな言葉を憚らなければならなかった。

ケッチンではコックさんが、牡蠣の貝を割りながら、浪花節を唸っていた。

二六

張り替えたカーテンを透かして、初秋の底涼しい風が、白い卓上被布《テーブルクロス》をなめて、戸村の指にしてる巻煙草の微かな灰を散らした。大きな赤海老の丸焼きが、昂《たかぶ》った戸村の嗅覚を刺した。

きまり悪そうにお文がビーアを注ぐ小指の尖《さき》を見つめて、戸村は溜息を吐《つ》いた。何から口を切ればよいのか解らなかったのだ。昨夜《ゆうべ》、見知らぬ男から悩まされて泣き叫んでいた恋人——が、今二人さし向かいで、包まれた小室で束縛されながらも、しばらくの自由に活きてる快感をそそり思うと胸の騒ぐほかは何もなかった。

「話っていうのは、何だね」

怖々《おずおず》しながら戸村は、漸くのことで女を見上げた。

「さァ……話ってその——」

女は小さく笑っては又もグラスにビーアを注《つ》ぐのだ。飴色の液が、透明なグラスの上部に溢れて白い泡が微妙な囁きで消えてゆく響きを耳に聞きながら、荒れゆく心臓の一動悸ごとに戸村は、小腕の震いを感ずるのだ。

妙な紅い沈黙が、二フィートを隔てた椅子《チェヤァ》の上の男と女の間に漂うた。

「黙って、小さく笑ってばかりいたって仕様がないね」

戸村は今度反対にグラスを女の前に置いた。お文はグッとそれを飲み干してから、

「戸村さん……」

あらたまって声を切った。戸村は待ち構えていたように、緊張し切った心の全部を女の声に傾斜した。

「貴方は、他に誰か馴染《なじみ》の方がいなさるの？」

「馴染？　何処に？」

「何処にでも」

女は又もグラスを唇に傾《つ》けた。

「あるように見えるかね」

「わたし、ないと思うのですけれど……」

戸村は寧ろその突然な質問に驚いた。昨夕《ゆうべ》、熊谷と語り合った、漁村のエルサベス、――あの女は恋の女ではない。もちろん馴染でもない。旅の淋しい孤独な自分の空虚を満たした一時的な女に過ぎない。〝馴染〟という言葉の意義は、こうした社会の意味と自分の考えてる意味と余程かけ離れてるようにも思われた。自分は、もし自分の過去に馴染という優しい、柔らかい文字が自分に結ばれてあったものとしたら、あの優しかった少女ウエラとの間だというより外に誰もいない。ウエラは、あれっきりの女だったけれど自分の白い胸の紙に、紫の斑点を永久に落していった女だ。エルサベスを抱いて寝た夜もウエラの肌を恋うた。遠い汽車の旅に、ゆきずれる女の衣《きぬ》ずれにもウエラの影を恋うた。ウエラは何処へ行って、どういう男の自由に任されていてもいい。あのうら若い十八の小娘が紅い頬と、長い睫毛《まつげ》の下に故郷の空色した瞳は、どうしたって自分のものだ。あれだけは誰にもやらぬ——しかし、これは馴染でない。尠なくともお文が今、訊《たず》ねてる意味の馴染ではない。馴染ではないが……

「わたし、ないと思うけれど——」

という言葉は尠なからず戸村の権威を害《そこの》うていた。

「それが、どうしたと言うんだね」

「なければいいんです」

「言いたいというのは、それだけかね——」

「まだ、あるんですけれど……なんだか、面と向かっては言い難《にく》いわ」

「何を言ってるんだね」

戸村は、少し大胆になりたさのビーアを呷《あお》った。心の底には制御し難い一種の欲望が火を焚《た》き始めた。馴染がなかったら、どうしようと言うんだろう。自分はウエラのあの美は別として、この女を陰ながら恋うて来たのも事実である。しかし、こうした社会の事情に暗い自分は、有夫の女を恋することが罪であるとばかり信じて来た。

「言ってごらんよ！」

ビーアを女に注いで、煙草に火を点じた。

「だって、きまりが悪いんですもの——じゃ、貴方が島へお帰りになってからお手紙に書きます」

「手紙は手紙として……折角電話までかけて呼んでくれたんだから話の大体だけでも言ってごらん！」

「じゃ、言います」

女は又もグラスを傾けた。

「貴方はきっと誰にもお言いになりませんでしょうね……実はね、貴方にも私にも仇《あだ》になることなのよ——」

「何です……誰のことです！」

「きっと、他言なさると嫌ですわ。あの、河野さんのことです……」

二七

「河野？　河野がどうしたの？」

「私、なんだか怖いわ。……貴方、私に誓って下さるでしょうね。そうして、私の味方になるということも……」

「それゃ勿論さ」

戸村は、お文の手を堅く握った。

「じゃね……」

微かな女の声が唇から洩れる頃、四つの唇が二インチ位に接していたが、しばらく紅い沈黙が室内を彩っていたが、二つの交《つが》った胡蝶が離れるように、白のウエストと、黒の洋服が離れた時、四つの輝いた瞳が、星のようにしばらく瞬《まばた》きもせず動かなかった。女の耳朶《じだ》の紅《くれない》が、頬に目蓋《まぶた》にひろがった。男の息は、長く吐かれて、まだ残ってるような女の唇の温みを再感さした。

「わたしの味方にね……」

味方！　何たる弱い言葉だろう。今の場合、戸村は、味方だけでは承知できなかった。

「僕は味方どころか、君のものになりたい……」

そして戸村は再び唇を求めた。南洋の土民がパインアップルを吸うように、男は女の首に巻きついて、そして踏入った秘密の世界を占領した将軍のように、勝利の誇りと、征服の快感を一身に集めた。

乱れた頭髪を梳《くしけず》りながら、女は再び座についた。その時、戸村の胸には火のような恋と、焔のような嫉妬が闘っていた。――この女は誰にでもこんな快楽を施《ほどこ》しているのでなかろうかと……。

しばらくしてから、戸村は、

「して、その河野はどうしたと言うんだね」

もう、五分間前までは姉にでも対しているような気もちだったが、今は被征服者に対するような態度で言われた。牝鶏《めんどり》のように、反抗力のなくなったお文は、もみ上げの髪を耳に挟み込むようにして、

「河野さんは、あまりしつこいんです……」

恋の占領者は、今では、最高の幸福の上に悠然として煙草を燻らしながら、牝鶏の哀れさで、甘い話しぶりを聞き始めるのであった。

「あらっ、まァ」

女は驚いて、両手を両肩の方に狂《ま》げながら、口を開いて叫んだ。

「どうした」

戸村は、びっくりしてその姿に見入ると、お文は、紅い唇を震わせながら、ようやく狂げた右手をさし伸ばして、男の肩をはたくのである。

「気味の悪いこと！」

大きな黒蜘蛛が、白い被布《クロス》の上に落ちると、お文はまたも縮み上った。

「なんだね」

男は、その細い針金のような足を振わせながら迷い去ろうとする黒蜘蛛を指の先で摘もうとする手を押えて、

「およしなさいよ。まあ、気味の悪い――」

「何が気味悪いの、こんな虫」

女はまだ震い上っていた。

ひっこんでいた黒蜘蛛は、もじもじ動き始めた。女はナプキン・ペーパーで指を掩うて、摘み捨てようとするのを、

「まった、まった」

と制して戸村は、女の襟飾りになってるブローチ・ピンを外した。

「まァ、どうするんです……まァ、私、ほんとに蜘蛛は大嫌いなのよ、なんだか山賊のようで……」

戸村の心の中には、妙な茶目気が湧き出した。この女は驚いたり、忌み嫌うことを、どんな姿で表象するだろうかを見たくなって来たのだ。そこで、ピンの先を一寸唇に当てて、黒蜘蛛の胴に刺し込んだ。

「まァ……戸村さん――」

叫んで顔を被う女の首元に、

「ほらっ」

といって突きつけた。

お文は立ち上って、

「御免なさい……御免なさい」

顔を覆うて叫ぶのだ。

戸村は大きく笑って、

「恨《うら》めしそうな目付きをしてるよ、これごらん！」

ピンを逆しまにして見つめる。

「いたずらっ子ですね、戸村さんは」

お文はまだ両眼をおさえている。黒い血がたじたじピンの傷口からはみ出てくるのを戸村は、指の先にしませては被布《クロス》に塗りつけた。

「蜘蛛っていう奴は一種の哲学者だよ」

「何であってもいいですわ。私は、蜘蛛と薊《あざみ》が大嫌いなのよ……」

二八

ビーアを再び運んできたお文は、もう、久しく連れ添うてきた男でもあるように、

さっきの蜘蛛のことも忘れたように、切ない心の何かを眉間に現わし、

「私、今日、城田さんからお手紙を受けたのよ！」

「城田から？」

戸村は妻楊枝でゴシゴシ歯の間をかき回しながら、「暗い秘密」の舞台に突如として現われた人物が、何を仕出かすだろうかと、心を戦《おのの》かせながら見つめるような心で聞き返した。そうしてその瞬間、あの自分より五つも六つも年上の、友を胡魔化《ごまか》すことが平気で、殊に女を引っかけるには一種の天才である背の低い肥った鰌髭《どじょうひげ》の男を頭に描いた。大きな口を開けて、あははと笑う彼の顔と、笑う時には異様な光を放つ金歯と、そうして全ての困難な世事を偽笑の中に丸めこめる狡猾な性質とを、まざまざと心に描いた。

「それで私、困ってるのよ」

「何で……」

「河野さんが、きっと何かつまらないことを言ったんです」

「その手紙を見せてごらん！」

「癪《しゃく》に障《さわ》ったから、引き裂いてしまったわ！」

戸村は、それだけでは、何が何だかわからなかった。

「初めから言ってごらんよ」

「ただね、こうなんです。河野さんが、北の海辺にゆきなさる七月の初め頃、毎晩毎晩私のところへ通っていらっしゃったんです。そうして、その度ごとに、何処かで密会してくれろと言うんでしょう。白人のホテルへ来てくれろとか、公園へ来てくれろとか言うんです。初めのうちは戯談だとばかり思ってたんですが、それが貴方毎晩なんです。お若い方ではあるし、気の毒にもなりました。そんなに貴方がお望みなさるなら今晩、私ところ[58]のホテルに泊って下さい。そうしたら私、明朝お伺いしますと約束して、丁度あくる朝の十時すぎに行って逢ったんです……いいえ、そんな関係なんか何もないんです。河野さんはね、ただほろほろ泣いてるんです。貴女《あなた》を愛してるんだから、どうか僕を愛してくれってね……そして、城田さんのいらっしゃる北の海辺へお出かけになったんですが、淋しいあそこのキャンプで、例の城田さんの口車にのって私と密会したとでも言ったらしいんです。何の関係もないんですけれど、人の悪い城田さんはそれを新聞に素《す》っ破《ぱ》抜くとか何とか言って来たんです……」

お文は語り終ると、溜息を吐いた。戸村はその怪しいホテルの密会を想像していた。

「君の方からおしかけたんだね」

「そうじゃないんです。一目だけ逢って話したいといって切ないことばかりおっしゃったもんですから……え、そりゃ私が悪かったです」

「で、僕の仇《あだ》になることとは――」

「……貴方は私を信じて下さったら――そうして愛して下さったら、他に河野さんという仇がいると言うことなんです……」

二人の手はいつの間にか握り合っていた。

女は、何かを回想するものの如く夢みるように、窓の小風が、天井の蜘蛛の巣を、ふわふわと動かしてるのを、とりとめもなさそうに見やっていた。

その時、戸村はこの女と自分はこれからどんな心で結びつけられる運命に陥るのだろうかと考えていた。たとえこの女に、どんなやましい過去の歴史が書き付けられてあるにしても、それは自分の開拓しない以前の彼女である。これからは自分の開墾によって植えつけられるラブの花が、彼女の胸土を領有していさえすればいい――。この、優しい女！　そうして夢みてるような女、もう自分のものである。あの瞬間のキスに、自分の唾液が彼女の舌を伝うて全身へ播《ま》かれた。同時に彼女の唾液も自分の全身に浸透した。

――戸村は、愛する誇りと愛される法悦に、全身の煮え返らんばかりな歓喜を味わった。

「貴女《あなた》は、私の外に、誰も愛して下さらないでしょうね」

女はしばらくしてから、男の手を握り返して呟くのであった。

二九

今度こそ返事があるだろうと期待していたことも仇となった。——城田は、橋の上に立ちながら、油ぎった水の流れが、夕光にきらめく下を潜る小魚を眺めながら、忌わしい想像に深入りしていた。六時を告ぐる汽笛に、会社の出口から汚ない労働服の支那人、日本人、白人の労働者らが、追い出される羊群のように、終日の労働から開放されて自由と幸福の門外に出てきた。城田はオフィスに帰って今日の仕事を休んだボーイたちのことや、売上高の帳面などを一通り調べてから、鯰《なまず》色の瓢箪瓶《ひょうたんびん》から赤い南京酒《ウンカッピー》[59]をグラスに注いで一口呻《あお》った。今晩は、今少し激烈な手紙を書いて送ろうと思案をめぐらした。


「が、もし、あの手紙は人手に入らなかったろうか——」

といった不安も起ってきた。もう半年以上も自分のままにしてきたお文が、自分よりか若い男どもに気を浮かしてるようなので、それが嫉《ねた》ましくなってきた。戸村はどうしてるだろ、川辺は相変らず通ってるだろうか。又、河野の事をどんなように思ってるのだろうか――。

出かけて行って、この怨みを晴らすために、お文の頭髪《かみのけ》を引きむしってやりたいような気もちがわくわくする。

「おい、福神漬があるかい！」

激しい仕事を終ってから、すっきりと身体や顔を洗って、これから食堂に行こうとして来た河野は、戸を開けると城田を見て叫んだ。

「ウ、ある」

血色のよい、鼻の高い、そうして背のすらりとした河野の姿を見ると、城田は、こういう若い、奇麗な青年どもと、恋の競争をすることが無駄なようにも思われるが、しかしオレだって男だ、腕づくででもあのお文はオレのものにしておかねばならぬ。

「今晩もまた、菜っ葉か。オイ、君らは、何とかして南京のコックに苦情が言えないのか」

河野は、毎日毎日菜っ葉ぜめにされた上、激しい労働に追い立てられてる生活を心から疲れたように呟いた。

「缶詰があるからいいだろ」

棚へ攀《よ》じ上った城田は、こう言ってから河野の感情を害わないように、

「シアトルへ帰りたいんだろ——お文さんが待ってるだろうからな」

と付け加えた。ボーイたちはぞろぞろと食堂へゆく。彼等の足音が響く。オフィスの戸を用もないのに開けて覗いてゆく者もある。

「さァ、行きましょう、行きましょう」

長靴《ブーツ》を穿《は》いた松島《まつしま》は一寸顔を出して、城田に言った。

「今、ゆく。おい、ボス——一杯やらないかな」

戸を閉めて二、三歩出かけたボスの松島は引き返してきて、赤い酒を一口飲んでから、

「今日は、えらかったでしょう」

と、河野を顧みた。そして、

「もう、これから暇になりますよ。まるで遊んでるようなものですよ」

なだめるように言って、

「行きましょう、行きましょう、飯がなくなりますよ」

四人は、だだっ黒い床《ゆか》のホールを抜けて、薄暗い食堂に入った。百四、五十人の日支人が、入り乱れて食事をやってる様は、まるで餓鬼道《がきどう》のようだ。河野は、今年初め

てこういう生活を経験したのだが、穢多《えた》の群か乞食の団体のようなキャンプ生活にもかなり馴《な》れてきた。単調な支那料理も鼻につき、ある時などは、食卓をひっくり返してやりたいような気になることさえあるのであった。

福神漬を南京飯《めし》にぶっかけながら、食を味わうというよりも、腹を肥やすといったような気もちで、口へ掻《か》き込んだ。南京人どもは、例の不愉快な発音で、じゃらじゃら何かを叫び合っていた。向こう隅の食卓には狡猾なボーイどもが、鶏を盗んで来て、焼いて食ってるのもある。

意気地のない日本人のボーイどもは、こんな粗食に何の反抗を試みるでもなく、馬鹿者扱いにされた生活に安《やす》んじつつ非衛生な季節労働を終ると、シアトルに吸い込まれて、反動的な鬱憤晴《ば》らしを料理屋に注ぎ込むのである。——河野はその浅ましいコスモポリタンの生活を反省しつつ心を淋しがらしていた。

三十

暗礁を告ぐる浮標《ブイ》の上に据えつけられた鐘が、波に揺れて淋しく海岸の秋の草木へ響く。夕陽は小島の背後に落ちつくして、水の色が刻々群青色を増してゆくと、白い鴎《かもめ》の五、六羽が、終日の奮闘から疲れたかのように、工場の傍の橡《とち》[60]の尖《さき》にとまって、静かに鐘の音をきいてる。煙突《ファンナー》という煙突はすべて煙を停止し、響を殺した各工場は死せる巨獣のように、垂れくる秋夜の幕を待ってるようだ。

河野は、汚れたコートに鳥帽子《キャップ》を冠って、とぼとぼと橋を渡った。橋ぎわの鍛冶小屋の横には錆びついた鉄の棒や円板が、もうほろろ[61]寒く感ぜられる海辺の薄暮に、忌わしい死を標榜するように横たわっていた。入江の岸に、この夏は、美わしく咲き乱れたナスタシャム[62]も、もう枯れかかった。――そうした光景の上へ、悲しく匍《は》い回る〝哀れなもの〟のような沖の鐘の音が絶えず響くのだ。

河野は無性に、シアトルが恋しくなった。こうした夕暮れに幾十度恋したシアトルだろう。田舎町の場末の、がたくたした家屋が、老婆の歯のように、稀にあちこち建てられてるほか、山と野と海である。その孤独な寂寞の夕暮れを、淋しがれと強《し》うるような鐘の音は、いっそう傷ましく響くのだ。

橋を越えて彼は、会社社長の家の垣に沿うて歩いた。日向草《サンフラワー》が癩病《らいびょう》患者のように物憂く五、六本立ってる。そうして、秋菊《デージー》とコスモスが、群がった胡蝶のように、暮れゆく秋の庭を飾っていた。

自分は今、恋などしてる時期ではない。空想などに耽ける時代《とき》でもない。実力を養成しなければならぬ時代だ。――河野はいつもこう思った。そうしては、キャンプの夜に経済学書を繙《ひもと》いたり、クロポトキン63の思想を渇望したりしてきた。そうした理性の克《か》った彼は、その反面において、この頃恋を悩み出したのであった。

間垣に頬杖《ほおづえ》つきながら、河野は頭の中で友だちの能力を比較してみた。大山や浮田、戸村や川辺、田島や城田といろんな顔が頭に浮かんできた。そうして彼等は、自分が彼等と異なってると同じように、異なった性格と思想と情緒と希望をもって活きてる。みんな親しい、懐かしい友だちではあるが、いよいよという段になれば誰一人、自分の全人格を解してくれそうな者もなかった。自分は今、切に恋してるお文のことも、自分はどれほど恋し焦《こが》れてるかを彼等に理解させることができない。よし、できたにしても徒労である。

そんなことを思い起こすと、河野は、この日向草のように、人間は一本立ちに生きて、花が咲き始めると、朝から晩まで太陽を恋し、そうして夏の炎天の熱い情を恵まれたら、秋の初めに小黒く朽ちる花房と果ててしまうのだ。――人間もこの日向草と変りがないようだ。自分は故郷に対しては、一家の主人として早くから父母を失った弟妹を養ってゆかねばならぬ義務と責任をもっているのだが、それらを犠牲にしているように今は太陽を追い回す日向草のようにお文を追うている。絢爛な、料亭の夜の甘い匂いに、再び洗いさらすことのできない斑点を胸に染《そ》ませて悶裡《もんり》の結果こんな田舎にまで落ちてきた。自分はあの頃の自分を迷いだったと反省もするのだが、こうしたところの毎日はやはりシアトル恋しとなる。お文の笑顔である。温かい手の触感である。

「おい、何をそう一人で考え込んでるんだい！」

暗い夢から醒めたように、河野は振り向くと、城田は、夏から冠りつづけてきたメキシキャン帽[64]をあみだにして、げらげら笑って肩を叩いた。

「あと、もう二カ月だ、我慢しろよ」

河野は、自分の心の裏をかかれたような気がしたので、

「金の工面に困ってるのだよ。弟から手紙がきたのでね」

「どれ位だ――」

「百ドルだけれどね」

城田は心配そうな顔で何のかのと訊《き》いてくれるけれど、それは口ばかりであることを知ってる河野は、本気になって詳しいことを打ち明けようとはしなかった。

遅い蚊が二人のまわりを群がり飛んだ。

向こうの停車場の灯が、あたりを照らし始めた。

三

城田は何かを言いたそうにして、シガーに火を点じた。そして、笑いたくもないのに口を開けて笑い始めた。

「何がおかしいんだ！」

河野は、淋しい眉をあげて、二、三歩先から顧みた。と、城田はポケットの中から、縁《ふち》に縫いをした女形のハンカチを鼻にあてながら、河野を嘲《からか》うように再び笑った。

「怨みのハンカチか……小説のようだな、河野……」

河野の穏やかならぬ情炎が、一時に逆《のぼ》せ返ってきた。

「城田、返してくれ、それを」
二、三歩すり寄るのを城田は避けて、また嘲った。
「ああ酔った！　酔った！」

河野はあの晩、実際、酔っていた。そうして嘔吐した。あの部屋は、ひっくり返るように、友達や女どもが回り燈籠《とうろう》のように見えた。二人の友達は何かを言い争っていたが、自分はお文の柔らかい膝にもたれて、わさびおろしか何かで、かき擦《こす》られるような頭の痛みを感じながらも、初めての女の膝にもたれる快感を味わっていた——。

「しっかりしなさいよ、河野さん」背を撫《な》で下ろす女の囁きには微妙なリズムが響いた。そうしてまた、吐いた。ぐらぐらする胸は、女の手を握るほかには何の頼りもなかった。その時、自分は、自分の唇を拭ってくれる柔らかいハンカチの一端《ひとはし》を何心なく指に掴んだ。そして、

「これを僕に下さいネ――」

女は、そのまま黙って、あの魅力ある視線を、膝の上の自分に投げてくれた。その時から始まった自分の恋心であった。――河野は、それから、こちらにくる前の晩、女との密会所を定めて、あくる朝、ホテルの一室で逢ったが、恋しつつある女の威力に圧せられて、ついはかない別れをして来た悔いを、二、三日前城田に告白したのであった。彼は城田とお文の間にどんな関係があったかを知らなかったのだ。キャンプの淋しい恋の悩みに、包み難い情緒をくり返す友だちもなかった城田という男は、懸け引きのうまい、そうして卑劣な人間だということは知っていたが、釣り出されるままに、

「僕はある女と恋をしていた――その女にならば僕は一生を捧げるために、世間の道徳や習慣の全てに逆らって堕落しても構わぬと思ったほどの女であった。――勿論それは三、四年前のことではあったが……」

と、ごく抽象的に、曖昧な前置きを出して、

「その女に、僕はとうとう負けてしまった。――僕くらい臆病な、そして拙劣な男はないと、あの時の事を思い出すと腹が立つ。女と密会しながら、その女を征服することができなかった。つまり、今から思うと女は十分決心してきたに相違がないんだ。それを僕は、手出しできなかった……」

河野は、たったそれだけ言って溜息を吐きながら、ポケットからハンカチを出して、何かをそそるように匂いを嗅いだ。

城田は、そのハンカチを一瞥すると、

「オイ、妙な物をもってるね」

といって、傍に寄ると河野はあわててポケットに捻《ね》じ込んだ。

「誰から貰ったハンカチだ、それは……。一寸見せ給え」

「今、言った、その女の形見だ」

城田は、その一語によって、心の嫉妬を自ら確かめた。あのハンカチはきっとお文のハンカチだ。だとすれば、河野も、あのお文と密会してきたのだ！

そう、疑うと、城田の頭には、お文という女の性格が描かれて来た。密会までするようになったら、きっとあの女のことだから、あれを許してるに違いない。――お文

に対する憎悪の念が込み上げて、頭が急に熱い血に満たされた。

「一寸、見せ、河野」

といって、無理にひったぐったハンカチは、正《まさ》しくお文からのものであった。

「ウ、わかった」城田は、口髭を下歯で噛みながら、「君は、お文のことを言っていたんだな」

がくりと胸に響いた河野は、

「ノー、ノー！　お文じゃない」

河野は、急に白を切り始めた。

「お文じゃないよ。あんな女に誰が惚れるもんかね」

とは言ったが、穏やかならぬ胸を覆うことができなかった。

三

河野は、とうとう城田に嗅ぎつかれた。嗅ぎつけた城田は、この間から二、三通も出した手紙に返事のないことから、疑いが益々広く展《ひろ》がり始めたのであった。そして、過激な脅かし半分の手紙を出したのだが、今日あたりその返事が来なければならぬのに、来ないものだから、苛々した気もちを取り抑えることができなかった。河野は、自分の秘密がとんでもないことから暴露されたのを打ち消すために、いい加減なことばかり口にしたが、城田の顔色が刻々変ってゆくのを認めずにはおれなかった。彼は城田から今日までお国の惚気《のろけ》ばかりきかされた。だからお国と何かの関係があるのだろうと思っていたのに……。

しかし、うるさいあの男は、噂をふりまく一種の天才だから、これからでもどんなことを吹聴しだすかもしれぬと思う心から、何の気もないような自分を表明するために、形見のハンカチを城田に投げつけた。

「オレにくれるのかい？」

それを拾った城田は、叫ばんばかりに言って、

「よし、これゃ、有難い……」

それから毎日ポケットの中へねじ込んでは、切ない怨みをお文に寄せているようであった。

——このハンカチは、記憶をくると、もう三ヵ月も前のこと。そうだ、河野がまだここへ来ない前にオレは、高峰《たかみね》と二人でお文のところへ行った。その時、エプロンのポケットから、はみ出ていたのを自分はひき出して、「オレにくれるだろう」と言った時、いけません——と言ってどうしてもくれなかった。小癪《こしゃく》にさわったばかりでは

ない、高峰の前もあったこと、それを女へ投げ返した。

あの頃から河野と何か深い関係があったのに違いない。このハンカチは、正《まさ》しくあの時のハンカチだ――その時のことを城田は言わなかったけれど、それからの彼は河野に出遇いさえすれば〝怨みのハンカチ〟と言って笑った――

河野はだんだん女のことを小うるさく訊《き》きただしにくる城田がいやになってきた。それと同時に、キャンプの生活もいやになった。七月から九月までの約束で来たのに、なぜ、あの時人手が足りないというので松島から頼まれた時、「じゃ、十一月まで居ましょう」と約束したのだろう。もちろん、故国へ送ってやる金を得たさからであったが、今となれば、あの時見切ってシアトルに帰り、何か町の働き口をとっておればよかったのにと悔いられる。

今、城田からまたも、ハンカチを見せつけられたので、河野は、癪のやり場がなくなった。殴り飛ばしてやりたくさえなって来た。

「君もいい年をしていながら、馬鹿らしいことばかり言ってるね」

河野は、たしなめるように叫んだ。

「年はとっても、あの道は又別だよ、河野」

「つまらない、そんなハンカチは捨て給え」

「捨てて堪《たま》るもんか、これでお文をゆすってやるんだ」

「ゆする？　下等だな、君は」

河野は、言い捨ててまたも二、三歩前に進んだ。

鋸草《のこぎりそう》は、淋しく道傍《みちばた》に、ほの暮るる秋の夕べを飾っていた。二筋しか通っていない電信柱をかすめて蝙蝠《こうもり》が飛んだ。道の行先が滝木ばかりの丘続きで、入海の折れた向こうには、遠い都に出るために、汽車のレールが引かれていた。今、そこへ白い煙を立てて、黒い汽車が、忌わしい響を吐き出しながら、丘のうしろへと走った。

一《ひと》しきり丘の上に、汽車のがさくさ響く音が立っていたが夕べの幕《カーテン》が、刻々地上を黒く接吻し始めると、田舎という大きな寂寥が、動かない巨獣のように、彼等の前に横延びとなった。

城田は、明日お文から返事が来なかったら、松島をうまくだまして、会社の用事にかこつけシアトルへ出ようと、決意した。

三

河野は今日の仕事にも疲れてしまった。晩食が済むと事務室《オフィス》にそのメランコリーな顔を出した。蠅糞《はえくそ》でぬったような電球の下に、デスクをとりまいた三、四人の中には松島が、親分気取りでカードを撒《ま》くのを、ほかのボーイスが一枚一枚拾って、互いに猫が獲物を守るように凝視しては、手前にある銀貨をカードの上に重ねて、勝負を争っていた。ズーズーいうパイプを厚い唇に挟みながら、思案そうに眺めてる魚洗いの吉《きち》さんは、昨夜の勝負ですっかりやられた悔《くや》しさを晴らすように、森《もり》という手伝いの男の後ろから、

「貴公《ユー》は、そぎゃん[65]手で行くがかい」

と野次った。

「黙っとれ、吉《きち》!」

森は、けわしい眼でうしろの吉《きち》を睨んだ。ブラフ[66]でゆく冒険の裏をかかれたので。

「さっ、森さん、そりゃ一ドルかね」

松島はこう言って、自分のエスの札三枚を並べた。森は、三枚のクインの札を惜しそうに放《ほう》って、

「吉、貴公《ユー》は、いらんこと言うからだ、ゴッデム[67]」

又、二、三人ぞろぞろと入って来た。河野は、奥の部屋を覗くと、そこには元木《もとき》が眼鏡を光らしながら、ベッドに腰かけて相手の若造と何か笑っていた。

「オ、河野——大変な事件が起こったぜ！」

何でもないことに景気よく、大事件のように吹聴したがる元木の性格を知ってる河野は、又何を言い出すやらと、取合わぬ風に、

「どんなことだ」

「城田が何処へ行ったか、知っちょるか？」

「何処かへ行ったんか！」

河野は、胸の動悸を早めないわけに行かなかった。

「まァ、一杯やれ」

と元木は、ベッドの上から南京酒の土瓶を取り出して、曇ったグラスに赤い酒をさした。

「奴も奴だな、オイ、河野、——お文をゆすりに行ったんだぜ」

「シアトルへ行ったのか」

若造の男は、河野の驚いた口元をながめて、

「城田さんは、あんなことにかけては天才ですからね」

と言った。

隣の事務室《オフィス》は、博奕《ポーカー》が益々熾《さか》んになってゆくようだ。大勢で、かけを競う声が漏れ

た。河野は元木から、城田のシアトルへ行ったわけを根掘り葉掘りしたが、会社の用事で、菊竹《きくたけ》事務所へ何かの打合わせに行ったらしいというだけである。

「しかしオイ、河野、お文は城田にすっかり参ってるんだぜ」

元木は少し回りかけた酔いに乗じて言い始めた。

「そりゃ素晴らしい証拠があるんだ。あのトランクの中には、そりゃ大したものが入ってるぞ」

といって、隅の方の小さなトランクを指さした。

「どんな証拠だ」

「手紙ばかりでも大したものだが。そのほかに、お文と密会した日記やら、彼女の頭《かみ》の髪《け》まであるぜ」

「お文のかい？」

「ウ、それで、君は何も知らずに、うまく城田の口車にのってお文の惚気を言ったもんだから、彼奴《きやっ》、気が気でなくなり、出かけたんだぜ……」

河野は、頭の中が莚《むしろ》の目で擦《こす》られるような気になった。そうして身体が一時におし縮まるように思われた。しかし、口の軽い元木に感づかれるのを恐れた河野は、

「嘘だい、そんな馬鹿なこと。僕とお文とは何のこともないんだよ、城田を引っかけ

てやったんだよ」

「それでも城田は、貴公《ユー》を恋仇《こいがたき》だといって、毎晩口惜しがっていたよ。例の〝怨みのハンカチ〟でこの間も涙を拭《ふ》いていたぜ。――城田の奴、ホラも吹くし嘘もつくけれど、あれで涙もろいからな。なァ、そうだろう？」

と元木は、いやみある笑をこめて若造のボーイを顧み、

「お前も内々嫉《や》いてるんでないのか」

と付け加えた。河野は、その少年の横顔にさびしい目をおくった。三年も前から城田にひきずりまわされている不思議な少年であった。

三四

少年は秀《しゅう》ちゃんと呼ばれ、眉目《びもく》[68]の鮮やかな色の生白《なまじろ》い子であった。幼少の頃から同性に愛されてきたこの少年の性質は全く女性のようになって来ていた。三年この方、城田の後にばかりつきまわり、城田は又彼の後ばかり追うた。

城田はキャンプの野蛮な生活の中で、この優しい少年とともにあることが、どんなに慰められたかしれなかった。少年は又、どんな犠牲をも、この信頼すべき大人のために払ってきた。

「北極近くの大自然が、その悲愴な夕暮れを、わが眼前に展《ひら》く時、ただ熱い涙がこぼれる――故郷を恋し、妻を慕う、寒い夜の慰みに、わが秀は唯一の友である……」

城田は去年、アラスカに行っていた時、大山のところへこんな手紙を書き送ったこともあった。

女性化された秀ちゃんは、城田のハートが去年の暮からお文の方へ向いて行く傾向を嫉妬し始めた。そうしてこの頃は、もう城田の何物をも信じなくなってきているのである。

「何日《いっ》、帰ってくるのですか」

と先刻《さっき》別れ際に、秀は、城田に訊いた。

「明後日《あさって》帰ってくるよ。何か買って来てやろう――何か用事がないか」

城田はこう言って汽車に投じたが、秀の胸は穏やかでなかった。

「僕は欺《あざむ》かれていたのだ」と少年は呟いた。「城田さんはただ僕を弄《もてあそ》んでいたのだ」

そう思うと、少年は居ても起《た》ってもおれなかった。しかし考えて見ると、自分も男である。――少年は先刻から泣かんばかりに心の中で苦悶し、かつ悲嘆していた。

「秀ちゃん」

河野は、少年の肩を叩いた。

深い迷想から呼び起こされた人の如く、少年は頭をもち上げた。

「え」

「散歩に行かないかね」

「何処へ？」

「あの丘のあたりを。もう月が出るよ」

二人は、盛んな博徒《ばくと》の部屋を通り越して戸外に出た。もう、ほろろ寒い秋の潮風に、沖の浮標《ブイ》の鐘が、相も変らぬ響きを送った。

橋を越えて、枯れ草のままにほの白く夏の名残りをとどめた鋸草の花を踏み踏み二人は無言で丘の裾をさ迷うた。

秋の虫が、悲しみ、悶え、悩みある人の心をさらに強めるべく、草葉の蔭を啼きしたった。

河野の頭には、明るい料亭の灯が描かれた。その鮮かな光線の下に、わが恋するお文の姿が様々な印象を呼び起こして浮かんだ。甘い三味線の音が、うっとりと次の部屋からでも起こるものの如く彼の耳に流れた。

三味の音が消えてゆく夜の静かさに、鐘の響きがつながって聞こえる。――吾に返ると河野は、自分の後方《あと》から垂首《うなだ》れてくる秀ちゃんの二、三歩前を歩いていた。

「君はどうして学校へ行かないんだね」

河野は自分の描想《びょうそう》から醒めた時、真面目なことを考えてでもいたとみせるように秀ちゃんを顧みた。

「行かなきゃならないんですけれど……」

少年は垂首れたままうなづくように呟いた。恰度、大きな牛の背のような丘の端から、黄青い月が上《のぼ》りだした。虫の音は一斉に、月光を吸う甘い快味をそそりたてるように唄い出した。

「城田のような奴にばかりくっついて歩いちゃ、ろくなことがないぜ」

しばらくしてから河野は、さし上る月を打ち眺めながら戒しめるように言った。

「僕は、こう文学者になりたいんですけれど」

少年は輝きある瞳をあげて、感傷的な虫の音から覚めたように言った。

「文学者にでも思想家にでもなるがよかろう、しかし若い時は勉強することだね」

こう言ったあとから、河野は限りない寂寞を胸に味わわずにはおれなかった。自分はもはやこの少年のような時代を二度と見ることなしに果てて行くのだ。蜜蜂《みつばち》が蜜を吸って歩くのは詩人をして歌わせるためではなかった。しかし、詩人は蜜蜂を歌わずにはおらぬ。自分はもう過去をあこがれねばならぬ時代にきてしまった。

「河野さん、僕に少し英語を教えて下さい――」
少年は生真面目に言い出した
「僕んとこへ仕事がすんだら来給え！」

三五

二人は丘の小路をあてどもなくさ迷うた。常盤樹《ときわぎ》のない丘の隅から隅は枯れ、枯れ葉に掩われたその上を黄金色《こがねいろ》にさす月影は、秋という字を具体的に表わしているようであった。少年は、無性に気が鬱《ふさ》いできて何とはなしに泣き崩れたくなってきた。男として生まれ、男らしく米国にまできた自分の越し方は、なんと馬鹿馬鹿しい月日だったろうかと思い返せば、ただ残念でならなかった。

兄とも師とも頼んだ城田の卑しい性格が、今となっては点の打ちところもなくなった。この春以来、幾度あの人から離れようかと悶《もだ》えた私だったろう。それなのに、意志の弱い私は、無形のある力に誘われて引っぱられてきた。もう同じ寝台《ベッド》に二人が寝るのも苦痛だ。

「河野さん、あんたのところに私を泊めて下さいませんか」

少年は、思いきったように言うのだ。

「城田が何か言わんかね」

外《ほか》の事を考えていた河野は、少年のためにこう返した。

「城田さんは、もうどうでもいいんです。私はあの人にすっかり弄ばれて来ました」

二人は枯れ草の上に腰を下ろした。少年はマッチを擦って煙草に火を点じた。

しばらく寂蓼《せきりょう》な丘の空気が、二人の耳の穴から心の壁へ冷たい風を通した。

かさかさと枯葉が風に嘆くように響く。それが悲しむために悲しんでいるような河野の心をむしり取るようである。小さな兎が灌木の根から根に飛んだ。

「城田と絶交する気かね」

「え」

少年は垂首れたまま、巻煙草を指の先で弄《もてあそ》んでる。

「しかし、もう二ヵ月だからな……二ヵ月すんで、シアトルへ出たら僕の方へき給えよ。そうして真面目に学校をやるのだね」

「はい……」

遠くから汽車がきたらしく、がァんがァんと轟く鐘の音が近づいて来る。彼は何ということなしに、この頃になってから汽車の響きと鐘の音を懐かしむようになっていた。

「一体、君はどうして城田とあんな関係になったんだい……」

少年は、ほろほろ泣き始めた。何も言わずに泣いている。

「おい、泣いてるのか、秀《しゅう》ちゃん――」

傍に寄って少年の手を握った。白い柔らかい手、その触感から、河野は曽つて味わったことのない異様な感覚に捉われた。飢えた人が粗食に真価を認めたように……。

「なぜ、泣くんだ」

といった時は、思わず彼の手を握りしめていた。それでも少年はすすり泣いていた。河野の異様な欲求と、不思議な愛着が、全身から光を放つように湧いた。もう、彼は興奮してしまった。そうして思わず、少年の身体に抱きついた。

少年は尚も黙していた。気味の悪いほど黙している。

「秀ちゃん――」

「え」

すり寄った河野は、夢中になって、少年の唇を求めた。

昂奮しきった河野は、男であるか女であるかを色別するほどの余裕もなく、全く発作的に少年の唇を吸い終ると、吾に返って、あたりを見回した。

「河野さん」

少年は、泣き悩みから脱して、犠牲者のように物暗く、

「私を可愛がって下さい。私はもう、城田さんには愛憎が尽きました」

河野はまだ少年の手を握っていた。そうして、その柔らかい白い腕に熱いキスを残した。

淋しい、苛々しいこの間からの気分が煤《すす》払いされたように、河野の胸から散じた。そうして新鮮な希望と満足が、一時的な彼の胸を支配し始めた。

三六

老婆が帰ってから戸村は、いらいらした顔を田島に向けた。ああした汚ない老婆であるけれど、娘のことを言って泣き出すと哀れでもあった。田島はどうしても野村《のむら》をやっつけてやるといった意気込みを見せていたが、老婆が、バナナの腐り皮のような顔色に涙を染ませて、

「私も娘が可愛いばかりに、こんな苦労してるのでございます」

と泣きじゃくったのと、それに涙もろい戸村が、終《しま》いに折れたので、

「じゃ、野村にもよく言ってやりなさい。世の中ってものは悪い事ばかりして渡れるものじゃないんだからと……」

布哇《ハワイ》に十年近くもいたこの婆さんは、十二になる娘をもちながら野村とともに米国まで駆落《かけおち》してきた。加州《カリフォルニヤ》の田舎から田舎と回って歩いたが何処と身を落ちつける場所もなく、流れながれて北はシアトルまできた。婆さんと野村はもう夫婦気取りで、白人家庭に働きながら住み込んでいた。

そのうちブレマートン軍港の士官家庭から夫婦ものの入用の口があったので、彼等は親子三人という格でやって来た。そして、野村はコック、婆さんは室内掃除《ハウスワーク》、娘は給仕《ウェトレス》となった。娘はその頃まだ十五だった。軍港内の広漠としたゴルフ・グランドの青い芝生や、湾内の黒い軍艦や、士官邸の白い建物や、赤煉瓦の工場やが、絵に描いたように、透き通ったここの空気にしたってるのを眺めて、この家族は今までに得たことのなかった幸福に浸っていた。加州の汚ない田舎のキャンプからキャンプを追い立てられるように回ったことを顧みると、ぞっとするようになった。春夏秋冬の花が庭に咲き乱れ、毎朝の軍港付軍兵の練習やラッパの声にも馴れてきた。三度の食事がすむと彼女は、垢つかぬ白いドレスを着込んで、そこの士官の六つになる嬢さん相手に、広い軍港をぶらぶらと、何の苦も悩みもなく遊び回るのが仕事だった。

軍港内の士官の官邸には、大抵日本人の夫婦者が働らいていた。野村はそれらと交際するではなく寧ろ彼等を避けていた。下膨《しもぶく》れのした眉毛《まゆげ》の薄い彼は蟇《がま》のような格好だったが、朝から晩までよく働らいた。

しかし婆さんは、だんだん野村の態度が変になってゆくのを直覚したが、自分より五つも年下の男であれば悋気《りんき》[69]がましいことも言えず、黙ってその日その日を送った。暗い流れが冷たい彼等の間に通うていた。野村の底黒い眼光がようやく女になろうとしてる娘のお滝へ怪しく射されるようになってきた。

一年半のそうした彼等の薄暗い生活が続いた。

ある冬の日であった。野村は婆さんに町《タウン》へ何かを仕込みにゆくからといってお滝とともに出たが、それっきり二人は帰って来なかったのであった。

気狂いのようになった女は、四日後にサクラメントの消印ある一通の手紙を受けた。文字なんか読めない女だから他の士官の邸《やしき》に働らいている石田のところへ持って行って読んでもらった。彼女は、石田の前で泣いた、叫んだ。そして今日まで自分が独力で蓄《た》めた三百ドルの金さえも彼等は奪って行ったと口説《くど》いた。

手紙はもちろん野村からであった。

それによると、娘も自分と一緒になりたがってる。それにもう妊娠してるから腹もたつだろうが許してくれ。許してくれたらすぐ帰るという意味のことをわかりにくい英文で書いてあった。お滝は布哇の小学校を出たが男は日本文も書けなかった。

女はもう五十の坂を越えた身で、末の事など思うと一層情けなかった。二晩も三晩も泣き続けたが、石田夫婦から説きすすめられて、とにかく二人を呼び返すことにした。お滝はもう人目に立つほどの腹を抱えて帰ってきた。老女は口惜しいやら嫉《ねた》ましいやらで娘を見ると逆上したが、いつの間にか気をとり直し、末のことも考えて、それから町の一寸した角で靴直し屋を始めることにしたのであった。

それからお滝は、年子を三人も産み落した。

三七

こんな騒ぎは軍港内の日本人仲間のほかは誰も知らなかった。戸村や田島は、ちょいちょい町を歩くと、どうかするとこの不似合いな夫婦が汚ない衣物《きもの》を着ながら、夏の夕方など海辺を彷徨してるのを見た。また、汚ない靴屋の店先で、黒い衣物を着た五十過ぎの婆さんが、平気な顔をして巻煙草など燻《くゆら》してるのも見た。

初めの頃は比律賓《ヒリッピン》人だと思っていたが、ある時婆さんが足の短い年老いた黒犬を連れながら町の場末をよぼよぼ歩いていた。学校から帰りがけだった戸村と田島は、この気味の悪い婆さんから日本式の挨拶をされたのでようやく日本人だとわかった。

それから間もなく、戸村は頭を悪くしたので休養することにして南の漁村へ出かけたのだった。今年の春になってから田島は、軍艦の司厨士《しちゅうし》[70]をしている小山《おやま》という老人と知り合いになった。その老司厨士は米国に二十七年間もいてその二十五年間は軍艦にばかり乗っていたという人物であった。そうして、ブレーマートンの丘の上に土地を買い（その頃はまだ排日移民法[71]がなかったから土地を買うことができた。）、小さな家まで建て写真結婚で国元から女房を呼寄せたが、海軍省の命令で紐育《ニューヨーク》へ行かねばならなくなった。そこで丘の家を野村に頼んで去ったのだが、ちょうど暑中休暇になる一週間前、野村は下町の方で一軒の家を借りたいので、白人との交渉を田島に頼んだ。そのお礼として小山の家へこの秋からきて自炊されたらお互いのためになるだろうと言ってくれたので、早速紐育の小山さんに、あなたが帰るまで留守番として一切を借りたいと言ってやったらそれを承諾してくれたのであった。

そして戸村にも早く帰って来いと手紙を出し、夏休みもすんだし、戸村が帰って来たら新しいその家で自炊生活をともにやろうと計画して入ってみたら、その前にそろっていた家具などは全部無くなっていたのであった。

田島はそれを責めると野村は、そんならあの家は借しませんと捨腐《ふてくさ》り始めた。

「君は、そんな失礼な事をいうのか」

と田島は怒って、久しく学僕《スクールボーイ》をやっていた主人が弁護士であったところから話し込んで、今までの野村の来歴をすっかり調べ出し、ブレーマートンを放逐しようとした。

後《おく》れてブレマートンへ帰ってきた戸村は、この事情を聞いてから田島とともに憤慨し、やっつけてやろうと意気込んだ。それが軍港内の連中にも伝わって大騒動となり、おしまいには石田をはじめ連中らが仲に入って野村の詫びとなり、今もそのことで老女がきて野村の性格から気質まで、一々泣きの涙で語って帰ったのであった。

「私は、何度死のうかと思ったかしれません……それでも孫が可愛くなってきましての……」

涙を拭きながら老女は言うのであった。

「まァ、わかった」

戸村は、哀れな老女の嘆きにすっかり魅せられてしまった。そうしてこの間から二、三度、出かけて行って見たお滝や、汚らしい三人の子供や、野村の悪党らしい顔やを思いに浮かべた。

「私も、これで、今こそこう衰えていますけれど、もとはいいかげんな家に生れたものでした……」

と遠い世を偲び返すように婆さんは言いもした。そうして、野村とは同県人であるがどんな生まれの者かも知らなかった。一緒になってから初めて何かとわかり、自分の思い違いだったことを初めて悟りましたと泣くのであった。

三八

二人はまだ揃っていない新しい家の中を、どたばたしながら間に合わせの料理で食事をすました。田島は背戸《せど》に出て畑を耕したり、目ざわりになる木の根を掘ったりした。今日、学校に行ってみると、一年の休学で、すっかり自分は追い越されてるのを知った戸村は、こうしているわけに行かぬと気もあせった。そうして、窓ぎわに寄って飢えた犬が骨を噛《か》じるような苛々しさに書物の頁を繰った。

と、戸外で誰かの声がする。田島は珍しそうな声で何かを喋言《しゃべ》っている。

「戸村君、いるかね」

という声は聞き覚えのある声だ。

何だか、これから始めようとしていた勉強をぶっこわされるような不快な気に襲われて窓を覗くと、田島は、シャベルに足をかけながら額の汗を拭いている。その傍に市川《いちかわ》が手提げ鞄を抱えて立っていた。

「静かないい場所だね、こんなところなら勉強もできるだろう」

市川は言ってる。

「ここに日本式の庭を作ろうと思ってるのさ」

と田島は言って、もうすっかりチャーレストン[72]の丘に落ちつくした夕陽の残光が、向こうの森の梢に、その名残をとどめてる方を指さして、

「佳《い》いだろう？　あの森が。なんとなく日本の鎮守の森のようじゃないか。あんなに鴉《からす》の啼くところなんか――」

「そうすると、この無線電信塔のあちらが軍港なのだね……」

わかりきったことを言ってやがると戸村は思いながら、それでも久しぶりの友がシアトルからやって来たと思えば、懐かしくもあった。

「おい、市川か」

外に出て、戸村は唐突に言った。

「佳いところにいるね、君らは」

市川は羨ましそうに微笑みながら、家の中に入った。

「どうして来たんだね」

三人が椅子に据《す》わると、

「勉強ができるだろ、こういう所では。いいな、創作もできるだろう」

市川は薄い貧弱な髭を危なそうな指尖で捻《ひね》った。それを二人は忌々しそうに見やった。小僧の癖になんだという気もちが二人にあった。

ランプを点けてから市川は、勿体《もったい》そうに鞄の口を開いた。そうして、紐育《ニューヨーク》生命保険会社の代理人になったからという説明をしてから、この町では日本人がどれほどいるかと訊き出した。初めからこの男を信用していない二人は別に取り合わなかった。

「こんな話はどうでもいいが、戸村君、ひとつ君の面白い話でも聴こうじゃないか」

と、彼は気を取り直して鞄を始末した。田島は珈琲《コーヒー》を沸かし始めた。秋の夜は、もう森《しん》として、四隣には何の音もなくなった。時折、森の彼方から犬の遠吠えが聞こえた。

戸村は、ランプの煤《すす》赤い光を見入りながら、キャンプの夜を思い起こしていた。まだ田島とも、ゆっくり過去の一ヵ年を話していないのである。回顧に花が咲いて、ようやく彼の心も浮きあがってきた。

「君らは江州《ごうしゅう》音頭というものをきいたことがあるかい?」

「江州音頭? 盆踊ですか」

市川の眼鏡がランプの光に照り返った。

「ウ、盆踊に唄うようなものだが、こいつは又、浪花節とか祭文《さいもん》のように、唄うてきかせるものである。僕はあのコロンビヤ河口の漁村にいた時、そりゃ、なかなか上手な江州音頭の先生と出遇ったのだ」

戸村は珈琲を啜《すす》りながら、語り始めた。そうして旅鞄の底から一冊の手帳を取り出した。

三九

淋しい苛々した漁村の生活が再び戸村の頭に復活した。薄暗い倉庫の奥に、仕上った鮭の缶詰を積み立てながら、単調なその終日の労働を紛らすために、戸村は夏になってから入り込んで来た〝江州〟と普通言って通っている四十男の音頭に耳を傾けた。時々黒眼鏡などかける男で、もとは大阪で看板を掲げて音頭を唸っていたと言っていた。彼はだんだんその江州に近づいた。そうして暑い夏の夕暮れなど橋端《はしばた》に佇んで、

「どうだね、一席やってくれないかね」と言った。

人の好い江州は人から勧められると拒みはしなかった。そのうち、聞き覚えしていた戸村も一人でうなるようになった。鈴木主水《もんど》[73]だの佐倉宗五郎[74]だのといった段物[75]のいくつかをきかされた。戸村はそれらの中で段物躄《いざり》勝五郎[76]を一番好いた。江州が黄色い声で初花《はつはな》の恋心から、夜竊《ひそ》かに忍びゆくところを語り始めると気が遠くなる

ほどに恍惚とした。

初花！　戸村は思った。こういう女はどこかにいるに相違ない。自分のために生まれてきてるはずだ。そう思うと彼はどこかの立派な家庭に八助《はちすけ》77のような奉公人として住込みたく思ったりもした。もし私のために初花のような女がこの世に活きながら私を待っているとしたら、私はやっぱり八助のような男となっておらねばならぬと思い耽《ふけ》ったりした。

江州は黒眼鏡を仰向《あおむ》けさしては時々啖《たん》を吐いた。そして初花の乙女心に執念深い押かけ恋を、濃艶な形容と、軽いユーモアとで諄々《じゅんじゅん》説き始めた。一人二人とキャンプの連中が集って、いつの間にかその橋端がボーイらで埋まった。

それから戸村の発起で、町《タウン》の若連中から三、四会社のボーイスを集め、玉場で江州に一段語らせることにした。大勢寄るといろんな芸人も集まるもので、その中に三味線をもって来る者もあれば法螺貝《ほらがい》78の真似をする者もできて、賑わしい一夜を送ったことであった。

「疲れたろう、江州」

戸村はその晩慰めるように言った。

「はァ、有難うございました。お蔭さまで二十ドルほど儲かりました。書生さん、どうです。今晩はもう遅いし、別嬪《べっぴん》のところへ遊びに行きましょうよ」

江州は真面目くさって言うのであった。

「僕は帰るよ」

「いいじゃありませんか、何も迷惑はかけません」

その頃はエルサベスのところへ折々通った時分で、まんざら気がないでもなかったが、ふり切って帰った。

それから江州とは別懇な間柄になり、彼は国の女房へ送る手紙などの多くは代筆してやった。そんな芸人なもんだから江州には又通《つう》なところもあった。大阪の芸人社会を語り、旅宿の女中を転ばしたり、ところの習慣になってる悪戯《いたずら》の話やなんかを、まるで彼等に与えられた道徳かなんぞであるかの如く彼は平気で語った。

そんな惚気やら、卑猥な話に釣り込まれて戸村は淋しい旅の宿りのやる瀬にしながら、一人となれば初花の音頭を呟いた。

無限の寥寞《りょうばく》が、江州などから聞かされる暗い明るい、そうして甘い世界の秘密を求めさせるために、彼の胸を刺激した。こんな異郷の、靴を隔てて痒《かゆ》きをかくような、じれったい生活から一日も早く退いて、日本の濃艶な色界のキングになりたい。あたら青春を、こんな惨めな生活にたたき込んでるのが惜しいなどと様々な空想から、まだ見ぬ情界の紅い灯を一つ一つ心の中で追うのだった。

「僕なんか今の女房を定めるまで、迷いに迷うたもんだ」

江州は、その女房を盗み出して駈落した一段を物語ったあとに、こんなように言って煙草を巻いたものだ。戸村にはその「何十という女」という言葉が強く胸に残った。自分だって日本にいたら、今の年をして、そんなことに不自由などするんじゃなかったろうにと、反撥的な不快な寂寞に襲われるのであった。

四十

田島と市川は、戸村が妙な節まわしで唄う音頭を聞きながらくすくす笑うのだ。戸村は唄ってる間は全く旅芸人的な気分になって、場所も時間も忘れながら拙い節を続けた。

頭には遠い時代の故郷の盆踊りが浮かんだ。若い娘や若者らが、その夜一夜の楽しみを当てに年中小黒く働らいていたあの昔ながらの風俗を思い起こした。

淫猥な旧弊と廃頽《はいたい》的な欲求が彼の心を支配し始めていた。そうして戸村は卑俗な音頭を唄うことが恥ずかしくないようになって来た。のみならず、古い時代が残した安直な芸術の擁護者という格で、その乏しい芸術味を拾い上げて田島に説明しようとした。

「しかし下等だな」

田島は頭から野次った。市川までその野次に賛同して笑いを共にしはじめた。どうせ自分のこの欲求とこの心酔を解せ得ない友だちだ。何を説明したって駄目だと思った戸村は、せめてどこかの節で彼等を心酔さしてやろうと懸命になったが、われながら及ばなかった。そして、

「そりゃなア、僕のような声では何の美もないがね。その江州という奴のを聴いたら、君らも感心するよ……」

と言わずにはおれなかった。

夜が更けると、士官の家に働いている近藤《こんどう》が、ビーアを五、六本もって来てくれた。そうして軍港内の夫婦者どもの噂をし始めた。戸村はまだ野村と石田のほかは誰も知っていなかった。

「なかなか別嬪さんがいますよ」

と近藤は始めた。そして大橋《おおはし》という夫婦者はその中での白眉だと言った。

「そうかね、そりゃ一度見たいな」

人の妻君を酌婦かなんかのように戸村は思うようになりかかっていた。全く彼は如

何なる女でも、自分の一瞥が彼女の目を支配したら、酌婦や女郎と何の選ぶところもないと思うようになりかかっていた。また世の中のすべての女で自分以外の男と結婚したりラブしたりしてる者は、すべて不幸な女だと思われた。自分にのみ、女の求める幸福が保存されてる。そうして自分に投ずる女だけが幸福である、こんな思想が四、五日前から戸村の胸にはびこり始めた。

河野でも城田でも大山でも、みんな女のために悶えている。去年まで女のことなんかおくびにも出さなかった市川までが、女のこととなれば、頬の辺りに愉快という字を彫り込んだようににこにこしだす。田島だけは話させない。そういう女の話になれば朝鮮と同類で、苦虫をかんだような顔をするか、ことさらそれを避けるというようにに書物を繙くのであった。

「戸村君、さっきの初花の話をもう少しやりませんか」

市川は、初花に抽象された戸村の理想的女性観をもっと引っ張りだそうとした。少量のビーアだったがみんなはもう酔いかけた。

秋の夜は刻々更けた。

と、俄《にわ》かに騒々しい物音が軍港内に起こった。汽笛が鳴り渡った。叫ぶ声、呼ぶ声も洩れ、警笛が方々から鳴り出した。犬どもも吠えたてた。

「何だろう」

田島は立ち上った。一同は、はっと気を合わしたように立上った。

「火事だ、火事だ、軍港が火事だ！」

田島の声で四人は夢中になって丘の方へかけつけた。

丁度軍港内の一部が、描かれた火事のように月のない澄んだ秋夜の一角を赤く彩っていた。蟻のような人間が大勢行ったりきたり騒いでいた。そのうち蟹のような消防機が蟻の群に引っぱられて来た。と思うと銀の棒のような水が、鍛冶屋の火箱で焼かれるように二、三方から注がれた。思いも寄らぬ一陣の風が、丘の上を吹き去った。

しばらくして火が鎮まり、近藤はそのまま帰った。秋の虫が人間の世に如何なる事件が起こっていても、それらを平等に弔うように悲しく啼き続けた。鴉の群がる向こうの森に銀の星が落ちた。

四一

波止場につくと戸村は、すぐ道傍《みちばた》の伊太利《イタリー》人の魚屋からお文の方へ電話をかけた。もう戸村だと名乗らなくても、声でわかるような間柄となっていた。晩になると忙しいから、すぐいらっしゃいと言ってお文は電話を切った。

二週間の別離は戸村には堪え難い苦痛であった。彼は毎日学校がすむと、丘の家からとぼとぼと下の町へおりて行って郵便函《ばこ》を覗いた。そしてお文から手紙が来ていなかった時は絶望的な顔をして重い郵便局の戸をくぐるのが常であった。それが、あの美わしい筆蹟で「戸村様」と表書してある時、他の新聞や雑誌書類がどれほど来ていても、局内で立ちながら読み、帰る道々二度も三度もくり返した。柔らかい女らしい手紙の文句が堪え難い親しみを胸にとどろかせた。

「俊《とし》さん——と言わして下さい」

冒頭にこんな文句があったりした。昨夕はあなたの夢を見ていた。ほんとにこの頃私はどうかしていますと心の乱れを訴えたり、

「これがほんとに恋と言うものなのでしょうね。俊さん、しかし考えてみると情《なさけ》ないわ、私は……」

夜の二時、三時までも酔い疲れて、気の置ける客などを相手にする時、切ない貴君を慕う情《こころ》が湧いてくるとか、「あの熱き抱擁の夕べよ！　俊さん、赦して下さいませ。そうして信じて下さいませ。私は正《まさ》しく貴君の恋人です。貴君の好きなローマンスの中の、女主人として永久に私を見捨てないで下さいね。オレンジの汁を吸う時、若きおん身の唇を恋し、形見にお書きなすったカードはいつも肌身を離しません」

何たる甘い追憶をのせて、戸村の胸を刺激した手紙の数々だったろう。彼はその美わしい筆蹟に彼女の面影を描き、あの細い指に握られたサンゴ色の泉筆《ファンテンペン》の走りゆく様をじっと思い眺めた。

「心ない日や、情に乏しき時は、わが俊さんの幻を見ます。美わしい眼、ほんとに貴方の眼は私の宝です。貴方の眼を偲ぶごとに世界が輝きを増します」

戸村は一時間たらずの船の中で、こんな甘い追憶ばかりを夢みるように思い耽って来た。なんだか、まだ二人の恋は子供の画《えが》いた絵のようで少しも形になっていないような気もする。この間からだって、二人の書き交わした情緒は底の漏る水甕《みずがめ》のように、満たされた情緒の水は、空虚な何物かのために減ぜられた。熱しきった愛の満溢《まんいつ》が、この得体の知れない空虚から離れなければ真の愛とはならないのだろう。われらの真の愛とは何だろうと、戸村は迷いきった心の駒に鞭《むち》当てるばかりであった。

――接触なき愛は遂に空である。水を愛する人は水の涼しさを知悉《ちしつ》して暑さを忘れるのだ。自分は、もし純な愛の夢想を恰《あた》かも少年が未知の世界を憧れるような美わしい心から真に彼女を愛しているなら、愛することができるなら、なぜこの間からのあの悲しい不安や、忌わしい嫉妬と、そして飽かぬ恋慕に、淋しい丘の家の生活を彩らしたのだろう。こうして、田島や他の友や又は世間一般への申し訳には、シアトルへ行かねばならぬように見せかけているとはいえ、その口実は全くの偽りで、心の底にはただ彼女を恋う切ない悩みのみが流動していたのだ。その悩みは最初彼女の匂うような瞳の光を浴び、柔らかい手に触れると、凝結した悶悩《もんのう》が、恰かも冬の土に閉じ籠った菫《すみれ》の若芽が、春の光に復活して萌え初めるように、小黒い土の忌わしさから初めて明るい空間に目覚めたようなものであった。

四つの唇が奇《く》しき微温に触れた時、最高の詩の断片が、万朶《ばんだ》の花に掩《おお》われて世界を彩る。至上なる歓喜と充実しきった法悦が、やがて小さな一室を無限な愛の世界に化す。そこには善も悪も美も醜も、すべて小さな人間で掟《おきて》された束縛が、本体にと還る。

――

自分の悶《もが》きと悩みは、この瞬間の法悦を常に得能《えあた》わぬ不満と不平とに過ぎないのだ。

――

もう暮れやすい秋の日は、煤煙《ばいえん》の巷に憂暗な色を垂れると、街にはぽつぽつ灯もともれた。第二街の喧騒な繁華に酔う都会人の慌ただしい生活が、今更のように戸村の頭を刺激した。穴の中から飛び出た獣物のように彼は電車を恐れ、自動車を恐れ、錦を織るように往還する男や女の美わしい姿を懼《おそ》れ、ショーウインドに写る自分の非美術的な――異国人という悲しみのシンボルの如き体躯《たいく》をちらちら見ながら、日本人街《まち》にと急いだ。

四二

十分な金もないのに一人で料理屋へ入るというのも、なんだか心咎《とが》められた。目の早い女将は、もうお文に通ってくる男だと睨んでいるに相違なかろうが、そんなことを思うと一層行き辛い。戸村の心は邪慳《じゃけん》に乱れた。学僕《スクールボーイ》の悲しさも余儀ない恋路から非難されずにはいないであろう。が、折角来たのに入らぬのも惜しい。幾度か迷うた末に彼は前戸を押し開けた。

待ち構えていたようにお文は、ケッチンから飛び出て来た。

「いらっしゃい――」

空色地に白い胡蝶が飛んでるウエスト[79]に、雪のようなエプロンをきゅっと〆めた後ろ姿を見せて、お文はいそいそと一室を案内してくれた。

間もなくビーアが運ばれた。お文は何となく打ち沈んだ顔色をして物淋しい笑《えみ》を頬に浮かべながら酌した。何から話せばよいか、第一の言葉が思いつかぬので、戸村は無暗にビーアを傾けた。今度逢ったら、こうも言おう、ああもしようと、寄木細工のような考えをまとめておいたのに、こうして逢ってしまうと細工の形も影も胸の中に来ない。

――最初、茶を運んで来た時、腕を握って温かい二人の血を通わし、あの白い歯が折れんばかりにキスをしてやろう。そうしておいて、徐《おもむろ》に田舎の淋しい、理解なき日を嘆き、柔和な同情を買ってやろう。女はどれほど自分を愛し、いそしんでいたかという確実な証拠を握らんために、この間見たと書いてきた夢の話も聞いてやろう。

こんな事を考えて来たのに、第一お茶をもって来た時、手を握るのがあまりにも図々しいように反省され、この人は下町の男のようだと女から見くびられでもしやしまいかと恐れたのがそもそもで、だんだん女に怖《おじ》気《け》がさし、それに女の少し沈み勝ちな顔色を見ると疑惑まで心に生ずるのである。

手紙であんなことを書いて寄こしても、あれは偽《うそ》かもしれない。オレを売ってるのかもしれぬ――。

「この間、田島が来て行ったろ?」

最初の言葉としては余りに呆気がなかったが、考えた末にこう言った。

「え、忙がしい時でね、何も話ができませんでした」

こう静かに答えて女は首垂れた。

「この間、何か悶着があったと言うじゃないか。一体、○○雑誌はどんなことを書いたんだね」

戸村は丁度裁判官か執達吏《しったつり》[80]のように堅くなって、こう訊ねた。この間、田島がシアトルに来たとき聞いて来たという話である。

「え、ほんとにしょうがないんですよ。私、腹がくしゃくしゃして来て、この四、五日は口も利かないんだわ……私、ほんとに世の中が嫌になって、この頃はやけ酒ばかり飲んでるのよ」

この間はあれきりにして別れ、三週間ほど島の丘上で、時々の手紙を頼りに思い描いていた恋人の言葉としてはあまりにも酷《ひど》かった。

「やけ酒？」

なんと嫌な言葉だろ。そして何と不似合な事柄だろう。自分の恋し求めてるお文は、ほろ酔い位な女であらねばならぬのだ。どんな苦しみも悩みも、小さな胸に秘して、ただ優しく、女らしく起居しておらねばならぬはずだ。たとえ、思いに余る難事があったとしても、やけ酒などとは余りにひどい。

「君も案外下等な女だね」

戸村は入った時からの何だか変な不快さが、こうして差し向かってもこんな粗暴な言葉で女を攻撃しなければならなかった心の裏には、なぜ、自分が入って来た時、真に自分を恋してるお前であるのなら、泣いてその悲しみを訴えるべく自分に取り縋《すが》らなかったかという詰問《きつもん》であった。そうしたら、絶えて久しく逢わなかったお前を慰めんために、オレは堅く強くお前の柔らかい肌を抱擁して、それらの悲しみを払い出すべく熱い接吻《キッス》を恵んでやったのだ……。

と、お文は、いつの間にか涙を流してるのであった。戸村は、何か深い怨みにでも取り憑かれた頑固な爺《じい》のように意地悪く、お文の泣く姿を睨みつけた。もっと泣け、泣いて自分に投じて来い、と心は叫んでいる。「下等な女」だと言われたのが口惜しかったのか。そうであるなら何と単純な女であろう。

「なぜ泣くんだね」

しばらくしてから男は、女の肩に手をかけた。

四三

お文は、なかなか泣き止まなかった。どんな男でも、泣く心もちの理解されない女の泣き伏す姿を凝視しては、不安を抱かずにはおれないであろう。なぜ、お文は泣くのだ！

「え、君っ、何か腹でもたつのかい？」

戸村はとうとう折れてしまった。そして、片手を握って、

「ねえ、お文さん」

ようやく泣き止んだ女は、怨《うら》めしそうに顔を拭いたが、まだしゃくりあげているのだ。

「どうしたんだ、おい……」

飽き足らぬ女だ。そんなにまで泣きたいなら、なぜ私のこの体にもたれて泣かないのか。二人の間はあの恋が始まってからもう遠慮などのない仲ではないのか。こうして手まで握ってやってるのに握り返しもしない。

「おい、どうしたんだ……もう、オレを厭になったのかい？」

折角逢いにきた私だ！　何だ、その不吉な涙は！

「私の――私の母が悪かったんです、――母が欲に迷ったからなんです」

まるで夢でも見つつ寝言を語るようなお文の口だ。

「何が？」

戸村は少し激して言った。ようやく目覚めたような女は、はっと自分に返って、

「ああ、ゆるして下さいね……」

今一度顔を拭いてから、

「なんとわたしは馬鹿なんでしょうね」

何と変な女だろうと、戸村は何が何かを迷った。

「時々、こんな気になるんです。わたし、ヒステリーになったのかしら」

顔色も少し変りそめて、憂鬱な色が漸次《だんだん》剥《は》げかけた。男は二、三杯続けてグラスを干してから、

「変な事があるんだね。丁度、夕立のようなものなんだね」

「え、あまりこの間から貴方に逢ったら、身の上話もしよう、こうも言って泣こうと思っていたもんですから……。それからね、貴方、この間中から何だかだと虐《いじ》められ通しだったの。むしゃくしゃしたところへ、貴方が来《こ》られたもんですから……」

気をとり直したようにお文は、グラスを一杯傾けた。

「おっ母《か》さんが欲に迷ったとはどんな事なんだね……君のおっ母さんて、いるのかい？」

「え、います、今年五十二です」

そうしてお文は、幼少な頃から養家に育って難儀をしたことや、十八の年にある田舎の豪農の二男に嫁がせられたが、その男は地方きっての放蕩児であったことや、間もなく捨てられて養家に帰ってる間に、今の亭主が米国から帰って来た。米国帰りの

男を買い被《かぶ》る日本では、橋本を余程な成功家と見てしまった。橋本はもと、自分の養父の下に使われていた男であったことなど述べた。もちろん橋本は自分を得たさに養母をとり込んだのであった。

「まだまだ言ったら、そりゃいろんなこともありますが、戸村さん、私はもっと根気強く文章が書けたら、私の生涯を小説にして見たいわ」

「どうしてこんな酌婦などになったんだね」

養母のところへ送らねば顔の立たぬお金のために働き出したというのであった。いろいろ掘り出してみれば、哀れな女のライフに同情しないわけに行かなくなってきた。

戸村は先刻の片意地な気持もいつの間にか晴れて、女の片手を引っぱった。と、表戸の開く音がしてほかの女の出迎える気配がした。

「もう、そろそろ忙しくなるらしいね」

戸村は遠慮しだした。

「構いませんよ、今晩はゆっくり遊んでいって下さい。こんな鬱陶しい話はもうやめて、少し笑いましょう。少しお上りよ……」

男は、思いきって女を引きつけた。すると隣室に入りかけた今のお客が、

「お国さん、おい、お文さんにおれが来たと言ってくれ給え」

というのを洩れ聞いて、お文は、はっと身を離した。

「城田の声じゃないか」

「そうらしいわ……」

城田は、お国に何か言って大きな声でわははははと笑ってるのが手にとるようだった。

四四

城田が来たからには、必ず河野から何かの依頼をもって来たに相違ないと戸村は思いをめぐらした。

お文が去ったあとで、電燈を点じながら戸村は耳を鎮《しず》めて隣室の声を探ろうとしたが聞こえなかった。秋の夕暮れは、浮いた料亭の一室も思いつめようで暗憂に感じられた。私の壊われた水甕には、彼女へ捧げる愛の水が今満ち溢れてる。漏ってゆくあとから、限りない愛の泉が噴き出ている。そして、その滑らかな水の面に彼女の印象深い容貌が浮き描かれている。——戸村は一分間でも隣室へ奪われてる女を口惜《くちお》し恋うべく、静かな気分に返ろうと努めた。この世のあらゆる「求め」が今や彼女を中心として彼の胸にわだかまっているのだ。淋しい悲しい今日までのとり留めのない日に生きていた自分のライフを顧みると、今こうして最高の熱に煽《あお》られて、女の全部をわが物にしたという勝利の中にいるのだ。よし城田が来ていても、河野がどうしていようと、お文だけは誰の支配にもならないのだと思いながらも哀れな戸村は、ただ一人小暗くそうした空想に虐《しいた》げられてる間、隣室では城田が、河野から奪ってきたハンカチをとり出して、底力ある眼光をお文にかぶせていた。

「俺を馬鹿にしてるのでもなかろうな、え、お文」

城田は女の手を握って、顎《あご》の方から廂髪《ひさしがみ》[81]のさきまで見上げた。

「だって、そんなものは何の意味もないんですもの」

女は男から脅されると、無暗に甘ったるくなってきた。去年の暮れ、あのホテルの六階で、自分を口説いた男、国に残した女房も子供も自分に替える、この切ない恋を遂げさしてくれと泣かんばかりに言った男……自分はあの時許したばかりに秘密の日を煩悶しなければならなくなった。この男のためにやけ酒も飲む身となった。純なる恋に戸村さんと、昨今は憂《う》き身を窶《やつ》してはいるが、今こうやって自分の肉体を得た男から、嫉妬まじりに河野さんや戸村さんのことを詰問されると、良心の苛責に堪え難くなり、偽《いつわ》りのあらん限りをしてみたくもなってきた。

お文は、城田に貞操を与えてからというもの、ほとんど純な心に生きた日がなかった。〇〇雑誌で叩かれたのもほとんど事実の暴露であった。壊れた鏡はなんぼ接《つ》いでみても駄目である。そうしてやけ酒を飲み、人によっては啖呵《たんか》も切るようになった。

そういう一年あまりの自棄《やけ》な生活に、輝きをもって眼に写ったものは戸村であった。情けに満ちた眼と熱に湧いた唇――この青年に接するとすべてのものが忘れられた。

「これが恋だろう」

お文は初めて恋を知ったのであった。が、今、城田から古疵《きず》をつつかれると、錦で掩われた、ついさっきまでの実体がたちまち、もとに還った。

幾十度戯《たわむ》れた女に、嫉妬がましく詰問してみても、実は三ヵ月以上も別れていた恋しさに、会社を欺き友を売って、北から遥々出かけてきた城田である。崩れかかった女の姿を認めると、引きよせて唇を吸った。女はもう酔ったようにふらふらした。

「今晩は都合が悪ぃか」

「さァ――」

と女はしばらく首垂れた。今、隣室に自分の真の恋人が、あの純な心で待ってくれてるのだと思うと気が気でなかった。

「いかん？」

幾十度も自由にされた自分が今、ここで断ったら、この男から反逆されるばかりでなく、あらゆる秘密を暴露されるとこの身の破滅が来る。

「いかんということもないけれど」

「それじゃ、例の所に僕は今晩泊るからな」

もう二人は、すっかり元の恋人にかえったが如く、何のわだかまりもなく酒を酌みだした。

四五

「それじゃね、今晩はこれで帰って下さい」

と、お文は約束がすむと城田を送り出してから、戸村の部屋に入ってきた。その間、お国はお酌をしていた。

「どうもすみませんでした」

と言って、お文は思わず自分の唇を指尖で拭いた。そして目暈《めまい》でもするようにふらふらと椅子《チェヤァ》に倒れようとしたが、お国のいるのに気をとめて、卓子《テーブル》に腕ついたきりしばらく黙って戸村の頬を眺めた。ほんとに私は悪い女です、戸村さん、許して下さい。みんな貴方に嘘を言ったことになったんです、と、お文は心の中で泣いた。

「隣はもうお帰り？」

お国はお文を見上げた。そして、お互いにかけ持ちは骨の折れるものだと言ったように、

「まァ、おかけなさい、お文さん」

はっと自分にかえったお文は、戸村の傍にふらふらと腰をおろした。

戸村はお国を最初に見た時、嫌な女だと思ったが、さっきから差し向いでいろんな無邪気な話を交わしているうちに、どことはなしにチャーミングな女だと思えてきた。お文と比較しようと黙って見比べた。

「まァ、どうでしょう戸村さん、人の顔をじろじろと」

お国はこう言って、何がおかしいのかワッと笑って立ち上った。

陽気なお国を見送ってお文は溜息を吐いた。そして戸村のあの比較するような眼付から抑え難い嫉妬も湧いてきた。自分より年下のお国は自分より若くて美しい。あれだけまで打明けた戸村さんの心が少しでもお国へ動くとしたら……。

お文は最初、城田にゆるしたのもお国に対する反感からであった。河野をのぼせさせたのもそうであった。そんなことを思い返すと、自分を自分で茨の木に身を縛りつけてるようだ。

「城田は何か河野の事づけをもって来なかった？」

城田と河野の北辺での抗争を何も知っていない戸村は、自分のみに全人的熱情を捧げている女ででもあるように、唇頭に余裕ありげな笑を含みながらお文を見上げた。

「いいえ」

すっかり白状してしまおうかとも思ったが、もし本当のことを言ったら、この純な青年がどんなに怒り、身を狂わすかもしれぬと思われるので押し黙った。

「城田はお国と何か関係がないのかい？　よく新聞などにお国の惚気を書くじゃないか」

「さァ、どうですか」

なんと世の中というものは滑稽なものだろうとお文は、シアトルのこうした社会のことを何も知らぬ学生の戸村を心咎《こころとが》めながら思うのだ。そして申し訳のないことをしてきたように、気も狂わんばかりになってきた。

「そんなに飲んで悪くないかね」

女ががぶがぶと三杯も続けて傾けるグラスを見やりながら戸村は臆病そうに言った。

「城田は何か言ったの？」

「いいえ、あの人、私をダシに使ってるんですからね……まァ、人のことはどうでもいいわ。さァ、俊《とし》さんおあがりなさいよ……貴方は少しも飲まずに話ばかりなさる方ね」

「酒をのむのが、僕には寧ろ苦痛なんだもの。僕は酒を飲むときは、こんな電燈《あかり》の下で飲みたくないね。ぐでんぐでんに酔うときは、どうしても蝋燭の火の下のようなところでないと……」

「蝋燭の火？……お線香を立てるんですか」

「ウ、そして、ロマンチックなことを考えて気分をほろほろさせるんだ。付添いの女は、私の前では憂《うれい》に満ちた瞳に少し涙をうるませて、君のようにその曲線美に富んだ顎を首下へ黒い光線に影どらせ、白い左手で乱れた頭髪を支えしめる。そうして悲しい私のロマンチックな物語を夢みるように聞いてくれねばならぬ――もちろん部屋の壁紙は真赤でないと気分が映らない」

戸村は真面目くさって興に乗るといつものようにこんな話し振りになるのを理解しているように女は、

「貴方はいつでも小説の中の主人公にならんために恋をしたり女を愛したりしていなさるのね」

「そんなことはない――まァそうであってもいい。僕は恋そのものの実体はわからないが、僕は恋を芸術だと考えてる。だから恋をするにはどうしても芸術的な恋をしなけりゃ面白くないと思っているのだ。普通の女と普通な恋をするほどくだらない人間の仕業がない。恋は芸術であるからには勿論事業である。しかも人間最高の事業である――」

女にはその深い意味と暗示が、しっかりのみ込めなかった。

四六

城田は一旦、お文との約束を済まして朋輩や用向きのところを訪問し、再び大山と田島を無理に引っぱって「緑川亭」へ出かけた。ひと足違いに戸村は出ていった。

「今晩は、お揃いで」

お常が出て挨拶してから間もなく、お国もお文も出てきた。

「おい、お前ら今晩、飲めるだけ飲め、オレが奢《おご》るんだから」

と城田はちらりお文を見て、

「大山、お文さんは別嬪だろうが……河野は君、かわいそうにすっかりこの美人のために煩悶してるんだからね」

城田はこう言って出揃うた酒肴《しゅこう》を見渡してから笑った。

「又、あんなこと、嘘ですわ大山さん……」

お文は城田に目配せすると、男は一杯やりながら、

「田島君、戸村はどうだね。お文さんに惚れられてるちゅうじゃないか」

田島は城田の言うことが、いつでもこんな下卑《げび》てるので、今も嫌な気もちになってきた。

「さァ、そりゃ二人の間だからわからぬが、戸村君は一年学校を休んだので非常に勉強してるよ」

「そりゃいい。とにかく若いんだから、今のうちは女なんかに気が狂ったら取り返しがつかないからな」

大山は始終黙ってにこにこしていた。田島の禿げ上った頭に酒の色沢《つや》が出始めると、もう気もほろほろしてきた。こんな場所へは偶々《たまたま》しかこないので、こうした社会の女を見るといつも敵愾心《てきがいしん》に掩われる彼は、近ごろ大分靡《なび》いてきて折々酌婦相手に妻君の惚気《のろけ》を言ったりして話の種を蒔いた。

城田は、例の快活なそうして機智に富んだ会話で一座を賑わした。その話の範囲は女を中心としたもので、河野がホテルでお文と逢ったことや、お文が戸村に座布団を贈ったことなどを、さも大事件のようにして吹聴するのだった。そしてお文をはらは

らさせるようなことばかり言ってからこう言うのであった。

「お国さん」

と城田は呼んで手を引っぱった。そうして耳元に口をおしあてて何かを囁いた。お国は頷《うなづ》く。お文の顔色には只《ただ》ならぬ色が増したけれど、城田の外《ほか》は誰もそれを認める者がなかった。

時々城田は大山にも田島にもわからないようなことを言っては笑った。そうしてお文と顔を見合わした。お国はもう城田にくっ付いて「さァ唄いなさいな」と言ってる。お文は見せつけられると嫉《や》くまいと思っても心が騒ぐので、自分から大山の傍にねじ寄って、

「大山さん、貴方は静かな方ね、一つ歌でもお唄いよ、さァ田島さんも……」

と酒をついでから小声で、

「いつ、お出かけになったの？」

「昨日」

「じゃ戸村さんとご一緒に？」

「ノー、戸村は今日来るとか言ってたがね……」

お文は自分と自分で返事にゆき詰った。お国はにやりとお文を見て笑った。

「そうか、戸村がきてるのか。どこへ行ったろうな、呼ぼうじゃないか……」

「よせよせ」

田島は言って立ち上った。もう酔いがかなり回ってる。そうして帽子をとると、

「僕は失礼するよ」

と言ってお文のとめるのもきかずに出かけた。

外に出ると田島は、嘔吐を催してきた。頭が擦《こす》られるように痛みだした。今晩中に戸村と逢って話しておかねばならないこともあった。

秋の夜は静かに更けて行った。停車場の明るい電燈の下を夜の人が夢のように往来している。北方の場末からほろろ寒い秋風が、田島の頬を舐めて過ぎた。

さっき城田が酔いにまぎれて言った戸村のことが気にかかった。お文はどうであっても、戸村だけはあんな社会へ近寄らせてはならぬと思った。彼の頭にはまたもや故山に残してきた妻の顔が描かれた。早く大学を卒業して帰国せねばならぬのだが、もう夢のように四年の在米が過ぎて今年も秋が暮れかけて来てる。

四七

緑川亭では大山も城田も泥酔していた。お客の尠いのを幸に彼等は二人の女を占領

しきった。初めの間は城田も憚っていたが、お国が大山の傍にねじ寄って酒を飲ましてるのを見届けるとお文を抱込んで何か耳打ちしてはしきりに頷いていた。

「間違いがないだろう……そのとき又ゆっくり話すよ」

と幾度も城田は念を押した。二人の女は、むやみに飲まされて、恥も色もなく酔いつぶれ、男にもたれかかった。大山は、お国の柔らかい肩の肉に熱くほてった赤い頬を伏せて、初めて女とこのようにふざける自分の幸福さを味わった。この間から熊谷や戸村、または河野の恋愛をいろいろきかされたりして、自分一人がとり残されたように考えていた寂寞感が、今お国の肌触りからすっかり消え失せたように思われた。

「大山さん……貴方はいつ来ても静かなのね」

お国は何か言いたそうな唇を動かした。そうして意味深い目付きにじっと睨み寄った。男は何を返事すればよかろうかと言ったように、汗を拭いた。——城田さんでも戸村さんでも河野さんでも、そのほか新聞社に関係のある人々はみんな最初一瞥をくれたきりで、あとはみんなお文さんの方へとゆく。それが心潜《ひそ》かな淋しさだった。やはり後ろ楯になるような人をもっている方が心強いので、この間から大山に目星をつけていたのである。けていたのである。そして今晩こうして漸く情緒をそそりかけることができた。

大山はその魅力あるお国の瞳に心が麻痺しかけてきた。そこで更にその情緒を昂《たか》めんために酒を呷《あお》った。秋の夜は刻々更けた。乱れた杯盤[82]の上に悪の光りが、意地悪い片眼の老婆が気持の悪い手でものばすように漂うた。

酔っ払ったお文はもう前後のわきまえもなく城田の肩にもたれかかったが、何を思い出したものか、めそめそと泣き立てるのだ。

「どうかしたの城田さん」

お国は大山の手を握ったまま立ち上って言った。

「どうもするもんかな……誰かのことを考えて泣いてるんだろう」

お文は泣き顔にハンカチをあてながら、

「でも城田さんはあんまりひどいわ」

「何が？」

城田は少し真顔になって叫んだ。

「何が、ひどいんだ」

別にひどいことを城田が言ったわけでもなかったが、酔いと共に乱れたお文の心は夢でも見ているように、こんなことを口走らしたのであった。

「何が、ひどいんだ」

と再び、せめ寄られた時、お文はハンカチの間からうるんだ瞳を光らせて、はっと自分に返った。

なんだか無暗に人と喧嘩してみたいような気にもなった。自暴自棄な心がむらむらと起ってきた。そうなると一旦言ったことが大山の手前引くことができなくなり、

「ひどいですわ」

明日逢おうということが、ひどいというのだろうかと城田は心に迷った。が、時々この女はこういう変な気になるんだからと思い直した城田は、

「ひどけりゃひどくてもいいよ」

と濁した。

しばらくしてから、

「ああ酔った。もう帰ろうよ、大山」

と言って城田は立ち上った。

自分に怒ったのでないかと思うと、お文は急にあの人のことだからどんな復讐を企むかわからないという恐ろしさに泣きをやめて、

「おまちなさい――私が悪かったのよ」

そうなると男は意地ででも立たなければならなかった。

振りきって外に出はしたものの、城田は又一歩後戻りして、

「忘れてはいないだろうナ」

と暗示を与えて出て行った。

四八

アラスカ・ホテルの二階の一室に三人が思い思いの議論を闘わしていた。部屋の主人はT新聞社の社長で、顔色の小黒い頑丈な肥った身体に、役者でも着るような派手な浴衣に縮緬《ちりめん》の兵古帯《へこおび》[83]をしめて、鏡花[84]の小説を抱きながら白いベッドに腰かけていた。熊谷はその社長の浴衣から何かの意味を探索するような目付でジッと眺めていた。今でこそ禁酒して夜早く自分の部屋に閉じ籠り愛読する鏡花を語ったり唐宋の詩文[85]に瞑想を耽《ふけ》らしているけれど、ついこの間までは大酒《おおざけ》もする喧嘩もしてきた。ある料亭で酌婦の秘蔵の三味線を打ち壊《こわ》して痛快がったりした。杯盤の割られる音を聞かなければ、酌婦のウエストを裂《さ》く音を耳にしなければ、そして酔漢の叫び声が夜陰《やいん》に響いて時ならぬ騒動が起らなければ、酒を飲んでも面白くないといったような人物であった。それが絶対禁酒者になって別人となり、常に何かの構想を凝《こら》しているのを青年たちは慕った。また、彼の文章は移民地文壇で独歩的な味があるので若い文学趣味者や一般人に迎えられていた。が、彼はカント[86]やヘーゲル[87]を論じてる間に、河野や戸村はモーパッサン[88]を読みツルゲネーフ[89]を読んだ。大山や熊谷はゴルキー[90]を読みトルストイ[91]を論じだした。こうした青年仲間の新しい思想の探求と彼は対立するために、新しい出版物も読んでみようと努力していた。

今、熊谷は社長の浴衣から目を離して鏡花集にその視線をとどめた。

「僕は実際、鏡花の神秘的な描想《びょうそう》と艶麗《えんれい》な行文《こうぶん》を尊敬するよ……」

と言って社長は『高野聖』[92]の一節を読んできかした。戸村は重々しく開閉する社長の厚い唇を眺めた。そうして上唇の上に乏しくはえてる髭が、不行儀に乱れ、唇の動揺とともに踊っているのを珍しそうに見つめた。

二人の青年は今、読みつつある文章に何の興味も覚えないように顔を見合わした。それに感づいた社長は、鼻の下の乏しい毛を歯で噛み出したが、

「僕はまだ恋をしたことがない」

と始めた。彼は漸くこの頃になって、余り腕白で通り越してきた過去を悲しむような気分に襲われているようだ。思い出せば、自分から恋を買う幾多の機会が無代価で横たわっていた。それを拾おうとさえしなかった。今、二人の若い青年たちを前に置いて、彼らが熱烈な恋愛に悩んでいるのに感づいて、自分にはそうしたものが過去になかったことが淋しかった。

戸村はさっき別れてきたお文の影を頭に描きながら、自分よりも年上の三十代の男が、まだ恋などしたことがないなど言っていることが哀れに思われた。そして、その過去に対して今は慌て気味な先輩を静かに冷笑した。

四九

少年の臆病な恋に対する心象から鏡花の小説が幾つも引合いに出された。そうして三人は各自の恋愛観を闘わし、おしまいには恋と肉欲の露骨な論議にまで発展した。社長は、恋と肉とは関係がない。恋は肉との関係によって滅するという意見を固持した。

「僕もそう思う」と戸村はそれに賛成して、

「僕は恋を芸術だと信じている。もし恋と肉が一致するものであるなら、女郎衆と一夜の客にも恋があることになる。もちろん肉に落ちる運命だろうが、肉にゆくまでの心的動揺、情的反乱を僕は恋としておきたいのである」

「恋としておきたいか、いい逃げ道だね」

と熊谷は、頭髪《かみ》をかきむしりながら言った。

「しかし、僕は肉を得なけりゃ真の甘い恋の味がわからないと思う。人生は肉だ！

肉を離れて人生はない。君らの恋愛は芸術的観念であって人生そのものにはならない」

熊谷は煙草を巻きだした。

その時、どたばたと廊下に足音が響いた。階子段の方で誰か怒鳴ってるような気配もした。戸を叩く音がする——。

赤い顔をつき出したのは城田であった。

「やァー、来てる来てる」

大きな口を開けて笑った城田は、いきなり戸村に抱きついて手を握った。

「久しぶりだな。どうだ、変りはなかったか」

兄貴ぶった物言いをして、

「熊はいつ来たんだ」

と言って手を握った。そこへ大山は酔いどれてはいって来た。

「酔払いはご免だ。おい城田、そんなスタンドの上に腰かけると壊《こわ》れるぞ」

とたしなめて、ベッドに腰かけさした。

「どこへ行ってきたんだ」

熊谷は大山の顔を見上げてにやにやしながら言った。大山は酔ったふりしながら、烈しい心中の戦いに悶えきってるように、眉のあたりを曇らしていた。そしてまだ残ってるような接吻の跡を忍び返すごとく唇を嘗めた。

「どこへ行ったっていいじゃないか」

冗談に怒りつけるような口調を真似て大山は怒鳴った。城田は、戸村から何かを嗅ぎつけようとして、

「お文さんがよろしくって言ってたよ」

何も知らない癖にと戸村は心の中でえへら笑った。が城田は、心の中であの女と逢った翌くる朝の満悦さを胸に描いて心を踊らした。

「おい社長、今晩ここで寝てもいいだろう」

社長は酔払いどもが入って来ると、床上《フロア》に寝そべって鏡花を読みだしていたが、

「酔払いは禁制だ、いかんいかん」

「へえ、えらくなったもんだな。しかし今晩は、ちょっと話があって来たんだからな」

社長は黙ってるのを承諾したものと合点して、城田はコートを脱ぎ出した。そして、

「戸村、お文さんは河野のところへどっさり事づけを頼んだよ」

「頼んだっていいじゃないか」

戸村は、女を堅く信じて疑おうとはしなかった。そうして、もう自分のものにきまっている女のことを何の権利があって、この男が騒ぐのだろう。お文はもうオレのものなのだ、と戸村は独りで自惚《うぬぼ》れていた。そういう若い男の自惚れ心を直覚し得る城田は、お前らはどんなに通いつめたって駄目だ。お文はオレのものだ、と胸の中で凱歌を奏しているのだ。

妙な沈黙が、もう遅くなった夜の部室を辛気《しんき》にさした。大山は、まだ残ってるキスの跡に心を慄《ふる》わした。そうして熊谷はタコマの、あの色いろなダリヤの花が咲き乱れてる庭を恋うた。そこにはこの間からの自分の神秘が封ぜられてる。一ヵ月あまりも別れていた戸村と逢うべく出てきた彼が心の奥には、互いの恋の発展も語り合いたかったのだ。

五十

大山、熊谷、戸村の三人は今、アラスカ・ホテルから出た。間もなく城田も社長の部室から出て、三人の影が消えるのを見届けてパシフィック・ホテルの階段を忍び足で登って行った。

夜の電車はもう通らなかった。明日の雨天を予示するような空の色は、重く憂鬱に垂れこめて酔いざめの身には風も冷たかった。熊谷は、雨の降ることを考えると妙に気が悲しく滅入った。そうしてあのダリヤの花に濺《そそ》ぐ秋雨は最も悲しい場面の一つに考えられもした。富江の雪のように白いエプロンの結び目までが、悲しい形見として目にちらついてくるのだ。

「三人で寝よう」

戸村はこう言って、久しぶりで三人がその後の心のありだけを語り合いたいと思った。

彼らは、とあるホテルの奥まった一室を案内された。三人は各々隔たった互いの秘密と苦悩を底深く胸にたたんで、無言のまま着物を脱ぎ出した。彼らは、打ち解けて互いの心を安逸さしたいと希うのだが、神秘な心の戸は、彼らの口を開かせようとしないのだ。それは、言ったところでほんとうのことが言えないからであった。

熊谷は富江の心が刻々動揺しているのを慥《たしか》に認めた。薄情な女は、古いネクタイでも眺めるようにこの頃の自分を見てる。もうあんな女に通うのじゃないと決心しながらも、夜になれば心が騒ぐ。更けて、酔いどれ女の手をひきながら家まで幾度か送ってもやった。そうした間はその都度、スイートピーズの花を襟にさしてくれた。そうして籬《かき》に寄っては熱い唇をさし出してくれた。それが近頃ではあの男に送られている。

いつ行ってもあの男と廊下でバッタリ出遇うのだ。富江にはだんだん秘密ができてきた。二、三日前、酔った男女の後をつけて行ったら、潜かに囁く声が彼女のものであった。ダリヤの花が彼等の抱き合う影を頷くように垂れ咲いていた。もうあんな女は思い切ろう――と思って部室に帰ると、床《フロア》の上に日本刀が横たわっていた。死に物狂いになってそれを引き抜いた。熊谷の目からは涙がぽたぽた落ちてきた。

「畜生!」

彼はベッドに掛っていた若葉色の、ネクタイを叩き切って物凄く笑った。――俺は狂人《きちがい》になろう、悪魔になろう……。

窓をあけて三時近くの秋の夜中に顔を突出した。傾いた月が熟睡してる都会の隅に瞬《また》きしている。この二階の窓から、この日本刀を振り翳《かざ》して、あの街道へ真逆様《まっさかさま》に落ちて、赤く死に果てる自分を想像してみた――。

今も彼はその時のいらいらした神経を心に復活さして、真先にベッドの中へもぐり込むと布団を被った。

「悲しい男だな、熊谷!」

戸村は、そうした心もちの幾分かを掬《く》んで、同情に堪えないもののようにその傍《そば》に横たわった。

「おい、そんなに月蝕のように、君ばかり布団を被らないで——今晩は少し、三人で話をしようじゃないか……」

戸村は別れてから四時間にもならぬ女を恋い返しつつ淋しい心の衝動を打ち消そうと、熊谷の被った布団をはぐり出した。

「ほっといてくれ、僕は泣きたくなってきたんだ」

大山はその悲痛な声に涙ぐんだ。

「おい、熊谷」

と声かけたが、一時にこみ上げたセンチメンタルなムードに、もう自分を制する力もなかった。彼の悲哀は遠い少年時代に、故郷をめぐる小川の畔《ほとり》で誓った少女との果《は》敢《か》ないラブの思出にまで及んだ。お国の面影はその小娘のどこかを象《かたど》っているばかりでなく、今宵の熱いキスは、互いに酔いの上での空しい歓楽に終るのでないことを信じたいために無暗にそれを悲しみたくなってきた。

大山のこの頃は何事でも悲しみたくてしようがなかった。女から愛されることも、自分が愛することも、すべてが悲しかった。何の理由もなしにただ〝悲しみ〟という字や言葉までが悲しかった。

涙を拭った大山は、立ち上って電燈を消した。そうして戸村の腹の上から熊谷と手を握り合った。

「ああ、僕はもう何も言えない。ただ慟哭《どうこく》だ！」

と、熊谷は言って咽《むせ》び出した。

「よせ、熊谷！」

大山はこう言って熊谷の悲しみをなだめようとしたが、自分も抑えきれない悲しみに誘われて泣き始めた。

「あっーあ」

戸村は、二人を抱いて溜息ついた。

五一

お文は黒蜘蛛に身体中を巻かれてる忌わしい夢からぼんやり目覚めた。橋本はもう働きに出かけたので、波うったシーツを巻くり上げたなりの傍に足をさらけ出していた。その足を曲げ縮めるのさえ物憂く疲れてるお文は、乳房の上に置いた手へ響く心臓の鼓動が無暗に早く打ってるのに気づいた。

窓のカーテンを透して外界は幾十条の電線で横切られている。鉢植えのジレニャムが、もう赤い一輪の花をのこしたきりで枯れかかって淋しいスタンドの上に坐っている。下の方を少しあけた隙間から吹き込む風が、もう秋の朝《あした》を語るごとくカーテンを微動さしていた。お文はじっと自分の心臓の音に聞き入った。

頭の中が猫の舌ででもなめられるようでごしごしする。髪の毛が一本一本抜けてゆくようだ。そうして舌が粘って口を開けるのも物憂い。鏡で見なくても自分の顔が蒼ざめて唇の色も褪《あ》せきって舌は霜を置いたように白けてる。どうしてこの頃はあんな馬鹿酒を飲む私となったのだろう――。

頭がぐらぐらしだした。室内が薄暗くなって無数の金星が蛍のように飛ぶ――その底の方から、橋本が目を青く光らしてこちらを睨んでる。自分の心臓を貫くような強いその眼光、そして何と物凄いあの白い歯だろう。右手をうしろに隠してる……。おや、大きなジャックナイフを……、

「あれっ――」

自分を目がけて切り込んだ幻の影にお文は思わず声立てて再び醒めた。橋本のことだから殊によったら、こんな気にならぬとも限らぬと思えば急に身がぞっとしだした。

横伏しながら寝台《ベッド》の側壁に掛ってる引伸し写真の額に見入った。三年前の、あの望みに満ちた私の心は、あの嫁入り姿の写真に封ぜられたきりで永久に復活しないのだろう。今、お文は荒廃しつくした心の丘に立ちながら、娘時代から渡米するまでの野

原を見下ろしている。百花に満ちた野もあれば橋なき小川もあり、大きな陥《おと》し穴もあれば足に搦《から》まる木の根もあった。そこには愛の泉も湧いてれば恋の菫《すみれ》花も咲いている。悲しい虫の泣き声に夜の雨も静み返っている。しかし、この心の丘から展開された過去の野原はすべてお文のために懐かしい思い出であった。何も知らずに、ただ養母の野心と欲のために前の夫に嫁いだ時……ああの時はすでに今日この丘の上で泣き狂う種子を蒔いたのだ。愛なき夫の子を宿して湿《しめ》り込み毎日の悲しみに泣き暮れた自分は、いつかあの人——あの戸村さんにどこか似ている人に愛の火が燃え移っていたのだ。幾度か実家に戻って自分の薄命を実母に嘆いたことだったろう。

——お母さん許して下さい。どんなに辛抱しようと思っても、どうしてもいけません。私は一層死にとうございますと、ある夏の盂蘭盆《うらぼん》の夜に線香を焚《た》いた離れの部屋に泣き伏した自分の姿は絵で見ているようだ。

離縁をされた原因は、あの人と逢っていたのを発見されたのが大きな理由の一つになっていた。医学校を卒業したら再び貴女《あなた》に戻ってくるからとて東京に去ったあの人はあれっきりたよりをしてくれなかった。それから悶々とした私は、あの母の離れ座敷に幽閉されるようになり、読み出した幽芳[93]の『己《おの》が罪』に泣き、蘆花[94]の「浪さん」に涙をふいた。他人に渡った自分の子も悲しまれ、いっそ望みのない自分なら一《ひと》思いにと思って冬の夜を幾度悶えた私だったろう。もう自分は永久に返らぬ貞操の破壊者になったと思った時、再び処女としての純な心で男を見ることができない悲しみに、幾度男を呪《のろ》い殺して恨《うら》みを遂げようと狂う心を抱きしめたことか。

こんなことが思い返されると、お文はもう寝てもおれなくなった。大きく輝いてるあの鏡を打破《うちわ》ってみたくもなってきた。そうして、ふらふらする頭を押えながら床《ベッド》の中から這い出した。

橋本の枕に残った抜け毛が、意味ありそうに真白な床《ベッド》の上に短い曲線を猫いている。

ふと時計を見ると、もう十二時に近い。

「破滅！　破滅！」

もう、どうなったっていい。なるようにしかならない。

こんな時、熱燗《あつかん》の酒をきゅっと一呑《ひとの》みに徳利の口から傾けたいが……。

五二

嫁入り姿の引伸ばし写真を破ろうと思ってお文は椅子をその下に運んだ。寝巻姿の乱れ髪が鏡に写った時、はっと思って襟をかき合わしたが、自分ながら絵本に出てくる毒婦のように見え出したので、あれが

「わたしか――」

と気も遠くなってきた。何とした自分だろう……。

無精に悲しくなってきて彼女は再び寝台《ベッド》の上に伏し倒れた。涙はわけもなく流れる。

窓からの秋風は、そうした悩み深い女の後ろ髪を哀《あわ》れげに揺がした。

なぜこんな米国などへ来たのだろう。又なぜ酌婦などになったのだろう。橋本がどんなに言ったからって、あの時私さえいやだと拒んだら、今日のこの浅ましい自分の結果がなかったのだ。まるで私は淫売婦のようなものになってしまったのだ。こういう自分となるためには、もちろん橋本の人格に敬服し得なかった私の虚栄心と、橋本以上の男を求むる私の欲とがあったからだ。深入りしてはならぬ身であることをよく承知しながら、あの時城田さんに許したのが抑《そもそ》も私の破滅の本であった。

あれからの自分は一旦犯した罪を繕《つくろ》おうとしてこの身を誤《あやま》らしてきた。城田さんの熱烈な愛はもちろん有難かった。橋本なんかに比べたら、新聞社に関係のある方でもあるし、どことなく人品が高いように見えたが、今となってみれば悪党で色魔でしかない。自分を陥れて、その弱みを楯に、言うことを聞かなければ脅迫する。威嚇と脅迫に私は繋がれているのだ。ああ私は橋本の人格を認め、彼を夫として信じ切っていたのだったら、今日のこの悩みも嘆きもなかったのだ。

お文は時計のチクタクがまるで自分を攻める敵軍のように思われた。昨夕《ゆうべ》、思いもかけぬのにやってきた城田さん、今頃はあの室に私を待ち構えているのだ。ただ獣のような肉欲遂行に酔わんがために。

「淫売婦！」

心の丘に変な男が立ってこう叫んでる。その声が心臓を突き貫くようだ。

「魔婦！　醜婦！」

しきりに叫んでる。彼はステッキをふり回しながら、丘の上を歩いてる。

「思い知る時が来るだろう――」

はっと思うと、その男は前の夫であった。どこやらに子供の泣き声がする。

「あら、民ちゃん――」

生み落してから間もなく離れた愛児民子だ……。

お文はしばらく泥の中に埋められた人のごとく息もつきあえずに泣きしたった。

涙を拭いて彼女は顔を洗った。鏡台の前に立つまでのお文は、牢屋にいる罪の女のような気がしていたが、自分の顔は明らかな鏡の面に浮かぶと、その青ざめた顔色が急に心配となった。悲しみも悩みも、波が岸から離れるように去ると、指は食に飢えた動物のようにクリーム壜に向かった。

お白粉を塗って口紅をつけると、お文の心は春の湖水のように静けく晴れた。微妙な官能の歓喜が目の辺りに集まり始めた。そうして瞳の光が輝き始め、美わしい歯も光を増して来た。

鏡の奥の方に自分を見守る男の顔が幾つとなく浮かんだ。戸村のにっこりとした頬……お文は、はっと思って小鏡で後ろ髪を照らした。なんだか街に飛び出して自分のこの美わしい姿を男たちに見せてやりたくもなってきた。米国に何年も漂浪している男らの鋭い眼色が、自分の後ろ姿に幾つも釘づけられてるようだ。幾度も幾度も鏡と談判してから、お文は隅のトランクの上に投出されてあったコーセット[95]を手にすると、思わず身震いがし出した。

「コーセット――、コーセットはよしましょう」

ここに思い到ると、女心の好奇に火を点じ始めた。靴下を穿くのも気がいそいそした。

お文は用もないのに手提げ袋や帽子まで冠《かぶ》って、掃除人や知った客に出会わないだろうかという不安に襲われながら、小暗いルームの幾つかを過ぎて室の番号を探した。

五三

「城田さん、あんたは一体私をどうしようと思っていらっしゃるの？　どうせ私のようなものと末長く付き合って下さるわけもないでしょう？　貴方には立派な奥さんもお子さんもおられるんですもの……」

城田は疲れた瞳をどんよりと開いた。こうして鼻をつき合わして仔細に見ると、さほどの女でもない。が、この女には何かの魅力がある。自分は今日までこの魅力に引っぱられた。そうだ、この女の全体の魅力だ。——こんな呑気なことを考えつつ、まじまじ見入ってると女はさらに歯痒いといった風に、

「どうせ、長く続かないことなら、後生《ごしょう》ですから城田さん、今の中《うち》に私を助けると思って見捨てて下さい。私は決して一生貴方を忘れはいたしません。ねえ城田さん」

しかし男は、そうするとほかにこの女に代る女を求めなければならぬ。折角かち取ったこの女だ。離すものか。そこで、

「そろそろ俺を飽いて来たんだな。よし、どうでも勝手にするがいい。俺はお前に捨てられたら、そのかわりに俺には覚悟があるぞ」

「又、そんなに不貞腐《ふてくさ》るのね。そうじゃないんだわ城田さん、貴方だって私のことは何もかもご存じのはず。最初あのとき、貴方は決して無理は言わないとおっしゃったでしょう」

女は無念に泣きしゃくるのであった。どうして男は女の弱い心に真の同情をもってくれないのであろう。自分は今、この男との関係を秘密に封じ得るならば、如何に偽ってでもこのあとは汚れのない身として振舞うことができる。戸村さんを愛してるのはただの恋である。あの人がいつも聞かしてくれる芸術の恋である。あの人にはこの人のような下劣なものがない。その下劣さが今のこの人の言葉の裏に潜んでいる。どうしたらいい私なのだろう……。

「泣いたってしようがないじゃないか」

城田は天井を見つめながらお文の心の中を探りながら、今この女を離して自分は誰にこの歓楽を求め得よう。行末を考えてみると、妻にはできない女だが、さて今まで自分が領有してきたこの美しいものを、何の賠償もなしに捨てるわけにはゆかない。――未練と執着が、その泣きしたる女の上に波立った。そう思うと憎らしくなってくる。俺は実はほんとに惚れているのだ。こんなに思い込み恋い慕うてる俺の心から、無理に離れようとする女――たとえ、どんな事情と理由のもとに説得されたにしても捨てられるものではない。お前はその悶えと悩みから脱せんために、貴方には無理でもあろうが、こんなにまでなったのだから、どうしても貴方の傍においてください。貴方のためならどんな苦労もいたしますと言って泣くのだったら、自分もその悲痛な涙に対して、毎船ごとに書きおくる故郷への妻や子などは捨てても構わない。そして、全くオレの領有とするために自分の何もかもを捨てるかもしれない。それなのに、そのオレを裏切ろうとするその泣きごと、なんだ！

「だって、貴方はあまり同情がなさ過ぎる——」

「こんなに同情してるじゃないか。オレは初めからお前に惚れてるのだ」

言われてみれば憎い言葉でもなかった。それなら自分を妻にし得る男であろうか。いやいや、もし妻にすると言ったっても、今の橋本とは義理ある仲である。心配かけた老母にこの上不祥な報知はしたくない。堅気《かたぎ》な家に育ったおっ母《か》さんは、自分が酌婦をしてるときいただけでも気絶するかもしれないだろう。

どうまとめてよいのか、男と女の心は離ればなれになってきた。いつまでもこうしておられる二人でなかった。

「じゃ、こんどはいつ頃お出《い》でになるんですか」

女は頭髪《かみ》を結いながら男を顧みた。

「もう三週間だ、十一月の中旬頃だよ。それまでは来られまい」

窓を透して見える下の街路には今、ご飯でも食って来たらしい戸村が、大山と熊谷の後に随《つ》いてゆくのが夢でも見るようにお文の目に映った。城田は彼女のうしろから背のびして彼ら三人を見下ろした。嘲笑がその頬に浮かんだ。

五四

お文は自分の部屋に帰ると、又も得体の知れぬ悶《もが》きが胸を占領した。なんでも彼《か》でも目の前のもの総てを噛《か》み砕《くだ》きたいような気になった。

どうして自分はこう意気地がないのだろう。城田さんはどうしても自分から離れない、もし離れるなら離れるようにして来《こ》いと言った。この言葉の裏には、深い意味があるようにもとれる。ああして逢ってる時は気がくしゃくしゃになって何一つまとまって口にものぼらぬが、いざ別れていろんなことを考え返すと、恐ろしくもなってくる。

お文はスタンドの上の枯れかかったジレニャムに目をとどめた。ほとんど年中咲くこの花は、幸福な代りに又悩みの深い花でもあると思われた。もう一つも蕾《つぼみ》がなくなった、この一輪の花が散ってしまったら来年がくるまで眠ってるのだ。静かに何の音も立てずにこの黒い土の中で眠るのだ。自分の花は、あの民子を産み落した時に散り果てたはずである。あの時の自分は、ちょうど川端の木蔭《こかげ》に移植されたため常に日向《ひなた》を求めた。日向を求めつつ遂に日向へ出ずに散ってしまった。それが、渡米して酌婦になってから、日蔭《ひかげ》時代に潜んでいた憂暗な、蕾のままに閉じこめられた花が返り咲きした。そして今日まで咲いて来たが、もう、このジレニャムのように長い命でもないようだ。お国さんなどと競争するような自分であってはならない。

と、がたりと戸が開いて、後ろにはむっつりした橋本が立っていた。

もう帰ってくる時分だったかと、お文は時計を見ると二時を越していた。

「今まで寝ていたのか」

橋本は朝からの労働に疲れたといったように乱れたベッドの上へ腰を下ろすと、膝《ひざ》頭《がしら》を叩いて、少し泣き顔な女房を顧みた。

「もう、ずっと前に起きましたよ」

と急に膨れ返ってお文は立ち上った。何事にでもこの頃は、橋本の言葉の奥に刺《とげ》があるようで、お文は辛かった。その辛さがわがままな彼女の顔を膨らした。

「そんなに早く起きて何していたんだい」

橋本はにやにや笑って、銀行の通帳をポケットから出して、預金の数字を楽しそうに見て、しばらく黙ったが、

「そりゃ、そうと……」

と顔に皺《しわ》を寄せて、

「この月は、どれほど残るかい」

又、金のことか。お文はしばらく返事もせずにクロゼットの中をがさがさ言わしていたが、

「おい！」

と呼ばれて、胸の中を掻きむしられるような気分となり、

「なんですか……」

「今月は、いくら残るかと言うんだ！」

「わかりませんわ、残ってみなけりゃ」

橋本は、しばらくじっと女の顔を覗くようにしていたが、

「どうも、近頃のお前は少し変だね？」

「何がです？　又、あんなことを言うんだもの、嫌になってしまう」

呟くように言って、お文は一刻も早く橋本から逃れたさに緑川へゆく支度をし始めた。

「緑川でもまた、大分借金がついたんだろう」

眉間に立皺《たてじわ》を寄せて、鉛筆を口の中へ入れながら橋本は、口惜しそうに言うのだ。

「そりゃ少し位は出来たでしょうよ」

「なに？　今一度言って見ろ。借金を拵《こしら》えて威張る奴があるか！」

どうやら今朝からむらむらしていた腹の虫が、承知できないといった風に、橋本を立ち上らした。

「誰が威張ってます！　ほほ何です、そんな恐い顔をして……」

「ゴッデム」

と叫びはしたが意気地のない橋本は、自分を呑んでかかってくる女房をどうすることもできず、かっとした気もちを静めんために、荒々しく外に出て行った。

お文は見向きもせずに、ジレニャムの花に目を落とした。

五五

お文はふらふらと立ち上ってみたが力なく又寝台《ベッド》の上に伏し倒れた。無暗に泣いてみたい、泣くために無暗に悲しみたい、悲しむためにもっと悲惨な自分の生活をみたくなった。胸の中に黒血《くろち》の凝結でも出来たように、滑らかでない不快な響きまでが添うてきて全身を虐《しいた》げ始めた。なんだか残忍な、悲愴な自分の最後が、今垂れかかってる幕の奥に、青黒い光線に描かれて舞台の上で演じられてるようである。だくだく流れる真赤な血に染《そ》んで、髪を振り乱した自分の姿が、息も絶えだえにしている。

叫ぶことも喚《わめ》くこともできない。まだまだこの世に残した数々の未練がある。どうしても死にきれない、今死ぬのが口惜しい……こんな光景を眼底に描きながら、枯れた涙を誘うように彼女は胸の痛みを、痛めようと気を揉んだ。

どうせ自分の運命は血だらけな最後に終るにきまってると想像してみれば、一層その最後を早めるために、夫も母も世も打ち捨てて、したい放題なことをしようか、自棄な自分を自暴しようか、堕落の底の底まで落ちてみようか。世を偽っているからこそ悩みもする、人を欺いてるからこそ苦しみもする。赤裸々な自分に返って、真なる女性に復帰するために、すべての今日までを懺悔《ざんげ》告白しようか。

「懺悔……」

お文の暗い心の奥に微かな光が点ぜられた。そこには、後光に輝いた黒衣の牧師が金縁の聖書を繙《ひもと》いて片手を天高く指さしている。神々《こうごう》しい牧師の半白《はんぱく》な眼光は乱れもせずに天国の光明を打ち眺めている。平和に結ばれた唇から、

「すべての罪あるものは来たれ」

と叫んでる。

お文は、もう何を思う余裕もなく泣き崩れて乱れた足どりで牧師の前に駆けつけた。

「牧師さん——牧師さん——」

渇いた喉から絞り出す声が牧師の耳には入らぬらしい。彼の高くさし延べた両手は蝋石《ろうせき》のように輝いてるが動かない。

五六

「牧師さん――」

再び叫んでお文はその足元に泣き伏した。

「救って下さい――私を救って下さい」

こう叫んで抱きしめるとお文はその牧師を見失ってしまった。抱き組んだ腕の間から窓を洩《も》る光線が白く寝台《ベッド》の上を照らしてる。空しい枕に身を伏せたお文は、夢から醒めたように、また自分の目を疑うように、革《あらた》まった心から部室を見回した。ジレニャムの赤い小花が、くっきりと西日になった窓からの陽光に輝いていた。

牧師に懺悔して、それが私にどれほどの慰安と幸福をもたらしてくれるだろうかと考えられもした。この荒《すさ》んだ今の心は神を見出すべく余りに不健全である。神は私にこうした道を踏ました。一旦踏み込んだ道、そして足跡のついた過去の悪に彩られた日影が、たとえどんな悔悟《かいご》[96]の篩《ふるい》にかけたところで、永久に剥《は》げるものでも溶けるものでもない。私の踏んだ日影は世界の存する限り神秘な記録に封ぜられるに違いない。

よく人は悪事を行《おこ》のうて悔悟し、そこに真の人間を見出すという。あの教会の牧師さんもよくそんなことを言ったものだ。しかし、どうして悪の日影が善に化し得るだろうか。私はもう再び処女には還《かえ》れぬ。清い貞操の女にもなれない。私はもはや日本を誇る女としての完全さを十分に欠いてしまった。婦徳の何物も持っていない。その女がたとえ救われたにしても、永久に破れた女であらねばならぬ、汚れた女でいなければならぬ。もうこれ以上を考える力がお文になかった。非を悔《く》いる道を見出し得ない彼女は、自己を認識するために現在の生活を満足するほかに何もないことがわかって来たように思われる。

「なるようにしかならない」

こう言ってみれば、全く人間はなるようにしかならぬと思うより外になかった。自分は今日まで誤った思い――日本の教育から固められたがために過去の自分を悔い責めた。しかし、これが一人間の生活であると覚《さと》ってみれば罪でも悪でもない。神の許した生活、世界の許した生活である。……一人を守らなければならぬと誰が決めた。人間が掟《おきて》しただけである。貞操とか破倫[97]とかいったものは、もともとなかったものでなかろうか……。

お文の頬には、柔和な微笑が浮かびだした。

五七

今日は昼過ぎからお客があった。お文が入口にはいった頃は、お常が黄色い声で槍《やり》錆《さび》[98]を唄っていた。女将までがお白粉をごてごて塗って、わやわや騒いでいた。

ケッチンの方ではもう赤くなったお国は、こんな忙しいのにといったような目付でお文を睨んだが、ちょっとお辞儀をしてから化粧室に飛び込んだと思うと、三味線を片手に、あたふた駆けだした。

「お客さんは幾人？」

お文は、機嫌を損ねないようにきいた。

「七人ですよ。私は今日当番でしょう……そりゃさっきからてんてこ舞してるんです、早く来て下さいよ」

と言い残して、騒がしい部屋に吸い込まれた。

浪花節の声色《こわいろ》[99]を唄ってる者やら、ラッパ節[100]を怒鳴るものやらまちまちで、お国は三味線を合わせるのに戸迷った。

白い被布《クロス》にはビーヤと日本酒が滲《し》みこぼれていた。今朝アラスカから帰った連中らで、宿も決めないで飛び込んで来たものらしい。

「やァ、お文さん、ここだ、ここだ」

と山荒しのような男は、低い鼻を手の甲《こう》で擦《こす》って、顔を出したお文をいきなり引っ張った。

「さァ一杯！」

と杯を投げるもの、傍に置くもの、七人の野蛮人が総立ちになった。その中の陣笠[101]らしい一寸書生面《づら》した男は、演説口調で立ち上って、

「僕らはお文さんの健康を祝し、かつ僕らに対する秋波[102]の公平ならんことを祈るためにグッド・ラックしましょう」

と怒鳴った。

「よかろう、お文さん万歳！」

一同はグッドラックを称して、無暗に愉快がった。女王《クイン》のように囃《はや》されたお文は、お国をちらと見返って前に置かれた杯の数々を飲み干し一人ひとりに返した。

「いよッ、立派立派」

と言うものもあれば痛快だと卓子《テーブル》を叩く者もある。

「皆さんは、ほんとにお久しぶりね」

とお文は言って漸く落着いた。女将は一座を見回してから、またも陽気な三味線を

入れた。お常は皆から踊れといわれたので、ケッチンから手拭をもってきた。それを頬冠《ほおかぶ》りし、三味線に足どりを合わせ、

「や、おい」

の掛け声で踊りだした。そうなると負けん気のお国も、羽織と扇子をもってきて舞い始めた。

「今度はお文さんだ！」

黒シャツは杯を一つ投げつけて、赤黒い眼玉をギラリと光らした。

「わたし何もできませんもの」

迷惑そうに言って、隣の山荒しに煙草を巻いてやる。お国は調子に乗って又も踊りだした。そうすると山荒しはコートを脱いで、

「オレは一番、飴《あめ》売《う》りの真似[103]をする」

といって銚子を運んできたお盆を頭に支え、丼鉢《どんぶりばち》を片手にもって異様な節で唄いだした。

「うまいぞ、うまいぞ」

と鳥打帽《キャップ》を冠ったままの男はビーヤ壜を振り回しながら立ち上った。その間にお文はジャンケンポイをやったりして、かなり飲まされ、気もほろほろしだした。

一座のドンチャン騒ぎは果てそうもなかった。いつの間にか電燈はつけられ、他の室《へや》にも客が満ちだした。

お文とお国は交《かわ》るがわりに出たり入ったりした。七人組は一人残らず泥酔となった。山荒しは椅子の上に仰向けで寝だした。

「おい、よせ！」

と黒シャツは怒鳴りながらどんよりした眼を向けた。そうしてぶるぶるする手で杯を渡す拍子《ひょうし》に、隣の鳥打帽の方へ倒れかかった。

「これ、しっかりせい」

と押しやられたのが動機で、黒シャツはよぼよぼしながら、手当りの丼鉢を鳥打帽に投げつけた。

「この餓鬼《がき》、何するか！」

立ち上ったと思った瞬間、黒シャツは頬ペタを張られていた。女将は飛び上って、二人の仲にわけ入った時は既に黒シャツが仰向けに倒れていた。

「よせってば、おい！」

と書生が奔走してるけれど、鳥打帽はまだ手当りのものを探し求めてる。それ喧嘩だ！といって他室の客も総立ちになった。

「やっちまえ、やっちまえ」

と、一座の連中は誰一人黒シャツに同情するものがなさそうだ。そうして散々な目に遇わされたが罵《ののし》り合いがなぐり合いとなった。

嵐の一隊は地辷《じすべ》りのように玄関からくずれ帰った。

五八

アラスカ帰りの一隊が帰ると、料亭の中は火が消えたようになったが、女どもはかなり酔わされた。女将は例によって少し酔い出すとケッチンの醤油樽《しょうゆだる》に腰を下ろしながら饒舌《じょうぜつ》し始めた。料理人《コック》は少し足りないような面構えをして魚を切った血だらけなナイフを手にしながら、厚い唇をもぐもぐさした。皿洗いが一人で鼻歌を唸《うな》っては熱い湯気立つ皿を掬《すく》いあげた。

表手《おもて》の戸《ドーア》が開くと、ほの暗い廊下に二つの影がぼんやり現われた。

「いらっしゃーい」

女将は藪《やぶ》にらみしながら、

「お国さーん」と怒鳴った。

客室から飛び出たお国はケッチンの方に顔を向けたが、くるりと回って表手の方を

顧み、

「まァ、いらっしゃい」

熊谷は先に立ってフロントに案内された。戸村は、法廷へでも引き出されるように首垂れながら、あとに随《つ》いた。

フロントの室《ルーム》にはこの料亭主人の好みな額が二つ掛っている。隅の方にソファが置いてある。戸村はちらとお国を盗み見てから帽子をとると頭を掻《か》きなでながらソファに腰をおろした。

「まァ、戸村さん、そんなところに、こちらへお出でなさいよ」

と腕を引っ張って卓子《テーブル》の方へ寄せた。熊谷はまだ帽子も脱がずに、落着かない眼をきょろきょろさしている。

二人は顔を見合わして何ということなしに、にやにやと笑い合った。

お茶を運んできたお国は注文をとってから間もなく現われた。戸村はなんだかお文が隣の室の隙間から自分を盗み見ながら、自分に気を揉《も》ますために出てこないのでなかろうかと思いつつ、お国からの杯を手にした。

「明日、行かないか」

熊谷は突然頭をあげながら言うのだ。

「何処へ？　タコマへ？　そうだな、行ってもいいね。しかし僕は学校があるのでな……」

友の悲しいロマンスを埋《うず》めているタコマ。ダリヤの花の咲き乱れている家、墓場つづきの公園、異様な鳥類の棲む動物園、そうして南国の草花を咲かしてる大きな温室。——そうしたまだ見ぬ世界に友が刻んだ足跡を偲ぶべく、行って来てもよいのだが、なんだか億劫である。——いつでも女の方へ電話をかけるという角の酒屋も見たい。一緒に忍んで見に行った活動写真館の前も通ってみたい。そうして彼が、遂に思いにあまって月傾く窓の真夜中、日本刀を振り翳《かざ》して若葉色のネクタイを切ったという彼の部屋にも一泊したい。トルストイの肖像画が壁間に貼られてあるという。書物棚に並んでる露国《ロシア》文豪の著書なども見てきたい……戸村はいろいろなことを胸に浮べた。

「じゃ、明日、雨が降ったらゆくことにしようか」

「雨が降ったら、か」

熊谷は呆れたようにグラスを傾けて、

「そりゃ又どういう暗示だね」

「なに、なんだかタコマへ行って君のロマンスの跡を見るには、雨の降ってる方が気分に調和するようだから」

戸村は、輝きある瞳に笑みをのせて友を見つめたが、その視線を女の方へ移して、

「それを僕にくれないかな」

今、やっと目にとまったお国の束髪の鬢《びん》[104]に蝶蝶草《パンジー》の造花が一輪さされてあるのを見たので言った。

「これですか？」

女は造作もなくそれを指でひき抜いて、

「さァ――しかし、私があげると嫉《や》く人ができませんか」

お国はにやっと笑って、熊谷に目をやった。戸村は、なんだか自分の企んでることを裏がかれたように、がっかりしたが、

「どうして？」

と白ばくれた。もうこの女も十分自分とお文の間を察してるのだと思えば、自分の大切な本箱を鼠にでも噛《かじ》られたような気にされるのだ。

「それじゃ僕にくれたまえ」

熊谷は手を出した。

「そうですね、貴方なら……」

と立ち上って、熊谷の襟に紫紺色《しこんいろ》の蝶蝶草をさして、意味ありげに笑った。そうし

て熊谷の手を握り、

「ねえ、これでいいでしょう」

こういう風に、ひねくれられると、戸村は、そこに無限の淋しさを感じ始めるのだった。みんなの人間は、こんな小さな戯《たわむ》れの中にも深い何かの意味を附着さして私に対しているのでなかろうかと思うと何か暗い思いとなる。

そこで、一人でビーアを傾ける。

五九

お文はよろよろしながら酔い疲れた身体の始末にも困るといったように廊下伝いにフロントの戸をおしあけた。朦朧とした光景の中に戸村の姿が浮いていたので、

「まァ」と気をとり直し、

「こんばんは」と、酔いを隠そうとしたが、前足のよろめきを制することができなかった。

「三番さん、お帰り?」

お国は煙草を燻らしながら、顧みた。

「いいえ」と言ってお文は、戸村に一瞥をくれたが、こんなのなら先刻から、来てる

と一言、お国さんが知らしてくれればよかったのにと、気もむしゃくしゃしだした。なんだか手足が自分から離れて、虚空で舞うてるようである。彼女はどたりと卓子《テーブル》に両腕を投げ出して、顔を伏せた。

「どうしたんだ」

戸村は呆気にとられて、その求め来た女の酔態を忌まわしく見たが、熊谷のせせら笑いを身に受けると焼かれるように気がいらついた。慌ててかけ出したお国は氷水をもってきてお文の口にあてがった。三番では卓子を叩いて、不平の声をあげている。

「はーい」とお国はあわただしく駆け出した。

何というこの狂態だろう、と戸村は心で叫んだ。この狂態！ この乱状！ これが自分が今日まで恋い求めた女の姿だったのだろうか。昨日もあれだけ言い交わしたのに。彼は何も言わずにがぶがぶと飲んだ。何だかこれっきりの女のような気もする。真面目な恋などし得る女に、こんな狂態のあろうはずがない。

「どうだろう、まるで……」

と、あとを形容する言葉も出なかった。お文は一息ついてから、

「ご免なさいね、戸村さん、今晩は失礼よ。さァ少しおあがりよ、貴方はまだ坊っちゃんね」

といって、半分は被布《クロス》の上に流しながら、

「なァに、くよくよしたって駄目ですわ。お酒でものんで騒ぐのが人間の高尚な慰安……」

生意気なことを言って、人の笑わぬさきから自分でわっと笑ってみせるのだ。がっかりした戸村は、しばらく鬱《ふさ》ぐ気を静めることもできなかった。が、どうせこうした社会はこんなものだとも思われる。酒の力で存外気が浮いて来た。

「さァ、もう一杯。なんです、男のくせに卑怯な――私に？　まァいいじゃありませんか」

よちよち立ってきて、男の肩から壜《ボットル》を出すのだ。肌に触れられると男には可愛い懐かしさがこみあげてくる。そこで血色のいい腕を握る。このまま抱き締めてもやりたい女ではある。

得体の知れない自棄的な気分がわくわくと胸に湧く。酔って酔って酔い潰《つぶ》れてみたい気にもなる。なぜこんなに臆病な自分なのだろう。自分はこの女に特に遠慮してるのではない、すべての女に対してこうした卑怯な心の圧迫が起ってくるのだ。こうした社会に沈んでる女らには、不貞が常態なのだ。――戸村は大胆になろうと思って酒をがぶ飲みするがどうしても酔えない。苦痛が益々高まってくる。心の目がだんだん冴えてくる。

女はもたれかかったきり眼を閉じてる。戸村はその束髪の後《おく》れ毛を淋しく見入って、心をゆるした友ではあるけれど、熊谷を憚る苛々した心に小黒い思いを包んだ。

眼を閉じて、その酔った頭で何を考えてる女だろう。こうしてる姿を見るにつけても自分の淋しい恋が人ごとのように思いに映る。お文は心の中で泣いてるのかもしれぬ。自分に申し訳がないとて泣いてるのかもしれぬ。その泣くほど辛い心の中を暗示せんため、お前の伏してる私の膝の肉を思いきりざま噛みついてくれ。そこから赤い血が流れ出たら、おれはお前の形見にとそれを舐めするだろう。

戸村はポケットから小さなナイフを取り出して熊谷を顧みた。そうして、膝に伏してる女の束髪を解いて、小指の太さほどに、それをまとめ、

「おい、これだけ斬ってもよいかね」

と、お文に言った。深い酔夢からさめたように女は顔を動かし、

「どれだけでも切って下さい。刺されてもいいわ……」

と言うのだ。戸村は一束を中程に折って、ナイフを入れた。

そうしてその五寸あまりの黒髪を唇にくわえて、

「お文さん、これでいい？」と目の上に翳《かざ》した。

六十

「刺されてもいいわ……」

戸村は、女が斬られた髪を惜しむ風もなく、解かれた束髪を再び結ってる脇下を眺めながら、この恐ろしい言葉を頭でくり返した。

一体どうなる女だろう……このままにして置いたら、この女は永久に堕落してゆくのでないか。

女は少し正気に返ったように、氷水を一杯飲んでから、

「あァ、ほんとに今晩は酔いましたわ。しかし、この頃はこんなに酔うのが面白くてよ。さァ、戸村さん」

と又、杯についだ。

いろいろ口に出したいこともあるが熊谷が邪魔でどうにもならない。何を言ったところで熊谷のことだから、どうでもいいのだが、そこが世馴れていない戸村を迷わせてるのだ。

「何か、君には思いに余る事情があるのだろう？」

「え、色男をもちますとこうだわ。どうせ、わたしなんかこんなものになってしまっ

たんですもの……」

　とお文は囁くように言って、又もぐっと酒を飲み、

「熊谷さん、どうでしょう。また何か考え込んでいなさるのね、赤ネクタイは今晩かけてお出でないのね」

　熊谷はしばらく振りで笑ってみせた。

「やはり夕コマでなけりゃ面白くないんでしょう……。しかし、シアトルだっていいわよ、私のお酌だって……」

　何を言い出す女だろう。その態度からして下卑《げび》てきた。こんな風の女ではなかったのだが……どうしてこう早く変化したのだろう。まるでゴロツキの女房のようだ、と戸村は忌々しく見ているのだ。

「ねえ戸村さん、人間は幻影《まぼろし》を描いてる時分が一番いいのね……」

「おい、酔っ払って、余計な口を利くなよ」

　むっとして戸村は言ったが、何かの動機が、この女のこうした変化の底に横たわってると疑わずにはおれなくなった。それとも熊谷の手前、われわれの間に秘密のあることを見せまいための白じらしい態度か。そうであろうと善意に解釈してみれば、女の姿が急に輝いても見えた。

戸村はグラスに丸長く映る自分の顔を妙な気持で眺めた。紅い唇が顔中になったり、黒い眼が顔中になったりした。そうして、どうかすると額《ひたい》が長くなってビリケン105のような格好にもなるので、何だが無体《むたい》に笑いたくなった。と今、お文の言った「人間は幻影を描いてる時分が一番いい」という言葉が彫り込まれるように頭に来た。

幻影！「人間は夢みることによって最高な幸福を感じ得る」と誰かが言ったことと思い合わされた。自分は今、現に幻影を追うている、お文そのものは幻影である。そうして、その幻影に接触し、憧憬するところに最高な幸福があった。瞬間の離居にも不安と悲哀があった。尠《すくな》くともお文は、自分のそうした境遇を支配してるのである。しかるにどうだ、幻影を描いてる時分は一番いいなんと、もう悟りでも開いたようなことを言う。自分を目の前に置いて冷笑してるような女の態度だ。彼女の幻滅は自分の幻滅である。――このグラスに映る様々な自分の顔のように、自分らの恋も心の動くままに様々な形を呈したが、グラスを離れたら幻影がどこにもない。

今日まで自分はお文のグラスに自分を写した。お文は自分のグラスに彼女を写して来た。が、今夜を限りにグラスが壊れた。……

そう思ったとき戸村は胸に血の波が一時に湧き返るのを覚えた。彼はお文をつき離して立ち上った。そうしてビーアのままなグラスを壁にぶっつけた。はっしとビーアが壁に描かれて散りグラスの破片が響きとともに飛んだ。

「戸村さん！」お文は立ち上って、

「何、乱暴なさるの？」と叫んだ。

熊谷はげらげら冷笑してる。

「お前の知ったことじゃない――」

と言って、思いきりお文をつき放した。よろよろとそこに倒れたお文は、

「口惜しい」と泣き伏した。

「何が口惜しい、淫売婦め！」

戸村はまたも他のグラスを手にした。熊谷はそうした光景を珍しい芝居でも眺めてるように、両肱《りょうひじ》つきながらげらげら笑で見てる。

立ち上ろうとするお文を再び足で蹴ちらした戸村は、もう乗り出した船だといったように手にしたグラスを再び投げつけた。

熊谷は煙草に火を点けながら、

「痛快だな……」と頓狂《とんきょう》に叫んだ。

六一

お国がどたばた飛び込んできた時には、戸村は第三のグラスを振り上げていた。

「どうしたんです」

と呆気にとられたお国は、振り上げてる戸村の手を抑えた。お文はひいひい泣いてるのだ。

遮《さえぎ》られるとどこまでも自分の野性を発揮しようとする反撥心に襲われて、戸村はお国をもつき放した。

二つの女の姿が重なり合ってそこに倒れるのを見ると、戸村は一人で勝ち誇った。

「幻影を描いてる間は一番いいって何のことだ……もう用はないよ……」

第三のグラスを皿の上に投げつけて、戸村は帽子を冠《かぶ》り始めた。お国が起き上ろうとしているのをお文は、

「私が悪いんです、お国さん、放っといて下さい、何もかも私が悪いんです……」

と叫んで白いエプロンで顔を掩うた。そして

「貴女《あなた》も……」

「貴女も蜂の頭[106]もあったもんじゃない。何もかもお終《しま》いだ、君の心底《しんそこ》もわかった。折角[107]、やけ酒をのみたまえ、管を巻くのもいいだろう！」

縋《すが》りつくのを振り放して、お国に勘定させ、ありったけの金を投じて、飛び出そう

とした。

「待って下さい、戸村さん」

「何も用がない……」

「ま、何が、そう気に触ったんです？　私が悪ければあやまります」

「もう、いい。余計なことは言うな」

「戸村さん……」

「やかましい……」

こうして戸村は、フロントも裂けよと戸を叩き閉めて、外に出た。熊谷は、満足したような顔で笑いこけてる。何がおかしいのだ、この悲痛な俺の行動がそんな冷笑で償《つぐな》われると思ってるのか。友でもない。人間でもない。

「君は痛快なことをやるようになったな」

熊谷は、外の冷気を吸いながら戸村に寄り添うた。

「なに、一寸癪に触《さわ》ったから、やってみたのさ」

心の中では濁々した血に渦巻かれてるくせに、戸村は落着いた将軍のように返した。

停車場の時計台は老婆の目のようにどんよりしているが、微かに一時を過ぎたと報じている。

「何処へ行こうか……」

熊谷は、二人がキング街の方にさしかかった時、よろよろになった戸村の腕を支えながらささやいた。

「さァ……これから冷たいホテルの部屋に泊るのもいやだナ」

「何処へ行く……」

熊谷の足つきもかなり定めがなかった。二人はもちつもたれつ、千鳥足でさしかかると、小路《こみち》の方から黒ん坊の女が現われて、何か言い寄ってきた。

「黒ん坊だ……」

戸村は嘲けるように言って、熊谷を黒ん坊の女の方へつき放した。

「よせ、戸村」

と言いながら、よろよろ女につき当った。そうして、見上げてから気を落着けたらしく、

「しかし、おいらは二人だ！」

と叫んでいる。

「二人だっていいじゃないか」

と、黒ん坊がもう熊谷の手をとっていた。その隙間に戸村は逃げ出した。そうして、

地下室へほら穴のようになっている階子段《はしごだん》の料理屋へばたばたとかけ込んだ。

「おい、戸村——戸村」

あとから追っかけてきた熊谷は叫んでる。そうして共に地下室へ転がり込んだ。

戸村は、奥の一室に陣どったところへ熊谷も現われた。

「失敬な奴だな」

と我鳴《がな》っているのをきかぬ顔で、

「何でもいいから、あっさりしたものをね……」

と、出て来た女に注文した。

隣室では田舎者らしい四、五人ががやがや酔っ払っていた。戸村は、椅子を二つ並べて、その上に仰向けになって寝倒れた。

涙が、自然に湧いてきた。何と無恥《むち》な自分だったろう。あの弱い女にあんな仕打ちをしたオレは何としても野蛮人以外ではない。

ポケットの中からハンカチを出そうとすると、冷《ひ》やりと手に触れるものがある。

——すっかり忘れていたあのお文の頭髪《かみ》である。……戸村はそれを掌に丸めて唇にあてた。ぼたぼたと涙が……涙が頬に流れた。

六二

「おい、雨が降ってるぜ。霧のような雨が……」

壁土色《かべつちいろ》の窓掩《セード》をあけた熊谷の顔は、昨夕《ゆうべ》の酔いでどんよりしてる。戸村の布団をひっぱぐって、

「行くかい、今日？」

下着のままで立ってるのだった。

「まア、もう、しばらく寝ようよ、まだ早いじゃないか」

「もう十二時だよ」

戸村は、ぐったりと疲れた身体をごろりと返して再び布団にまきついた。昨夕のことが朧《おぼろ》な頭に復現された。

——お文はどう思ってるだろう。又、どうして自分はあんな生まれてからしたことのないあんな野蛮なことをしでかしたのだろう。グラスの響きが今でも耳の底に残ってる。そうして熊谷の冷笑が目の奥に彫りこまれてる。戸村は、今日タコマへ行くのも厭になった。これから誰かに借金して、今晩、再びお文のところへ出かけて、自分の非を謝ってきたい。今、お文から捨てられたら、自分はこの湧き返る熱情を濺ぐ対

象がなくなる。その対象なしには一日も平和な日が送られないことも明らかである。たとえ彼女は自分と永《とこ》しえの誓いに生きる運命の女でなくとも、やがて何処かで遭遇する自分の女を得るまでは、彼女を恋し、慕うことをやめたくない。この五、六十日間というもの、自分は彼女を恋し、慕《しと》うたがために、どんなに深い心の活動を得たかしれぬ。また、どんなに力強い刺激に生きたかしれぬ。そして、人生というものを直接に痛感し得たのだ。芸術の世界に紅い燈火《ともしび》の輝きを認めたのも確かだ。バザロフ108となって冷たい罵倒と解剖に生きるよりも、ドリアン・グレー109になって燃え立つ火の中へ自分を焼き果たしたい。悪の水を唇に許してから、自分の肉体が日に日に朦朧とした空気の中へ埋もれて行くようにも思われる。その朦朧とした世界に何物かが横たわってた。もう自分は女なくては一日も平穏な生活が営まれなくなってることは弁護をまたない事実だ。――それなのに、昨夕は、とうとう自分の芝居の幕を打ち下ろした……。

戸村は、一艘の小舟が、歓楽の象徴として岸から離れゆくのを胸に描いた。薫風と小波《さざなみ》と、春の碧い空と水の色が鮮やかに彩られてる。自分はその小舟の船頭になっている。舟が二、三十間沖に進むと、船頭の自分は船底に穴を掘り始めたのである。そうして今、舟は沈みつつある。歓楽のすべてが水に溺れようとしてる。もう叫んだって駄目だ。ああ、とうとう水の中へ自分は溺《おぼ》れ入っている。

「おい、起きないか」

熊谷は再び布団を巻き上げるので戸村は暗い思いから覚めた。

「余計なことをするな」

と戸村はまたも布団に巻きついた。その瞬間、自分の唇をつらつらした剃刀《そり》でざぐりと切るような思いが描かれた。真紅な血潮がだらだら流れる。唇の薄い皮膚が、日光に青光りしてる――忌まわしい気味の悪い思いが次から次と、彼の思いを虐げ始めた。それはすべて昨夕、お文をいじめた罰が酬われつつあるようで苦しい。

「どうしたんだ、起きないのか、おりゃ、ひとりで行くよ」

と熊谷はいらだってる。

「まて――」

起き上ると、戸を隔てて剃刀を磨くような音がしゃァしゃァときこえる。朦朧とした頭にそれが暴君の鬱陶《うっとう》しい荒息のようにも感じられる。よく耳を澄ますと、それはホテルのポーターが廊下を箒《ほうき》で掃いてる音だった。

すべての響きが険悪にきかれ、あらゆる色合いが、彼の目に毒々しく映った。顔を洗うためのパイプの水の響きまでが蛇を思わせ、自分の足音も身障者の憫憐《びんれん》な姿に映ってきた。そうして、コートを着るにも圧迫を感ずるような刺激さである。この調子でいったら自分が狂人になるのじゃないだろうかと、戸村は潜かに心を震わすのだった。

すっかり疲れた。……なんだか頭の中は箒《ほうき》でごしごしさらわれてでもいるようだ……。

「どうだ、この霧は……」

と熊谷は窓をあけてから言い放つのだ。

「霧――霧っていうと、なんだかすぐこう、モスコーを思い出すな、君。アンドレーエフ[110]だったかね、あの梅毒に罹《かか》った青年を描いたのは……梅毒と霧――一寸皮肉だね……」

二人はこんな事を言いながらホテルを出るのであった。

六三

街は、白く濁った水底のように、霧のただよいであった。五、六歩さきの電信柱も家も人影も見わけがつかなかった。二人は腕を組み合いながら、坂道を登った。

「こんな霧では、船が危ないぜ」

戸村は、タコマへ行くのが何となく気遣われた。

「面白いじゃないか。僕は、霧の中を船が笛を吹き吹き馳《は》せるのが好きだね。そうして、霧でおぼろに光る船の赤や青やの灯が又格別いい」

なんだか、二人とも互いに理解のないことを無意義に言い交わしてるように戸村が思った。考えてみると、自分が物心ついてから、しっくり自分の全部を理解してくれる男に出逢ったことがない。友達だといってもやっぱり互いに偽り合ってる。殊に口や手紙で表白する自己というものは大抵色づきである。自分ながらかなり今日まで嘘を吐いてきた。仮面も被ってきた。常に真理を求め、徹底を希い、そうして赤裸々を親しもうとした自分は驚くばかりな偽善と欺瞞に今日まで生きて来た。世の中は丁度この霧の世界に住んでるようなものだ。電信柱か立ち樹かわからぬところに意味があり、また電信柱を立ち樹のように見せるところにも意味がある。今腕を組んでる熊谷の手首を押えてみると、やっぱり血脈が膊《う》ってる。この一分間に数十と打ってる血脈から左右されてる彼の頭に、どんなことが今考えられつつあるだろうか。彼は富江を恨み恋うているのかもしれぬ。それでも、とんでもない祖国の田舎で一度しか逢ったことのなかった婆さんのことでも考えていないとも限らない。そうして今、自分がこんな疑惑と懺悔《ざんげ》にとらわれて、自分を罵《ののし》ったり嘲《あざけ》ったりしてるとは、よもや思っていないだろう。たとえ、自分はこの友に何かの深い恨《うら》みがあって、この霧の紛れに、この場で絞め殺そうと考えてるにしても、そんな危険が身に迫ってるとは思わずに、何事かを、彼相応に考えているに相違ない。そう思うと、世の中は広いものだ、幾十億の人間が、一人一人このように変った思想や、忘想に生きているのである。彼らの頭にはその頭に相応した世界が一つ一つ存在してる。そうして昔から何十億の世界が生まれたり死んだりしてる。その世界の数々を誰かがちゃんと理解し、かつ記録に残してる者があるだろうか。――戸村はそれを理解してる人に逢いたい希望に燃えて来た。彼は救いを神に求めた。しかし、人間が作った神を見せつけられたときは失望してしまったのだ。失望はしたがまだ落胆していない。近頃になって彼は、恋を見出し愛の底に通う道への鏡を探し求めだしたのである。

愛――愛の底には理解があらねばならぬ。その理解の鏡は万人の心を明写する。そうして、その鏡を手にしようとすると、棚から落ちてきた斧《おの》でその鏡は壊れる。真暗になる。霧の世界となる。仮面の生活が始まる。愛なき生は、理解なき生である。自分は一人の女性さえ完全な心で愛し得られない男だ……。

何もかも滅茶苦茶なような気がし出した。何だかお文の亭主が昨夜《ゆうべ》のことを聞き出して、自分を怨み、あとからのそのそついて来て、今にもピストルで自分を撃つような気にさえなる。

「何と、不可解な世界だろう」

と戸村は心の中を口で叫びだした。

「君も、そう思うか」

熊谷は——今の今まで君と同じことを考えていたといったような態度で言うのだ。

それが妙に戸村を懐かしめさした。そこで千万の援助でも得たような喜びに返り、

「ほんとに、つくづくそう思うね」

「そう思わなきゃ嘘だ。僕は昨夜の君の活劇を見たので、力強くなって来た……」

「どうして？」

戸村の声は蒼ざめてきた。

「どうしてって、君にわからないかね。……それじゃ、僕の方が君よりか一枚上だ……」

戸村の頭は煮え返るように騒ぎ立った。

「君、男というものは女から愛される者だと思ってたら大間違いだ。……君はお文から愛され彼女の愛の全部を支配してる君だと思っていたところに昨夜の活劇が起きたのだ。僕はああいう舞台で、二度も三度もあんな役を勤めてきた。お文は君の思って

るほど純な女じゃないぜ……」

それでも戸村は、まだお文が自分を恋うているという自惚《うぬぼ》れを消そうとしなかった——。

二人は、角のめし屋に投じた。

六四

普通の日ならまだ灯されない電燈がタコマの霧の夕暮を、泳ぐようにぼんやり彩っていた。店々の軒燈や活動写真館の前や、ひっきりなしに往来する化物のような電車・自動車の織《お》る中を戸村は熊谷のあとから続いた。上陸してから何一つ見覚えもつかぬ霧の中にただ朦朧とした自分の印象をとどめるだけで何処へ引っぱられてゆく自分だろうかを考えてるのだ。熊谷は何を考えてるのであろうか。船の中でも二人はほとんど語らなかった。しかし戸村は、ある小説を読んでいたがその中の事件や光景が何一つ頭に写ってこなかった。折々傍の友を横目で見ると、何か深く考え込むような目つきをして、厚い唇を堅く閉じていた。熊谷はあの女をもう駄目だと自分で決めてはみてるが、まだ彼女から最後の言葉をきかないところに執着していた。自分の恋がひびの入った花瓶のようになってるのに戸村の恋は絵具を揃えた画家が、絵紙《えがみ》に対してるような希望と歓楽に満たされているようなのが羨ましくもあり、心憎くもあった。自分は男として戸村より一階段下に置かれてるようで口惜しくもなって来た。ところが昨夕、お文のああした態度に激した痛快な戸村を見た。女々しいロマンチックな男だとばかり思っていた戸村があああした乱暴をやったところに興味がある。そうして今、ようやく二人が思わしくない恋の中に悶え子として相合ってるような気もする。そう思って熊谷は、戸村を慰め自分をも慰めようと思ったが、さて何から口を切ればよいのかわからないのだった。そして彼は、戸村が読書してる姿をちらちらと見ていた。

「どうだね、あの女！……あれが君に美人と見えるかね」

山繭《やままゆいろ》色のドレスを着た金髪の女が雑誌を読みながら、備えつけられたピアノの前に来て、一寸首を仰《あお》のけたとき熊谷は言ったので、戸村は頁の上から目をそらし、

「さア、今のところ僕には毛唐の女を鑑賞するような余裕がないね」

といって書物に眼を落した。熊谷はそれっきり口をたたんだが夕コマに着いたら夕飯時だったから富江のところで一杯やりながら話す方がよいと思った。

「ここが日本人町だよ――」

熊谷は角の電信柱のところで、ちょっと立ちどまって霧の中を指した。

「へえ、奇麗だね」

霧と同じようなぼんやりさで戸村は返した。

「何、霧がかかってるからキレイに見えるのさ」

六五

戸村は、タコマへ来たたからにはいろんな人とも逢いたかった。そうして心の中で新聞紙上で折々見る人の名など数えた。また、シアトルで二、三年前に別れた友の顔なども思いに描いた。

「僕のルームへ行ってもいいが、どうだ、夕飯を食ってからにしようよ」

深い霧が、往来で出逢う人々の顔を明らかにしなかった。こんな日はどんなに酔いどれて乱暴しても誰憚ることもないような気になって、妙にはしゃぐ心となった。新しい土地に対する不安と共に未知な者に対《むか》う興趣が、日本人町にはいってくると自然と戸村の胸を踊らした。船の中で沈みきっていた彼の心は、もうどこかへ吹っ飛んでいた。

「ちょっと待ち給え」

熊谷は言って、後戻りした。戸村は何もわからずにその後についた。と、角の、軒燈の下に立って彼は煙草を買った。そうして自在戸《じざいど》[111]を押しあけると中にはいったがしばらく出てこない。戸村はサイドウォークに佇みながら、自分の肩とすれちがって往来する白人の男女を顧みたり、怪物のような電車に群がり乗ってる人々を見送ったりして旅の寂しさらしいものを感じた。新聞売子が、そうした旅人の前に立って大きな声を張り上げた。彼は何を読もうという的《あて》もなかったが、一種のワニチー[112]と旅の子供と口をきく珍しさとに誘われて

『Hay!』と新聞売子を呼んだ。

〝Sir!〟と飛んできた十一ぐらいな子供《ボーイ》からタコマの新聞を手にとりながら日本人でも新聞ぐらいは読めるよといった顔で、排日問題でも書いていないかと思って目を通した。

「やア、失敬」

といって熊谷が後方《うしろ》に立ってる。

「何していたんだい」

「何、一寸電話をかけてきたのさ」

「誰に？」

「アレにさ」

「彼女？」

戸村は、一種の変な気もちに襲われた。そうして、そのまだ見ぬ女がどういう顔をして初めての自分をもてなすだろうかと思うと一種の勇みが湧いてきた。

「そうかね……、そうすると、ここが君の所謂記念多い酒屋だね」

といって戸村は、霧にまかれてる軒下を見覚えておこうと、もう一度確かめた。

六六

二階に上がる熊谷のあとから、戸村はまごまごしながら階段の中途から振返ってみると霧の街は、洞穴《ほらあな》の底のようなところを往来の黒いおぼろな姿が消えたり浮いたりしている。

「ハロー」

といって、口紅の特に目だつ、目のきりりっとした女が現われた。これかしらと戸村は、何かに刺激されたように歩を進めた。熊谷は小声で何か囁いてる、すると女は気色立《けしきだ》った声で戸村に
「いらっしゃい」

と腰を折ってからにやっと笑った。暖簾を潜《くぐ》って田舎の料亭らしい油被布《オイルクロス》の卓子《テーブル》をとりまいていると、女は茶と煎餅《せんべい》を運びながら熊谷の顔を覗き込んで、

「何にしましょう」

と言うのだ。

「お客さんはシアトルから来たんだから、ドッサリご馳走してくれ」

熊谷は言ってから煙草に火をつけた。

「この方ですか、戸村さんは……あの小説をお書きになる――」

小笑いしながら言って、

「熊さんからお話はよく承《うけたまわ》っています、どうぞよろしく」

と馴れたものだ。熊谷は何事を言ったのだろうかと、戸村は怖々しながら、

「じゃ、貴女《あなた》ですね富江さんは」

こんな挨拶がすむと、間もなく酒肴が運ばれた。

瓦斯《ギャス》機で鳥を焼きながら熱い日本酒を傾けては、熊谷は女を横目でじろじろ見るのだ。

「お文さんは如何ですか」

富江はこう言って、杯を戸村の前に据《す》えて野次るような笑い方をするのだ。

「お文さん？　君、知ってるのかね」

熊谷は目をパチパチさしている。

「え、よく知っていますとも。貴方に随分熱くなっておられるって話も」

「こりゃ、ひどい……」

幾分か、さばけてきた戸村は頭を掻きながら、

「そんなこと嘘だよ……嘘だよ」

「いいえ、いいえ、みんな聞きました」

濃い口紅が、戸村の前に置かれた杯の縁を淡く染めているのを彼は懐かしく見ながら、それを熊谷へ回した。富江の輝きある眼光が、絶えず二人の間を動きつづけた。

「私、ちょいちょい貴方の小説を拝見するのよ……」

富江は言って、

「私の友達に、ひどく貴方を崇拝してる人があるんです。明日、私のところへ遊びにお出でにならない？　紹介しますから」

と加えるのだ。

たとえ、それはお世辞であっても、そうした人がいると聞かされてみれば懐かしくもあった。熊谷は何もいわずにさっきから女の態度ばかり眺めていたが、急に二、三杯がぶ飲みしてから、

「昨夕《ゆうべ》は痛快だったよ」

と彼独特の皮肉な笑いで言うのだ。

「何かあったんですか?」

女はひきとった。そうして頭髪《かみ》の乱れを気遣うように両手を頭へあげた。

太い首の滑らかな皮膚に巻かれた珊瑚珠《さんごじゅ》[113]は、そうした女の姿を鮮やかに見せた。肉付きといい皮膚といい年といい、女としてはお文よりも数歩上である。戸村は、この女を自由にし領有せんがために、半年の苦闘を続けている友の現在を哀れに思った。暗い過去をもった富江は、明るい電燈の下で、難なく微笑んでいるとはいえ、あの黒い頭髪に掩われた底には汚れた記憶の幾十が残ってる――。

「なに、つまらないことだよ」

戸村はかばうようにいうと、

「愉快な――活劇があったんだ」

熊谷は、わざと吹聴らしく言おうとする。

「よせ、くだらないこと、いうな」

「言ってごらん、何があったんです? シアトルで?」

女は、甘えて熊谷の手をとった。そこへ女将らしい女が、時勢おくれの結髪《かみ》にリボンなどつけてはいってきた。向こうの部屋では二、三人の客があるので、富江をそこへ代らせようとしてきたことが熊谷にすぐ読めた。案に違《たが》わず、富江は立ち上った。

「あの、三味線を入れて下さい」

と女将は立った富江に目配《めくば》せした。

女が去ってから、戸村はつくづく淋しさに襲われた。その思いの奥には酔って泣いてるお文の姿が崩れていた。

六七

富江は容易に戻ってこなかった。向こうの部屋では誰かが「二上《にあが》り新内《しんない》」[114]を唄っている。いい声だ。富江の囃《はやし》が手にとるように聞かれる。外はやはり濃い霧が降ってるのだろう。衝突を恐れる汽船のポー、ポーという笛が、ようやく更けようとする晩秋の夜陰《やいん》に淋しく響いてくる。

女将は、気心のわからない二人の客を前に置いて手持無沙汰に、歯楊枝を並べたりしていた。熊谷は何か言いたそうであったが気のわからない女将を憚って口をつぐんでる。

「僕はああいう汽笛の音が好きでね」

と戸村は、熊谷と話の緒《いとぐち》を開こうとして言った。そうして自分が今住んでる軍港に濃霧が降りるとき、絶え間なくああした汽笛が鳴る。丘の家から学校用の本を抱いて、だらだら坂を下りると若い男女が囁《ささや》きもつれて学校の階段を登る。その足音のリズムとともに汽笛が響くようにいつでも霧の晨《あした》は思うのだ。彼は、今頃、丘の家に、田島は一人で煤《すす》赤いランプの下で何か本を読んでる光景が描かれる。自分は田島に無断で、また学校のことも放り出してこんな放蕩をしていることを思うと急に謹厳《きんげん》な友に対する済まないという気もちが、責めと悔いをもって胸を突く。どこへ自分が行ったのかと彼は思ってるだろうが、まさかタコマへきてるなど想像もしていないだろう。

熊谷は一人でちびちびやりながら、北海の沖で方向を失った漁船が濃霧に巻かれて暗礁に裂《さ》かれたという冒険小説的な光景を頭に描いた。そうして、これから冬にかけ、この濃霧を自然の保護として辻泥棒《ホールドアップ》を働く悪漢らの生活を思いやった。そうして最後に、泥棒という言葉から、ぎくりと自分の胸を刺すのだ。

泥棒！　戸村もおれも泥棒のような者だ。やはりこうした霧の中に隠れて電信柱の蔭から ぬっと現われ、往来人《やっかいびと》の懐を探し取る泥棒と何の選ぶところがあろう。亭主が当然所有しているべきはずの女の心性にくい込んで、女の全部を支配しようとしているおれだち だ、尠なくとも恋という餌食《えさ》をもって女を釣りあげようとしてる。そうして、それが恰《あた》かも男に許された特権のごとくに振舞ってきてるのだ。

「まるでおれだちは泥棒の群だ」

熊谷はこう囁いた。そう思うと、おれらは今日の日まで何一つ善とか良とかいう字の意義を裏書きした生活の断片も持っていない。また考えてみれば誰一人善人らしいものもいない。世の中は泥棒の寄合いだ……。

「君は世の中に真面目な人間がいると思うかね」

突然、熊谷はこんなことを叫んだ。ちょうど戸村は田島のことを思い浮かべていたので、

「さァ、いないとも思わないね」

「まァ、熊谷さん、なんと陰気な顔をしていなさるのね、お上りよ……そんなに悲観しなくてもいいわよ」

女将はこの間から急に鬱《ふさ》ぎだしたこのお客さんの態度に同情でもしているように言って銚子を傾けた。富江のはしゃぐ声が鮮やかに洩れてくればくるほど、熊谷の頭が鬱いだ。

「しかし、おれらの仲間は大抵泥棒だぜ」

熊谷は叫んで女将からの盃を受けた。

「どうして？」

「ここに泥棒の親分がいる」

と冷笑しながら女将に杯を返した。

「まァ、いや、熊谷さん、縁起でもないよ……それじゃ一つ唄いますか……富江さーん――」

と叫んで立ち上った。

「もう、面白くない。おれは今晩、頭がどうかなってる」

といってまた飲み出すところへ、富江は真っ紅になって三味を手にしながら飛び込んだ。

「失敬!」

といって、女はどたりと椅子に腰を落とす。

「熊ちゃん、どうしたんだよ。卑怯な男だなァ」

と男のような口をきく。

「だから、君は駄目だというんだよ。色女の一人も持とうというくらいな度胸なら……。ねえ、戸村さん、こんな卑怯な男だから駄目なんですよ」

と、からから笑う。

「さア、飲み給え」

熊ちゃんに抱きついて無理に男の口へ銚子をあてがってがぶがぶ飲ました。「罪でも犯そうという男だったら、誰の前もあったもんじゃないよ。さァ男なら、戸村さんの前で私をキスしてごらん？――」

哀れな熊ちゃんは、両腕で顔を掩うた。今度は、戸村が一人で悦に入った。

六八

熊谷はそこばく115の勘定をしてから、戸村と共に階段をおりた。

更け込んだ街を包む霧の中に、老婆の目のように薄どんよりと街燈が浮いていた。

向こう側の料亭から景気よく流行歌を罵《ののし》るように唄って騒いでる男女の声が洩れた。

二人は相当に酔うていた。夜寒《よさむ》が、懐を突くように肌を舐める。

「もう、二度とあんな女は見ない」

熊谷は堅い決意でもしたように戸村の肩にもたれながら囁いた。

「どうして？　一寸面白い女じゃないか」

「あの男が、あの別の間《ルーム》にきていたんだ……」

「そうか？　尾野《おの》か？　尾野ってどんな男だい」

戸村は、どうりで富江の今晩の態度が少し変だったと思い返した。

「つまらない男さ……」

といって熊谷は何を思い出したか、すっくと立ちどまった。忌々しさに彼の手足が慄えていた。と、それと同時に向こうの玉場から三、四の黒い影が何かを喚《わめ》き罵《ののし》って街路の方へ飛び出した。戸村も足をとどめてその方に目をやった。

「ゴッデム、サナカベッチ」[116]

日本人らしい口調で怒鳴りあってる。そうして一人の逃げ回る男が、追いかけて来た男に組みつかれた。しばらくその人影が街路の上で揉《も》み合ったが、倒された影が散々踏まれ蹴られると、その倒れた黒影一つを残してあとはあちこちへ逃げ失《う》せて姿を消した。

「又、始めやがった」

と熊谷は呟くように言って街路を横切ろうとした。

「君の知った奴らかね。何だ、ゴロツキか」

戸村は後について、今起き上がろうとした黒い影の傍に立った。よたよたになったその男の額から血が流れている。一度起き上がったが、又がわ！と伏した。彼は口の中で何か叫びながら再び起き上がろうとした。

「おい、松《まつ》……」

熊谷はその男の肩に手をかけた。

「どうしたんだ！」

目暈《めまい》でもしたように松はあたりを見回して、額に流れる血をコートの袖で拭いてから、

「ゴッデム」

と小さな声で呟くだけだ。

「どうしたんだ！」

「なに、大したことでもないのさ……」

自分を恥じるように松は言ってそれっきり黙る。

「何の喧嘩だ、おい」

熊谷は、この間からとかく噂のあった女のことからだろうと思った。――そうして自分もこうした連中の仲間にいたら、やはりこんな野蛮人のような真似をするに決まってると思うのだ。

「誰だ、相手が」

「誰だったか覚えがない」

この場になっても後を恐れる卑屈な日本人のゴロツキを、熊谷は忌々しく見た。松

は、自分を恥じ、世を憚るように、二人へろくな挨拶もせずに、霧の街をあちらの角にと消えた。霧に濡れたサイドウォークに血痕が三、四滴にじんでいるのを見て熊谷の心は燃え立った。そうして、あの二階からおりてくるであろう尾野を待ち伏せて、このような目に遇わせたらどんなに痛快だろうなどと思うのだ。

「あ、寒くなった……帰ろうよ」

と戸村は手を引っぱったので漸く自分に帰った熊谷は、

「奴らは幸福だね、君」

「殴られて血を流して、……何が幸福だい」

「しかし、心の中で殴られたり血を出したりしてるクラスの人間よりか幸福だ」

霧が益々濃くなると、彼らの視力はそれに伴って弱りゆく。赤い血の跡——二人の心は意味もなくその残虐な光景に刺激されていた。また、何となく血の痕を目の前に見たことがフレッシュな感じでもあった。更にがやがやする腹に下痢剤をかけた後の快感味のようなものでもあった。

だらだらした坂を登ると場末じみた街《ストリート》に出た。そこのサイドウォークは木板で張られてある。霧に濡れたその上に二人の酔歩が危く刻まれた。

「ここらはみんな淫売屋だ……」

熊谷は言う。古い板屋の小窓から赤い灯がもれて、窓掩《シェード》の隙から白い女の顔が半分見えたり隠れたりした。大きな黒ん坊が二、三人隊をなしてそうした小屋の前を往ったり来たりしてる。赤いスウイタ[117]を着流してほの暗い軒下の霧の中にぼんやり浮いてる女もいた。

二人はそこを過ぎると熊谷の宿にと急いだ。

六九

サインの剥《は》げた軒燈に何々屋とへたな字でお国を家号にした宿屋の前にくると、熊谷は二、三度戸を押したが、開かない。

「おーい、お上さん……」

と二度三度叩いた。白い寝巻のままのお上さんが頭髪を乱したなりで戸を開けた。

「いいご機嫌だの」

と、冷かしか、愛嬌かわからない口調で言ったかと思うと欠伸をしながら自分の部屋に入った。中からは乳呑児《ちのみご》らしい子供の泣き声がけたたましく聞えた。

蛍のような小さな廊下の電燈をくぐって戸村は熊谷の部屋に伴《つ》れこまれた。

「ああ酔った」

と戸村は、いきなり白い寝台《ベッド》に打ち倒れた。寝台《ベッド》の頭の方になった上からぶら下がってる枕時計は八時をさしたまま止まっている。熊谷はグラスに一杯の水を汲んできた。そうして黙って戸村の口の方へさし出した。それをぐっと一杯やると少し元気ついたので彼は起き上がった。

見回すと、ベッドに沿うた白い壁紙の真中に吊された絵がある——十七、八の日本娘が春の若草の上に手足を投げ出して眠ってる。白い足が、赤い蹴出《けだ》し[118]の中から、夢のように投げられてる……。

「誰の絵だね、これは——」

「寺田《てらだ》が描いたのさ、なんでも君に呈するつもりで描いたのだそうだが、僕ァ、とってきたんだ」

「どうして？」

「君の書くものは、ちょうどこの女のようだというのが寺田の構想だ」

戸村は一人で笑った。

「じゃ、僕もってゆくよ」

「ノー、駄目駄目」

「この女は夢を見てるのかい、又、ぐっすり寝込んでるのかい？」

「夢を見てるのだ。……若草の色と蹴出しの紅と脛《すね》の白と。そうして春の気分を現わした空の色と、女の夢みる瞳と、閉じた唇と……佳《い》い画じゃないか」

「僕のために描《か》いたのだろう？」

「だけど、今は僕のものだ」

　と熊谷は固持した。

「寺田はともかく面白い絵を描くね。この間、裸体画を描いていたが、それが肉欲という題で描き始めたのだ。で、あそこのところばかりに重きを置いたのでな。……顔なんかはどうでもいいというので半面しか現わしていない。首から肩の筋肉に色欲を象徴して、手足の指に官能の微動を表示するんだと威張《いば》っていた。そうして、あそこをどうすればどうなるという説法を二時間も聴かされてきたよ」

「面白い奴だね、一種の天才と言うのか」

　戸村は、しばらく逢わない寺田を頭に呼び戻した。ペント[119]だらけなパンツ[120]を穿きながら、汚ない一室の中で和色板《わしょくばん》を抱いては、絵布《えぬの》にブラッシュ[121]を動かしていた彼を思いに描いた。

「仮面を被った人間を描く時代は亡びた。現代の画家は、動物も人間も自然も同一だという態度の上に絵筆をとる……色と気分だ、線と官能だ……」

　こう寺田が言ったことを戸村は思い出していた。そうして、服や靴をぬいでから、熊谷の書物棚を見回した。たいてい翻訳物ばかりだが、トルストイの塑像《そぞう》とゴルキーの写真が並んでいた。そうして、いつごろ挿した花かわからぬが白いウエス[122]に葉とともに枯れたきりになったのが書棚の上に立ってる。乱雑にたたき込まれた本が、この主人の性格を象示しているようだ。

　この部屋のすべてのものの位置は熊谷の心の乱れと悶《もが》きと悩みを表わしていた。時計の止ってるのにも意味があるように思われた。

「君は大分長くこの部屋に住んでいるのか」

戸村は寝台《ベッド》の中にもぐり込むと熊谷に言った。

「タコマへきてから、ずっといるんだ」

と投げ出すように答えた。彼の眉宇《びう》にはまださっきの苛々した影が残っている。二人はやはり離ればなれな考えをもちながら一つの床《ベッド》の中へもぐり込んだ。

「日本刀はどこにあるのだい」

戸村は思い出して熊谷に訊ねた。

「クロセット[123]にある……しかし、あれはもう見ることが嫌になってきた」

電燈を消した熊谷の頭の中には、日本刀が絶えず閃《ひらめ》いた。そうして、それがあらゆる女の頭の上へ降りかかってる。戸村はまた、富江の口紅が杯の縁を染めた先刻《さっき》のあれにいわれない刺激を再感した。

七十

昨夜《ゆうべ》の霧がからりと晴れた。小春日和の夕コマを見下ろして、レニアの山は神々《こうごう》しく聳《そび》えている。山の手の街路を夕コマの少女らが、学校帰りの姿を、浮かせるように嘯《うそぶ》きもつれて歩いている。遅く起きた二人は角のレストランで洋食を済ましてから、今日の一日をどう過そうかと語り合った。戸村は、変に思ってるだろうと田島のことが心配になった。今頃は学校の子供らを相手に、彼の難渋な英語を操ってるだろう。そうして何も案内せずに三、四日も帰ってこない自分のことを心の中で罵倒しているに違いない。そう思うと済まないような気にもなるが、また常に何か自分のことを考えてくれてる友があの軍港の丘の上にいると思えば懐かしくもあり心強かった。そうして、その懐かしい友が自分のために気を揉《も》んでると思えばさらに嬉しくもあった。このまま一生彼に心配させるために、秘密に世を隠れ忍ぼうかとも思ったりもするのだ。――無駄なことは考えまい、と反省はしても妄想が嵩じてきて再び神経衰弱になるのでなかろうかと心配になって来た。

「何処へ行こうか」

熊谷が、こんな日和に外套を着てるのもおかしいと思って、

「暑くないかい」

彼はそれを気にしてるようだがそれには答えずに
「暑いこともないよ」

と言ったが、その眉《まゆ》が鬱《ふさ》いでいた。

「富江が昨夜《ゆうべ》、遊びに来いと言ってたね。行ってこようじゃないか……」

戸村は好奇心に駆られて言ってみた。

「いやだよ……」

「好《い》いじゃないか」

こう言われてみると、まだ未練のある女を訪《と》うことが拒まれなかった。熊谷の足は自然と富江の家の方に向かった。

二人は、とある角の小ぢんまりした家の玄関に案内を乞うた。と、姐《あね》さん冠《かむ》りをした富江は、戸をあけて、

「まァ……」

と、戸村に驚き、

「熊ちゃんも？」

戸村のうしろに隠れていたのを見つけ出して、

「こんな格好をしていますが、ともかくおはいりなさい」

と、女はひき入れるのだ。

二人は、パーラーにはいった。女は今、ようやく掃除を済ましたところらしかった。

「さァ、おかけなさい」

まごまごしていた戸村の帽子を蓄音機台の上にのせて、

「昨晩は失礼いたしました」

熊谷は外套を脱ぎもせずにソファの上に腰をおろした。スタンドの上にはデージーの花が挿されてあった。

「熊ちゃん、その外套をお脱ぎよ。こんな日に又、外套なんぞ……」

「ぬいじゃいけないんだよ！」

と言って熊ちゃんは、煙草を燻《ふす》べ出した。

「ははん、それじゃ、あれを着てるんだわね」

と立ち上って外套の下の洋服を検閲し始めた。熊谷は急にそれをおし隠した。

「クレジー[124]なんだからね、戸村さん。何かの怨《うら》みがあって、私の贈ったネクタイを日本刀で切った拍子に、コートまで切ったんだってさ。まだ坊っちゃんだからね。そのくせ、女に惚れるんだから面白いわ。小説家ってみんなこんなんですか」

富江は、からから笑うのだ。戸村は、パーラーの隅に昨今据《す》えられたストーヴの上の方に女の下着《アンダーシャツ》が、まるで磔刑《はりつけ》にされてる基督《キリスト》のようにかけてあるのを見ると、熊谷と目を合わせ、くすくすと笑った。女は、二人の気味悪い笑いからそれに気づいて、

「あら、まァ、いや。今、とろうと思ってたところなのよ」

「格好のよくないかたちだね」

戸村はもう一度笑った。

「昨日《きのう》あまり寒かったからね、ストーヴをつけてもらったんです…そうして空が悪かったもんだからあんなところへ」

と言って再び見上げたが、今度はもう堪《たま》らないといった風に、立ち上ってそれを引き外《はず》した。少し黄色く染ってるところが印象的だった。

女は下着を丸めてあちらへ行ったが帰りがけに、鳥籠を持って入ってきた。

「可愛らしいでしょう？……」

金糸鳥《かなりや》の雌雄が囁き合って飛んでいる。

「私はどこへ行ってもこの鳥だけは離さないのよ」

そうしてスタンドの上に鳥籠を置くと蓄音機を回し始めた。

呂昇《ろしょう》[125]のさわりになると、富江は指先で膝を叩いて拍子をとるのだ。

七一

「熊ちゃん私、近々中にあそこをやめるかもしれないわ」

富江は、幾枚かのさわりをやったあと、女らしいしなやかさに帰って熊谷を顧みるのだ。

「そう？」

別に驚きもしないといったように熊谷は、無理に自分を偽ってみせた。戸村は、

「どうしてやめるの？　やめてどうするの？」

「まだわからないですけれど……ことによったら、仕立屋を始めるかもしれないわ」

「仕立屋？　君が仕立屋が出来るのかい」

「え、やっていたんですもの」

「そうかね……」

「貴方のシャツのサイズは、いくつ？」

「十四」

「じゃ、私一つ拵《こしら》えてあげるわ」

女は立ち上って戸村の寸法を見計らったりした。

「そうして私はことによったら日本へ帰るのよ」

と呟くように言うのだ。

熊谷は、ずっと以前にもこの女が日本へ帰ると言い出したことを思い出した。そうしてその頃は、互いに熱くなっていた時分で、女は夢みるようにいろんなことを言ってくれた。

「そしたら、貴方は、静かに一人で小説をお書きなさい。私は仕立屋をやって金を儲けてあげるわ。小ぢんまりした家を建ててね……」

こんなことをしんみりした口調でいった時代も、もはや遠い過去の記憶と化している。それが今では他人に話すのを聴かされてるような自分となっている。

「小ぢんまりした家でも建てるために帰るのかい？」

と熊ちゃんは皮肉まじりに言うのだ。女は何か苦しい思いを制するように、

「わたし、もうつくづく世の中が嫌になってしまったわ。太平洋の海の中へ飛び込むかもしれないわ」

と悲しげに垂首《うなだ》れるのだ。それが、熊谷に対する申訳のようにも戸村には聞こえる

のだ。

「凄いことをいう女だね……君らでもそんなことを思うことがあるのかね」

戸村は、顔に似合わぬことをいう女だと思って、少し嘲《あざ》けり味を交えた。

「君らでもだって……私だって人間だわ。そりゃね、酒をのんだら管《くだ》も巻けば、啖呵《たんか》もきるわ。しかし、酒がさめて一人でシンとした心になると一人でほろほろ泣きたくなるのよ。だから私は、小説が好きなのよ。小説を読んでると、私のような女がちょいちょい出てくるからね。その女と思う存分に泣き合うのよ」

熊谷は、女の言葉に、まだ真をおけないといった風に、小暗く尻目で睨んでいる。そうして、それがもし真のお前の声であるのなら、おれを欺いたりほかの男どもをだました罪滅《つみほろぼ》しに、太平洋の荒波にまき込まれるのも見事なことになるだろうと心の中で我鳴《がな》っているのだ。

「私はこれでもね、中流の家庭に育った女ですの戸村さん。熊ちゃんは私に怒《おこ》ってますけれどね、聴いて下さい。私は熊ちゃんを、欺いてるのでも瞞《だま》してるのでもないんだわ。こうしてパパもあるし、今のような商売をしているとね、言うにいわれぬ義理があったりして……とても思うままにはゆかないのよ。いろいろ悩んだ結果、今では恨《うら》まれても憎まれても、わたしは私でゆこうと思うようになったのよ。それでいて考え出すと悲しいことばかりなのです……」

といって女は、ほろほろ泣き出すのであった。

熊谷は黙って女の泣く姿を見入ってる。戸村はそうした沈黙の中に凍《こご》えるような自分の心を眺めるために眼をつぶった。そうして今日の日までどうして暮らしてきた女だろうかが知りたかった。幾人かの男を替えて来た女だそうだが、その一生は常にこの涙で掩われてきてるようにも受取れるが、どこまでが真実なのか、まるで密林の中で道を失ったような気もちにさせられている。

金糸鳥《かなりや》は、小黒く沈黙に陥った主人を慰めるように啼きだした。女は、すっと立上って、涙を隠したが、作り馴れた笑みを頰に浮かべて、

「ああ、つまらないこと言って、熊ちゃん許してね……おや、熊ちゃん、あんたも泣いてるの？」

熊谷は、忍び落つる涙をせきとめようとした。

「熊ちゃん……」

富江は、男の側に腰を下ろした。

「なぜ泣くの？　私よく貴方の気性は知ってるのよ……しかしね、今日までは仕方がなかったのよ、いつかまたどこかで逢うわ。決して貴方を忘れませんから」

「もう、聴きたくないよ……」

熊谷は女を突き放した。

「そんな言葉でオレのハートは救われると思うのか。もう帰るよ……帰る――」

「熊ちゃん――」外套に縋《すが》るのを突き放して熊谷は立ち上った。

七二

傾き易い秋の夕日は、レニアの山にかかって紫金色《しこんじき》[126]の雲がその夕焼けに輝いた。街頭のメープルはその残り葉をからからと夕風に鳴らして、近所の子供が戯れる小犬の背をかすめて落ちた。二人の足は当《あ》て途《ど》もなく山の手の淋しい斑《まだら》な家並の方へと向いた。長い二つの影が、怪物のように白い街路に描かれた。

「どんなに強そうに見せかけても女は遂に女だ……」

戸村はこう嘆くように心で呟いた。そうして心の底には、この間の晩の自分を描いた。お文の泣き伏した姿が彫刻のように横たわってる。熊谷は生きた木像のように口を閉じたきり黙々と歩いていたが、ややあって[127]、

「何処へ行こうか」

と歩《あゆみ》を止めた。

「どこでもいい、今晩は月が出ないのか」

「さァ、どうかな。なんだか三日月でも出てくるような気がするね」

「しばらく月を見ないなァ」

「僕は月を見るとすぐ、冷笑されてるようで嫌な気になる。……ロマンチックな思想で月に対した時代が、もう一度欲しくなって来た……」

熊谷はまだまだ心の奥の奥に横たわってる何物かが言い足りないといった風に歯をくいしばった。彼らは丁度夕暮れの空に突き立ってる赤煉瓦の堂塔の前に来ていた。その庭には八十位の老爺が粗末な服を着ながら箒《ほうき》で落葉を掃いている。塔の壁には常緑蔦《つた》が匐《は》い上っている。それに列《なら》んだ四階建ての壁に薄気味悪い沈黙がゆらゆらしている。

「この病院はカソリック教徒の病院だ。看護婦はみんな尼さんばかりだ」

と熊谷は言って立ちどまった。

「米国の尼さんは奇麗だな。しかし、尼という者もやはり人間だ、神様の使者ではない。僕の友だちはこの中に働いているが、尼さんのダークサイドというものはひどいものらしい。まるで女郎屋のようなものだそうだ」

と言ってるところへ黒衣の尼僧が二人、人形のような顔をして正門から現われた。

「奇麗だろう?」

熊谷は指ささんばかりに言った。

「若いね、二十《はたち》前後じゃないか」

そのとき鐘が鳴り出した。薄気味悪い沈黙を払うように鳴り響いた。淋しい山の手の塔の頂きから、清い尊いもののシンボルらしくその音が八方に響き渡った。黒い法衣の尼僧だちは、落葉しつくした街樹を縫《ぬ》いながら消えた。

一《ひと》しきり静謐《せいひつ》な気分が、山の手の夕暮れを染めた。

「僕をこの病院で雇ってくれないだろうかな」

と戸村は言い出した。

「どうして?」

「こんなところで世を忍んでみたい。そうしてあの老爺《おやじ》さんのように、鐘をついたり落葉を拾ったりする日暮らしがしてみたくなった」

戸村はそこの石階段に腰かけた。夕暮れが刻一刻と地上を黒く染めてゆく。

「帰ろうよ戸村、月が出てくるかもしれないからなァ」

「いいじゃないか、月が出てきたって――」

「この上にまだ月など見て悲痛を増したくはない。もう町にも五色の電燈がついたただろう。帰って、少し気分を俗悪にしようじゃないか。どうせ僕らは悪党のやからなんだ…」

熊谷はすたすたと歩き始めた。またもとの道を帰ってくると富江の家の前に出た。

と富江は、盛装して今、玄関から下りるところだった。

「これから働きに？」

「え……」と頷いて「あれから何処へ行って来たの？」と付け加えた。

別にこれと言い交わすこともなかった。三人は無言の間に日本人街《まち》へさしかかると、

「いよう……久しぶりだね」

と、浜田は向こうの方から声かけてにこにこ笑いながら、手をさし出してきた。

「やァ……どうだな」

戸村は手を握ってから、肩に手をかけた。

「いつ来たね……珍しいな」

「いらっしゃい、ご一緒に」

と富江は浜田に目配せして一歩先に立った。

「昨日《きのう》、熊谷君と一緒に来たのさ」

浜田は刈込んだ髭の下に可愛らしい歯をむき出して無邪気な笑みをおくった。

「久しぶりだ、変った話でもしようじゃないか」と先に立った。熊谷はすすまぬような気色だったが、ずるずるべったりになって又も富江の二階に上るのだった。

七三

「僕はな、戸村君！」

浜田はもう真紅な顔になって、どんよりした眼をすわらせながら、自分の悲痛な胸中を吐露するのに気が燃えてるといった風に、杯を戸村の前に置くと肱をつきながら、

「真の大自然を見て来たよ……君らも恋に悩み、人生を悲観しているなら、須《すべか》らくレニアの山に登ってくることだ。」

シアトルのある有士家の妻君に恋慕《れんぼ》し、遂に醜関係にまで発展した。そうなってからの女は泣いた。怨んだ。彼はその子供まである女と駆落しても厭《いと》わぬほど未練と執着にもえていたが、女の泣く姿に見入り、恨み口説《くど》く言葉に動かされて遂に彼女を領有することができなくなった。……そこで彼は女との秘密な往来の最後の日に、ただ夢のごとき永久の愛を誓い合って別れることにした。

女から別れて、ぽかぽかした春の木立ちに自分を佇ませたとき、あれが最後の別れ

であったかと再び胸に繰返されたとき、思わずタンポポの花咲く芝生の上に尻を落とした。何と愚《おろ》かな自分だったろう。生まれてから初めて与えられた真の恋人と別れた最後を、あんな無意味に彩った自分は何と馬鹿だったろう。尠くとも自分はあの時あの女の形見として指の一本くらい貰っておかねばならなかったのだ……。

春の麗《うら》らな光を浴びても浜田は迷いを静めることもできなかった。再び会わぬと誓った女に――今一度逢いたい。そうして、心のありったけを語りたいと一人寝る夜の悲哀が止め度もなくなってきた。二ヵ月の悲哀と苦痛に戦った彼は、過去の日記帳と女からの手紙を携えて瓢然と都会を離れたのであった。

「熱いことも疲れたことも苦しいことも、凡てを忘却した僕の心はただ彼女に通う熱情に燃えきっていた」

と浜田はシンミリ言うのだ。そうしてレニア山の裾から「単身馬を駆《か》って、森又林、谷川を越えた時の冒険的な挿話を入れてから最後に、

「雪の小屋についた。見下ろすとワシントン州の大平原がただ夢のように茫漠としていた。谷から雲が湧く、冷たい風が吹く。幾万年と消えない氷山が、紫色に、夕日傾く陽光を吸うている。僕は、小屋の前に立ちながら一杯の谷水を飲んで煙草を吸った。……そうして、その荘厳な高山の頂上に我ありと思ったとき――君、大哲も詩聖も彼

らを永久に残さしめたものは彼の超人的な生活ではなかったのか。僕はそう思った。その時の心もち、その時の感じ、それを僕はしっかり握っている間は僕も超人なのだと。なに、世間の俗事なんか問題でなくなった。恋？　芸術？　何だ、大自然の目から見たら、あの霊山の土塊《どかい》にも値しないものだ……」

　こう言って浜田は杯を傾けながら自分が羽化した時のあの瞬間に耽《ふけ》ってでもいるように見えた。

「その小屋に一夜を明かして、その高山の霊気に触れながら、無限の力と劫久《こうきゅう》の生活ということを考えた。そうして偉大な力と優越な生活は、高山に始まった、と僕は思った。下界では、文明だの開化だのと小さな人間が営々としてるが、あの高山の存在は太古のままである。永遠に太古のままであろう。無限の存在であろう。そう思った時、僕は非常な心強さを感じた。そうしてあらゆる物は無限の生命から脱し得ないのだと思った。僕は大手をあげて泣いた、叫んだ。その小屋で葬《ほうむ》ろうと思って携えてきた恋の形見の数々を前に並べて泣いた。たとえ、僕はこれを焼き捨てたにしても、裂き捨てたにしても、僕と彼女と結ばれたあの神秘な恋が亡びるものでない。このまま別れて逢わなくても二人の恋は無限であらねばならぬ。……その時、僕は現実を呪った。現実の煩悶に堪え得ない弱い人間を呪った。この手紙を抱いて、千仞《せんじん》[128]の谷底に飛び落ちようとも思った。……人間は最後の一線をまたぐことが困難だ。生から死をまたぐときの苦痛、蛇がその殻を脱ぐ時の苦痛、それと同じに現在まで続けてきた生を脱する苦痛は、弱い人間には堪えられない。……翌《あ》くる朝であった。霊山を彩る雲の光り、霧の色、そうして空、僕は遂にその恋の形見を堅く結んでその小屋の秘密箱の中へ投じた。そうして「大日本帝国臣民浜田清三郎の恋を封ず」と大書してきた。……誰かこの後もあの山へ登る者があるであろう。そうしていつかそこに封じられた恋が人々に発見されるだろう。僕はとうとう死なずに山を下りてきた……」

七四

彼は、もしや彼がその恋の人妻の恋文を抱いて霧湧く千仞の谷底に落ちたとしたら、そうして太古から人跡のない恐らく永劫に人影を見ないだろう谷の底に、平和な霊気に包まれて白い骨と化しているなら、どれほど詩的で、また彼の生涯を美化したであったろうとも考えた。

「ところがな君、偉大な荘厳な自然の懐ろに抱かれるとね、自分は人間だか木の葉だか一塊の石だか区別がつかなくなる。つまり大自然の霊気が通うのだね。もちろん僕は死にに行ったのだ。しかし、あそこへ行くと死だの生だのという問題がなくなってしまうのだ。ただ劫久《ごうきゅう》、永遠といったようなものが、香ばしい匂いをもって自分を恍惚とさせるだけだ。……だから見給え、昔から大高山の上で自殺したものがいない。心中とか自殺とかいうものは大概人間臭い川とか林の中とか家の中で遂行される……」

熊谷はさっきから真剣な表情で語り合っている浜田と戸村の顔を等分に眺めていた。彼の眉には憂鬱な天幕が張られ、酒に濡らした唇には悲痛の杭が打ち込まれていた。彼は努めて富江の顔を避けていた。そうして彼らの物語がどう終りを告げるだろうかに興味を持つでもなく、戦傷兵が血塗《まみ》れな身体をやおらと起すようにして立ち上った。そうして帽子を冠りだした。

「帰るの？」

さっきから浜田の物語に魅入っていた富江も同時に立ち上った。熊谷は返答もせずに出ようとするのを、

「おい、帰るなら一緒に帰ろう」

戸村は叫んだ。が彼は、悲痛な瞳を曇らしながら憐れみを乞う人のごとく戸村にささやいた。

「じゃ浜田君、僕も失敬して帰るよ……遅いからな。また明日逢おう」

浜田のとめるのもきかずに彼は、熊谷のあとを追うた。

「もう大分寒いな。君は外套を着てるからいいけれど……」

戸村はあまり酔うていない心持ちをひき立てるように言った。そうして、

「おい、来年レニア山に登ろうじゃないか」

「いいな、しかしレニアももう古くなった。浜田のような俗物が先を越してしまったからな」

熊谷は煙草に火をつけて、

「あの男も奇抜な男だよ」

とつけ加えた。彼は、この間浜田が富江を夜遅く彼女の家まで送り届けたのを見てから、彼に対する感情を害《そこ》ねていた。そうして今夜もきっと送ってゆくに相違ない。今頃は二人で何事かを話しているだろう。そんなことを知らない戸村は、

「僕はとにかく、大森林の中へか、大高山の頂きかへ行かなけりゃこの悩みがとれそうもないと思う……」

訴えるように言うのだ。

「どうだ、二人でアラスカへ行こうじゃないか。極光に近い光りを浴びて来ようじゃないか……」

熊谷は甦ったように言うのだ。

「僕は、氷山を見てきたいのだ。氷河の上に小さな自身を立たして、思う存分な深呼吸がしてみたいのだ」

二人は、そう言ってみたところで出来そうもない相談をくり返しながら宿に辿りついたのだ。

全く絶望しきれない二人は何を予想し想像するにも、その想像の傍《かたわ》らに女の幻を置いた。彼らはこの執着と未練に、悩みを増し、悶えを加えるのであった。

離ればなれな空想と恋慕を、夜永の寝床《ベッド》で語ったが、一つとしてとりとめるものがなかった。

七五

「おい、朝早くから何してるんだ」

戸村は、ぼんやり目を見開いた時、朝日の差し込む窓に面して熊谷は丸裸のまま日本刀を振り回してる姿を夢のように認めた。彼は顧みもせずに、きらきら輝く日本刀を縦横左右に振り翳《かざ》してる。

「おい、よせ、危ない」

戸村は再び叫んで寝台《ベッド》の上に起き上った。気がつくと寝汗をかいたらしく腋下がびしょ濡れになっていた。頭が少しふらふらしてる。熊谷の挙動は止みそうにもないので戸村は黙って眺めていた。そして古い日本の祖先が残した武士的或る物がおぼろげながらに彼の頭をかすめた。銀光る刀の輝きを見ただけでも日本人に起ごさせる感情が彼の頭に渦巻いたのだ。

しばらく振り回していた熊谷は疲れたようにこちらを向くと凄い顔で笑うのだ。そうして腕を組んだが深呼吸でもするように考え込むのだ。

「君は毎朝、そんなことをやるのかい」

戸村は欠伸をしてから涙を目に堪《こら》えて気だるそうに言った。それでも熊谷は祈祷でもしてる人のごとく瞑目《めいもく》しながら黙してる。寒い朝風が窓のカーテンを甜めると朝日の光線が美わしく揺らいだ。一羽の蝿が同輩から取り残されて弱々しい羽叩きをしながら、白いシーツの上から飛び上って、熊谷の耳にとまったが頬の辺まで匐い回ってでも彼はまだ瞑想を続けている。何を考えているのだろう。その瞑想の人の胸底に口紅の濃い黒髪を惜し気もなく縮ませた富江の顔が座っている――。

そうした沈黙を破るように戸が叩かれた。それでも熊谷は頬に蝿をとめたきりで動かない。

「誰だ――」

「まだお寝《やす》み？」

と女の声だ。二人はそのとき思わず顔を見合わせた。熊谷はあわてて寝巻を着流し、そっと戸をあけた。現われたのは富江である。

「朝寝坊だね……おやまァ戸村さん、まだ眠ってるの？」

戸村は布団を頭から被っていた。

富江のあとから一人の若い女が黒味の勝《まさ》った着物《ドレス》を着流して遠慮深く入ってきた。熊谷にお辞儀してから椅子に腰をおろした。

二人の女は室内を見回している。熊谷は何を言うこともないので煙草に火をつけた。

「戸村さん……」

富江は呼んだ。彼は極《きま》り悪そうに首を布団の隙間から出したが、知らぬ女の姿を見ると、吃驚《びっくり》してその首を縮めようとしたが、

「失礼」

と言って、もう逃れられない自分を恥ずるように目礼した。知らぬ女は立ち上ってお礼をしようとした拍子に、寝台《ベッド》の尻の方に立てかけてあった日本刀に目をとどめた。

「まァ、気味の悪いこと……」

富江は、別に驚きもせずに立ち上って、

「あのね戸村さん……この方は貴方の崇拝者なのよ……」

「そうですか、それは恐れ入りましたね……」

と戸村は頭を掻きながら、

「こんな格好で失礼します」

と床《ベッド》の中から手を伸ばした。

「私、畑山秋子と申します……どうぞよろしく」

秋子は腰を屈《かが》めながら、戸村が伸ばした手を握った。打ち沈んだ瞳、そしてそれを淋しく色どってるような長い睫《まつ》毛《げ》、細い口元など大体が淋しく造られた女のかたちに見られた。

「いつも貴方の御作《おさく》は、うれしく拝見しています……」

戸村は、いつも小説を構想する場合に思い描こうとする淋しい女は、この秋子のどこかに通じているような気もした。そうしてこの女は、どういう過去をもち、現在何をしつつある女かわからぬけれど今の亭主とは気が合わないために何かと悩んでる女のように思われ出した。

「何処にいらっしゃるのですか」

戸村は無造作に煙草を燻《くす》べながら寝床《ベッド》に横たわりながら親しみを含めた表情で聞いてみた。

「この近くの田舎にいます……」

それだけしか言わないで女は目を伏せるのだ。それが如何にも田舎にいるということを恥じてでもいるようにも取れるのだ。富江は、

「畑山さんは随分趣味の深い人なのよ」と言って、

「私とこのパパと同じ県人なの」と加えた。

戸村は富江の亭主と逢ったこともなければ何県人なのかもしらないままに、ただそうですかと二人を見交した。

七六

戸村はどういうわけでこの秋子という女が自分の小説を好いてくれてるのか、それが知りたかった。が、こんな格好で、こんなところではしんみり話もできない。

「田舎の方は佳《い》いでしょうね」

と、こんな平凡な言葉を吐いてみた。

「え、しかし、つまりませんよ……」

口数の少ない女のようだ。余計なことは喋らないといった印《しるし》はその口元からも察しられた。二人の女にこうして座り込まれると戸村は身動きすることもできないのだ。気をきかして、しばらくあちらへ行ってくれれば奇麗に顔でも洗って頭髪《かみ》も梳《と》いてから、清々した気もちでゆっくり話ができるのだが……。

「じゃ又、後ほど伺いましょうよ」

と秋子は思いもよらなかったこんな場面へ飛込んだことに気づいたものか、富江に目配せをして立ち上った。

「そうですか……それじゃ御飯でも一緒にやろうじゃありませんか、今すぐ着物を着替えますから……」

「は、有難うございます」

秋子は賛成したように頷いた。

「じゃね富江君、僕らはあとからゆくからね。あそこの二階の支那《チャイナ》めし屋にでも行こうじゃないか」

と熊谷はこの場を救うように言った。

「それじゃ、行って待っています」

こう言って二人の女は出ていった。

戸村は、非常な喜悦《よろこび》がふりかかって来たもののように、はね飛ばんばかりに雀躍《こおどり》した。

「君はあの女を知ってるのかい」

「ウ、知ってる……歌なんか作る女だぜ」

「そう？」

もろもろの好奇心が戸村の胸に湧いた。秋子は最初に自分をどう印象しただろう？想像に描いたよりもつまらない男だったと今頃失望してはいないだろうか。いつまでもあの女は自分を慕うてくれる女であろうか。慕うてくれるために家庭で悲劇を起こすとしたら……その亭主というのはどんな男だろうか。写真結婚の夫婦に違いなかろう。富江は趣味深い女だと言った。ということは亭主はブッキラ棒な百姓だという意味を含んでいなかろうか。何とかしてちょっとその顔を見てやりたい。

「亭主ってどんな男だい？」

顔を洗ってから鏡台に対《むか》うと戸村は熊谷を顧みた。

「さァ、百姓だそうだが逢ったこともないよ……」

二人ともこれから展《ひら》かれる新しい世界を憧がれるように気をそわつかせながら、暗い廊下を伝うて外に出た。

明るい秋の晴空は、都会の上に機嫌よく張られてあった。軽い風がサイドウォークを舐めると落葉が微かな音を立てて転がった。

七七

哀れな熊谷は何も言わずに溜息ばかり吐いていた。これから古ネクタイのような富江と逢ったところで徒《いたずら》に煩悩を増すばかりのような気もする。しんみりした秋子と浮《うわ》っ調子な富江とが、薄どんよりした青いカーテンに包まれた支那《チャイナ》料理屋の一室で自分らを待っている光景も目の裏に描かれる。

戸村は秋子という女の名が、なんとなく親《した》わしかった。そうして秋子という名だから必ず秋のような女としか考えられなかった。秋の日和に残り咲く淋しいナスタシャムの花のような女に思われた。なんだかその秋子と自分の間にこれから展開されてゆく恋の舞台が待たれるような気もする。今日まで期したことも夢みたこともなかった女が秋子という名に象《かたど》られて潜《ひそ》かに生かし置かれてあった神の恵みを感謝したくもなってくる。そうして今日まであんな社会のお文に全熱的な愛を濺《そそ》ぎ、かなわぬ願いに苦しんできた自分の愚かさが惨めに省みられた。

——恋はバラの樹のようなものである。春が来たら荊棘《ばら》の中から美わしい匂いに薫って花咲く。そうして夏の末には枯れてしまう。熱い盛りの日光に枯れてしまう。花が枯れると荊棘も力なく衰《おとろ》える。しかし荊棘が再び芽生える頃には春がやっぱり来るのである。お文の恋はあれっきりなんだろう。いや、もうああなってしまった恋に未練をとめたくない。もし、お文はどうしても自分を思いきれなくて一生自分を恋い通してくれる女になったとしても、彼女の勝手としよう。煩悩の荊棘《いばら》は今や力なくなってきた。そうして今朝から芽生えた新しい荊棘に春が降ってきたような気もする。

「バカ、何を考えるのだ」と自らを嘲《あざけ》りながら熊谷のあとから階子段を上る戸村だった。

七八

若い支那人《チャイナ》の給仕に案内されて草色のカーテンを開けると、輝いた秋子の顔は俄《にわか》な微笑を湛《たた》えた。

「あら、いらっしゃい」

微かな声の底には処女らしい羞恥さが瀕《みなぎ》っていた。

「先程は失礼しました……」

と戸村は帽子をぬいで、座をしめると、熊谷と顔を見合わし、若い支那人の男《ボーイ》に料

理の幾種かを注文してから最後に、

「五加皮酒《ウンカッピー》[129]を一杯やろうじゃないか」と熊谷が言った。

富江と隣席した彼は、戸村の隣の秋子を一目見て、

「いいでしょう？」

と呟いた。ボーイの怒鳴るような注文の声がケッチンに伝わった後は室内を静かにした。間もなく錆色《さびいろ》の磁器に盛った炙豚《チャシュウ》と五加皮酒が運ばれた。赤いどろどろした酒が、弄物《おもちゃ》のような小さな杯に注がれた。

「貴女《あなた》は如何です」

と戸村は拒むだろうと予期しながら酒瓶を手にした。

「私、駄目なんです……」

「しかし、いい色していましょう。僕ァこの酒の味よりも、この色が好きなんです」

戸村は予期の返事をきくと、こう呟いて一口啜《すす》った。

「富江さん、昨夕《ゆうべ》は僕ら、かなり酔ってたでしょう？」

とかく白けようとする座を引立たせようとして戸村は相手を求めた。

「え、私も酔いましたわ」

熊谷は何にも言わずに、ちびりちびり小さな杯を啜ってる。秋子の眼は絶えず動い

た。そうして唇には何かを求める熱望が浮いていた。しかし戸村は、秋子に何も言い出せなかった。もし、この女が自分を慕っているとしたら、つまらない言葉で深い女の興味を紊《みだ》したくなかったのだ。また全く愛してくれていないとしたら、自分の言葉から自分が幾分色気があるというような印象を与えるのが下らない弱点を握られるばかりでなく、高くもない人格をさらに落とすようで躊躇されるのだ。いろんなことを考えれば考えるほど口が結ばれるばかりだ。そうした戸村の怪しい感情を掬《く》みとったように秋子は語り始める。

「移民地の文学というものは結局どうなってゆくんでしょうね……」

熊谷は目覚めたように瞬《まばた》きしながら秋子に眼をやった。手持無沙汰に煙草を巻き始めてた戸村は、ちょっと面食らいながら、

「さァ」

と言って、

「僕なんか、どうしてもこの移民地を土台にした健全な文学作品を作らなければならぬと思っていますね」

「私もそう思っています。しかし、私はずっと移民地の新聞雑誌に目を通していますが、なんだか文士と称する方々にはそうした自覚がないように思われてなりません。

一つ、二つ小説のようなものや感想文のようなものを投書したといって、それで文士顔しているんですからね。そうした方々がすぐ新聞社に入って、あの俗悪な記事を書きなさるんだから、いつまでたっても進歩しないわ。ほんとにあんな風では純文芸なんというものは残されそうもないじゃありませんか。シアトルの文芸会のお方々の作品なんて実際人生とか芸術とかいったものとは思われませんがどうでしょう」

少し言い過ぎたと言ったように秋子は目を伏した。生意気なことをいう女だといった風に熊谷は運んできたパッカイ[130]をぱくつき始める。

「私なんか、ほんとに楽しみのない生活をしています。文学とでも親しまなければ立つ瀬のないような女なんです。そりゃお話すればいろんなこともありますけれど」

と、小声になってニュッと富江の顔を覗くのだ。

七九

二人の女は一足先にとて出て行った。草色のカーテンがまだ波打ってる隙間から二人の階子段を下りてゆく姿が複雑に見送られた。

「私なんか楽しみのない生活の女です……」

と嘆いた秋子がまだ隣にいるような気に襲われつつ戸村はそわそわした。

「なかなかの気焔家だね、あの女は――」

こう言って彼は熊谷がどう言うかを待つように杯へ赤い酒を戯《たわむ》れ注いだ。

「いわゆる新しい女か……」

「君はよくあの女のことを知ってるのかね」

「よくは知らないんだよ」

戸村は秋子が箸でつついた料理の皿を慕うようにそのあとへ箸を動かした。

「文学とでも親しんでいなければ立つ瀬のない女」が、今頃どこをどんな思いで歩いてるのだろうか。もう一度ゆっくり逢って「話せばいろいろある」という事情も聞いてみたい。どんな事情でそれはあっても、たった一度しか逢ったことのない女に対する恋の曙光《しょこう》を忠実に示すために、涙をもってその物語をきいてやりたい。なぜ自分はもっとあとの交渉をつけるように何かを彼女に与えておかなかったのだろう。あの時の眼――最も高い熱情に燃えた時にしか見せないあの時の眼を、彼女は解してくれたであろうか。……一体熊谷は秋子をどう解してるのだろう、また自分をどう観察していたのだろうか。

「つまらない、ほんとにつまらない。僕はいよいよ決心したよ」

しばらく沈黙していた熊谷は、赤い酒を飲みおろすと泣かんばかりな表情で叫ぶのだ。

「どうしたんだ、えッ?」

「実際つまらない……いよいよ決心したよ」

「何を決心したと言うんだ」

熊谷はまたも黙った。黙ると目を閉じて顔を伏せ気味にする彼だ。

「え、何を決心したと言うんだ」

戸村は再び言った。しかし、熊谷はとうとう返事もしないで、しばらくすると立ち上った。

「帰ろうよ」

張り合いがなさそうに戸村も腰を上げた。

勘定をすまして階段を下りると浜田が向こうのサイドウォークを歩いていた。しかし戸村は呼びとめなかった。あの男は昨夜の話の中の男として記憶しておくだけにしておこう。世の中の人間は口で物語る自分と実際の自分は飛び離れてる。戸村はよく人の話をきいてその男を面白く解しそして追慕した。が、よく交際《つきあ》ってみるとだんだんその面白い物語が剥げて醜い彼がさらけ出される。丁度浜田もそんな種類の男のようにも思われたからだ。人妻に恋しておしまいにレニアの山に登って、恋文と恋日記を雪小屋の秘密箱に封じてきた……ただこれだけを彼について知っておればよい、余計なことを知るとあの物語が壊れる。——彼はなるべく面《おもて》を伏せて浜田から注意されないように急いだ。そうして黙って歩いてる熊谷の顔ににじみ出ている絶望的な色を哀れに見ながら、

「君、墓場めぐりでもやろうじゃないか……桔梗《ききょう》の花が咲いてるようなところがないのか」

「さァ……」

熊谷は口を開いて、

「どこへ行ったたって結局はつまらないよ。淋しい場所へ行くなら絶対に淋しいところでなくちゃ意味がない。それでも君は行ってみたいのか」

「だって、こんなにおなじところばかり歩き廻ったってつまらないじゃないか。少しは変化しようよ」

戸村は熊谷のあとについて街をグルグル回った。タコマの女たちは、旅へ迷うてきた哀れな異邦人の情をそそらせるために明るく歩いているのを観賞させるように往還した。彼は絶えずそれらの女たちを目にとめては秋子の行末を案じる。往ったり来たりの電車に、もしか秋子が乗ってていはせぬだろうか。……そんなことを思いながら、

熊谷の飛びついた電車の一つに投じた。何の望みがあって何処へゆく人間どもかしらぬが、どれもこれも生活という狼に追いたてられてるような目付で乗り合っている。戸村は自分らのような、こんな忙しい世の中に墓参するなどいう呑気な人間がどこにいるだろうかと思った。そして早くこんなわけのわからない懊悩から頽廃に向かっているこんな生活を一日も早く切り上げねばならぬと思うのだった。

八十

墓場はしっとりと秋の雲に翳《かげ》っていた。陰鬱な気分が常盤樹《ときわぎ》の梢から滑り落つるのを、何とかいう腹下《はらした》の赤い小鳥が、人生の断末魔だと裏書するように悲しい啼き声をつづけた。そうして秋雲の南方が戸を開けたように陽光を山の続きに投げ込んだ。戸村は、ここばかりは永久に日あたりのこない、いつも雲に翳ってる所のように思われて、それがまた墓場という感じを強めるのに適切であった。道傍の鋸草《のこぎりそう》は、頑《かた》くなな白い花を濁った空気の中に浮かしてるのが、秋といい、雲に翳った午後といい、そして二人の要領を得ない人生の道を迷うている思いといい、すべてこの場に置かれてる気分を代表でもしてるかのごとく微かな秋風に首垂れた。いつ死ぬともわからぬ蝗《こうろぎ》が枯葉の下から飛んだ。かよわい音とともに飛んだ。戸村は久しぶりで故山のこうした日に蜻蛉《とんぼ》を追うた少年の日を胸に描いた。弱り切った蜩《ひぐらし》が、小屋から小屋へ張られた大きな黒蜘蛛の巣にかかってジンジン啼き、蜻蛉を追う長い竿《さお》でその網を破る。向かいの山の峰から黒い雲が駆け出して前庭の柿の樹の葉がからから落ちる。落穂拾う村の娘が悠長な小原《おわら》節《ぶし》を歌う。「心中しましょうか髪切りましょうか、髪は生《は》えもの身はだいじ」131。田甫《たんぼ》つづきの笹原が、赤い襷《たすき》の娘の顔に和《なご》んで淋しい秋の調べをおくる。

その娘はある日突然、谷川へ身を投じて死んだ。村のとりどりな噂の中に葬られた行列が、微かな記憶の中に泳いでくる。少年は人の泣いてるのを見て涙ぐんでいる。それから物心ついても、少年は墓場へゆくごとにその薄命な娘のことを思い出した。松風の鳴るにつけ、藤の花が散るにつけ、少年は娘の歌う声を耳に再びした。

「心中しましょうか髪切りましょうか、髪は生えもの身は大事」

戸村は微かな歌の調べを喉の中で呟いてみた。

熊谷はロシアのある小説の中に住んでる老人のことを思い出した。老いた犬をつれて淋しい町の場末をてくてく歩いてゆく老人を思い出した。その犬が老人の感化をすっかり受けてるので老人の生活と犬のそれとは一つであった。ところがある日その老人が、坂の下でちょっと転びそれなりそこで絶命してしまった。老いた犬は主人の死に顔を眺めてさめざめ泣いてるのだ。その老人の墓がここにあるような気がしてならない。

「こりゃ日本人の墓だね……」

春から夏に飾られた花輪が死に甦《よみがえ》ったごとく枯れ積まれてる美わしい幾つかの墓を過ぎて、そこに小さな傾きかかった同胞の墓を見出した時、戸村は熊谷を呼んだ。

「ウ、そりゃ二十年ほど前に日本から誘拐されてきたある女の墓だよ……」

「女の墓？……お花と書いてあるね、千八百九十年死すか……君はその女のことを知ってるかね」

「よく知らないが、何でもシアトルの暗黒時代に桑　港《サンフランシスコ》辺から流れてきたらしい。その時分の醜窟というものは暗澹《あんたん》としたもので、なんでもお花は支那人に間もなく売られて例の暗黒な地下室へ封じ込められ、三年間も日光を知らなかったそうだ。ある無頼漢に救われてタコマへ落ちたのだが間もなく死んだと言うんだ……」

どこの女で何才位だったかということもわからない。今頃は骨ばかりになってるだろうが、死ぬ際にその女はどんなことを思っただろうと余計なことまで考えるほど戸村の頭は近頃どうかなっていた。

大葉子《おおばこ》の葉も枯れて青いクロバーが墓場の隅から隅に茂っていたが、処々に立ってる栴檀《せんだん》の樹が、北国の冬を呪うように震えていた。

「人間っていうものは、滑稽なものだな」

熊谷はしばらくして口を切った。そこには樫《かし》の樹の下にベンチがあった。

「こんな墓を残して何になるんだろう。墓を残すなんていうことは野蛮人の遺風だ」

こう言ってベンチに腰をおろした。

「死んだ後までも個人主義を守ろうとする偏癖《へんぺき》だ」

執念深く熊谷は呟いた。彼は常に自分の死を後世に弔うてもらうことの愚を嘲《あざけ》って来た。そうして自分は死んでも決して後世にその死骸を残したくないと言っていた。自分で自分の死骸を始末しなければならぬと思っているのだ。

八一

熊谷は死ぬ時は人間の居《お》らない所で死にたいと言い出した。そんなことは信ぜられない、空論だよと戸村は駁《ばく》した。淋しい秋の薄暮が、常盤樹の連なった山の端から地上を接吻し始めると、墓石は示し合わしたように最後の薄い光から眠りかけた。

「結局僕らは、人生を論じ出すと死の問題になる。この厳然とした事実に突きあたる。何人も拒むことのできない一大真理に到着する。そうして最後に地球の狭さを罵《ののし》りたくなる。……が、どうもならん。泣いたって悶《もだ》えたってどうにもならん。生から死に引っ張るどうしてもわからない力の存在する限りはどうにもならない。宇宙がこの力を無くしてくれないかぎり、人間はどうしても死ななきゃならん。死んで又生まれくる人間を死なしめる力に加勢してるのだ。要するに墓石を建てるなんということも愚かなことさ。また人間のいない場所で死にたいというのも愚《ぐ》さ」

戸村は一廉《ひとかど》の名論でもあるごとく言い出すのだ。しかし言ってしまってから、つまらぬことをいう自分だと思うのだ。賢《かしこ》ぶろうとした自分の野卑な心情までがいやになってくる。つまり友達といて口をきいてるのも、こんなことよりほか言うことがないような自分の哀れさだ。

これから一人でこの墓石のように沈黙することにしよう。議論したって何になる。世の中には理解される議論なんかありゃしないのだ。これから何も言うまい、語るまい。生きながらの墓石になることだ……。

「そう言ってみりゃ世の中っていうものは愚かなものさ」

それで結論がつくと二人は示し合わしたように立ち上った。夕陽は遂にその夕映《ゆうばえ》の余光を一きれもこの暗鬱な墓場に恵まずに、最後の光を曳《ひ》きとった。どこにも音がたたなかった。そうして地球の半面はこれから十時間の眠に落ちてゆこうとしている。

八二

電車道にくるまで二人はともに「永遠」といったような考えに耽った。それを思うごとに二人は切ない淋しさを感じるのだ。われわれは何物をも所有することができない。永遠に何の所有があろう。富も恋もわれわれは所有し得られないのだ。どこを歩いたって、どこへ行ったたって永遠に自分は一人なのだ。ちょうど墓石が隣に生前知ったこともなかった人の墓石と並んでるように孤独だ。今二人は恋に悩んでる。ちがってる二人の性格と趣味もその孤独から迸《ほとばし》った恋だから悩んでるのだ。そうして二人とも嘲り合ってる。戸村の恋が悲劇の極に達すれば熊谷の痛快が始まる。熊谷の恋の涙は戸村に皮肉な笑をさした。が、二人の相通った趣味的なものが現在戦いつつある恋を離れて友交しているのだ。彼らは常に現在の中心となってる彼らの煩悩から互いに暗い幻覚に没しようとしている。打ち明け難い自分の恋と痴情が胸に秘《かく》されれば秘せられるほど互いの負担が重くなった。今二人は最高負担の苦痛に悶々としているのだ。どこかへ逃亡しなければ救われない。ことに熊谷はその絶頂に踏みとどまって暗い天を仰いでる。高遠な天に登るか、俗悪な世界に没するかが彼の煩悶で不定そのものである。永久に彼女を捨ててわが生から恋の一字を削るか、または恋のために人生を謳歌し最後まで彼女を恋うかだ。今、富江から去ったら人生から求めて勘当されるようなものだ。自分の決心一つで彼女をどうでもすることができる。彼らの社会に重きをなす義理の破壊は自分の決心一つだ。……そうしてオレは彼女のために死ぬ。恋のために死ぬ。オレ自身は芸術の人となる。そうして人生は恋に始まって恋に終るということを残すために死ぬ。乃木将軍[132]が腹を切ったように……。

死ぬ――なんと美わしい幻影だろう。赤い血が地上を塗る時の美は、赤熱《しゃくねつ》の夕光が南露[133]の高原を彩るよりも美わしい。そうして自分は女を抱きながら永久に眠るのだ。そこに永遠がある。世の中の人間どもが何と噂しても自分の永久は劫遠《ごうえん》なのだ。

熊谷はすっくと立ちどまって最後の墓石を見つめた。彫られた文字はもはや暮れの黒さに塗られてわからないが、オレも死んだらやはりこんな墓石になるのかと思うと小震いが足の底から上ってくるのだ。

「いやだ、墓石になるのが。オレはもっと賢明な人となって死にたい。死ぬなら北極の氷河の上で死のう。赤い血が永久に赤く染ったなりの死。氷河――北極。半年の闇に包まれる大きな秘密……」

熊谷の眼は何ものをも見定めることができなくなった。

八三

　電車道の電柱に点《とも》された灯は秋暮の空間に兎の目のごとく赤く輝いてる。不可解な二人の黒い影は、小坂の小径をだらだら降りて黙しながら往来へ出た。戸村は急にブレマートンの丘の家が恋しくなってきた。もし、あそこに田島がいなかったら秋子とともに世を忍ぶ場所に適しているがなどと無法なことを胸に浮かばせる。彼は秋子の印象からもどかしい胸の悩みに落ちていることは、どうやらおかしいが何かの刺激がなくては生きておれない彼だ。努めて秋子に恋しようか。お文も恋してゆきたいが裂け目の入った鏡を見るような今日となっては不快さが先に立つだけで、嫌だ。恋をして、いよいよ自分の領有にしようとすれば欠点だらけな女であったにしても、何事も知らないことにして深入りし、ただ恋の対象としての尊さに浸ればよいのでなかろうか。これきり秋子には逢わないで黙《だま》って独りで彼女を恋することにしておこうか。そうしたら彼女も自分を恋してくれて、夕方になると私のために涙ぐんでくれるということにしておけばよいかもしれない。

　淋しい山続きの方から電車が走ってきた。どこかで見たことのあるような車掌のかけ声とともに車内に投ずると戸村は「ありゃ誰だったろう」と思いをめぐらした。そうそう今通ってる学校の、前の校長の顔によく似たところがあるのだ。あの校長はどうしたろう。アラスカの金鉱へ行くのだと言って一人の息子を連れて出かけたのは三年前の春であった。あれからどこへも便りがない。一人の娘は自分らと同窓だったが少しヒステリーだった。独逸《ドイツ》語のできない女で試験の時はちょいちょい教えてやったりしたものだ。その娘は間もなくボーイフレンドとともに何処かへ姿を消してしまった。……こんなことを思ってみ直すと、車掌の顔はあの校長と酷似というわけではないが、目つきと腮《あご》のあたりにどこか似た点がある。まさか校長はこんな仕事をやってるはずもなかろう。

こんなことを考えてるうちに、いつの間にか電車はタコマの町を飛んでいた。乗ったり降りたりする男女の慌ただしい姿が瞑想の中にぼんやり明滅した。

「さア、ここだ」

熊谷は言って立ち上った。

半日の静かだった淋しい気もちは急に慌ただしい寸分の隙ない巷で交《ま》ぜ返えされた。腹もかなり空いていた。二人は日本人街《まち》をぶらぶら行くと、向こうに四、五人の若者がたかっていたが、何かを話し合って一人が先にたち階子段をかたかた登って行った。富江の階子段へ。

「浜田と尾野の奴らだ……」

熊谷は、彼らの姿が階子段に吸い込まれると一人で口ごもりながら言うのだ。

「どうだ、僕らも行こうじゃないか。どこへ行ったって同じだから」

戸村は残り尠なになったポケットの銀貨をちゃらつかせながら言う。

「さァ、どうしょうかな」

しばらく電信柱に凭《もた》れる二人は迷うていたが、

「行こう、行こうよ……」

戸村は先に立って今は馴れている階子段に登った。浜田、尾野が競《せ》り恋うていると いう富江は今晩、熊谷に対してどんな態度を示すだろうかを戸村が見たかったのだ。

「つまらない、よそうよ」

「いいじゃないか、カム・オン」

しかたなく登ってきた熊谷を階段で待ちながら戸村は富江の出てくるのを待った。

「いらっしゃい」

と暖簾から顔をつき出して富江は飛んでき、

「いよ、色男」

下等なことをいう女だと、もうなんだか不快な気になった戸村は、後方《うしろ》の熊谷に目配せした。富江は遠慮も会釈もなく大きな声で我鳴《がな》り始める。

一室に入ると、

「秋子さんはたいへんあんたのことを、それは、それはほめていましたよ……」

からかうのか本気なのか、とにかく戸村には悪い気持でもなかった。二人は座につくと一通りの注文をしてから隣室の噂に耳を澄ました。日本人会のごたごたか何かについて話し合ってるようだ。そうして何某《なにがし》が虚栄心が高いことの、低能児のくせに威張ることの、と浜田は盛んに気焔をあげてる。——二人は黙って耳を澄ました。

八四

料理屋も要するにつまらないものだ。何が面白くてこんなところへ出入りするのだろう。ただ富江の顔が見たさである。その外に何の意味もないのだ、と熊谷は考え込むのだ。その富江も浮気っぽくて何一つ自分の自由にならない。しかし又どうしてオレはこんなに卑怯なんだろう。なぜ今少し食い込まれないのだろう。飢えた飼犬が一塊の肉を主人から与えられていながら意地悪く主人が「食っちゃいけない、しばらく待った」と叱ってる時のように、オレは誰からか叱られている。誰からか圧迫されている。この力は何だろう。抵抗できないこの力は何だろう。オレはこの力のために呪われてるのだ。もういよいよ決心しよう。

熊谷は今日まで何度決心したかしれない。しかしその決心は一度も実現されなかった。そして今また、安価な決心に眉を曇らしているのだ。

「帰ろうじゃないか」

隣の一室ではさっきの連中らが歌いだした。浜田は枠な声で都々逸《どどいつ》をやってる。

「九尺二間《くしゃくにけん》に過ぎたるものは、紅のついたる火吹竹《ひふきたけ》」[134]

「さァ、お次の番だよ」

と富江のはしゃいだ声が三味線の間から洩れてくる。誰もほかにやる者がないとみえて浜田は一人で続けてる。富江はちょっと来そうにもない。目の前で恋仇が弄《もてあ》んでるのをみていては決心したとは言え熊谷もよい気持になれっこがない。

戸村は歯楊枝を一本一本歯に啣《くわ》えては折っている。そうして「紅のついたる火吹竹」という情趣を思いに描いてみた。江戸と呼ばれた東京の裏長屋が浮んで来た。

「つまらないな、帰ろうよ」

熊谷は又も言う。その容子《ようす》が戸村に哀れっぽく映って来た。そこで富江を呼ぼうとしたが熊谷は断じてとめるので仕方なく立った。慌てて飛び込んで来た富江を殴り飛ばしてでもやりたくなっていた熊谷は、じっと思いを押し静めて勘定を済ました。

階子段に恨みでもあるように踏み鳴らして降りた二人を嘲けるごとく、隣の連中はがっと笑う声を洩らした。

「癪だ、やり直そうじゃないか」

と戸村は言って、熊谷を角の酒屋《バー》に引っ張り込んだ。

八五

酒屋《バー》には伊太利人《イタリー》や希臘人《ギリシャ》の下等な奴らが群がっていた。大きな裸体画が上方の壁にかかっていた。明るい電燈のまばゆさに照り返る光線が今はいって来た二人の日本人の前に置かれたウィスキーの杯に輝いた。

奥の方では丸卓子《テーブル》を囲んだ博徒の群からの人いきりが煙草の煙とともに流れて一種異様な臭気が湧いてくる。ピアノ台の前にひとりの七十を越したような老人が白髯を長く垂らしながら酔っ払ってぐっすり寝込んでいる。彼らは一杯やってから外に出ようとして出口の戸をおし開けると、出会い頭に二人の女が飛び込んで来た。

「びっくりさせアがる」

戸村は、出てから呟いた。

「あの痩せた方の女が面白い奴だ。シアトルからわざわざ河野などが買いに来た奴だぜ」

「あれか、ローズとかいう女は」

戸村はちょっと立ちどまって。

「もう一杯やろうじゃないか」

「止そう……」

熊谷が拒んだので、一歩退いて彼は再び戸をおし開け、二人の女が酔いどれどもにとりまかれながら何かを喋り合ってるのを見た。そうして河野のことが思い出された。オスカー・ワイルド[135]の唯美主義にうつつを抜かしている彼は、自分よりも安易にこうした社会に出没していることを知ると羨ましくもあった。

「よせ！」

うしろから熊谷は引っ張るので戸村もよろよろとサイドウォークに出た。火酒《ウィスキー》の酔がかなり胸をがやつかせ、頭をふらふらさせていた。このまま何もかも済ましておくのが意気地ないような気もする。今の二人の女を待ち受けてみたい気にもなってくる。

「もう一人の女は何というのだい」

戸村は熊谷に訊ねた。

「あいつは知らないよ……」

二人はちがった角度から、異性の匂いを鋭敏に臭ぎ出したが、二人ともその野性的な心情の告白を避け合った。そうして互いに相縛《あいしば》るような気持に襲われながら、宿屋の方に足を向ける。

彼らは明るい灯の町を避けて、ほの暗い通りばかりを選んだ。空き家の庭などから秋の虫がしきりと鳴くのが耳にくる。暗夜なので空には一点の星もない。街樹のささやきが妙な妖気さを彼らの胸にぶち込むのだ。

八六

戸村は船に乗り込むと、群集の中に涙ぐんでるような熊谷の姿がいつまでもいつまでも目にとどまって消えないだろうといったセンチメントに捕われて、雨になりそうな空を仰いでいた。鴎《かもめ》が飛んだり舞ったりしている。もう一度逢いたいと心潜かに願った秋子ともあれっきりになった。何もかも未解決なそのままだ。

「それじゃ失敬するよ」

汽笛が鳴って船橋が引かれると帽子を振って熊谷に叫んだ。彼は黒く黙ってただ手をあげている。いつでも逢える二人でありながら、何だかこれっきりの別れのような気になる。そうして言い残したこともたくさんある。船が岸を離れると、もう一度引き返して彼の首に抱きついて、俺はこんなことを考えてるのだと、心のありだけを打ち明けてきたくもある。

鉛色の空は、どんよりと海の色まで不透明に見せている。船はそうした中をいつの間にか霧に包まれて、黒い煙を吐きながら、幾百の知らぬ人々を載せてシアトルの方に進んだ。戸村は籐椅子《とういす》に腰をかけながら、ゴルキーの『暮れゆく海』[136]を読み始めた。

すぐ軍港の方へ帰ろうか、また一晩シアトルに泊まろうかと思い迷った。ことによったら田島も今日あたり出てきてるかもしれない。もし出てきていても逢うのはいやだ。いっそ波止場で二時間待って軍港行きの船に乗り、田島の留守にこっそりと家へ帰っていよう。そう思って彼はルーナーパーク[137]を横にシアトルの煤煙を見あげた。

船着場にあがると彼は群集の中を往き惑うていたが、シアトルという空気が急に彼の心を騒がした。すっかり別れてしまったというわけでもないお文に逢ってゆかないと丘の家に帰ったところで又も小淋しい思いに浸らねばならぬ自分のように思われるのだ。ことによったら自分の留守の間に手紙を寄こしてるかもしれぬ。二時間を無意味にこんなベンチに腰かけて過ごすのももったいない。彼は夢遊病患者のように自由電話を手にして「緑川」を呼んだ。

「お文さん、いますか……」

女将らしい声が
「お文さんですか、いません」

「どうしたんだね、いつごろ出てくるんだね」

「え、あの、ちょっとね、都合があってやめたんです」

「やめた？」

戸村の動悸はグッと高まった。

「どうして？」

「ちょっと都合ができましてね。いずれ又、出ましょうけれど……」

それきり電話が切られた。戸村はしばらく電話を握ったまま狂わんばかりにまごついていたが今度はお文の宿屋《ホテル》へかけ直した。番頭の声として、

「緑川のお文さんですか、昨日どこかへ引っ越されました」

彼はもう、がっかりしてしまった。

一体どうしたんだろう。もう酌婦をやめるのかしら？　やめるのだったら今一度逢っておきたい。自由に逢えなくなってしまったら、あの恋はあれきりで消えるのだ――。

彼は待合室の中を、いらいらしながら往ったり来たりした。誰かと雲隠れしたのでなかろうか。橋本は執念深い嫉妬家《やきもちや》だというから何かが発見されたんじゃなかろうか。自分からやった恋文《レター》でも見られたのでなかろうか。……戸村は禍《わざわい》が自分の頭にガタンと落ちて来たように思った。多情な、それでいて言葉使いの物優しいお文は、橋本と言い争ってる光景も目に映ってくる。

「私の罪は私で始末しますわ」

いつかお文は橋本にこんなことを言ってやったと書いてきたことなどが思い返される。

「そんなに私が憎くて虐めたければ、離婚した上で送還して下さい」

などと言ってる顔が目に見えるようだ。しかし未練で彼女に惚れ切っている橋本は、そう言われると一層手離そうとはしないのであった。

「国の方へみんな言うてやるから」

「言ってやりなさい……誰が悪いんです。よく考えてごらんよ！」

なかなかお文は負けなかった。……負けないはずなのにどうして緑川をやめたのだろう。また、どうして宿屋《ホテル》まで引き払ったのであろう。いずれにしても自分と何かが関係づけられているような気もする。

町のどこかにこっそり潜んでいてお文の動静を嗅ぎつけることにしようか、といった茶目っ気さえ出てくる。

八七

忍び忍び日本人街《まち》にやってくると誰も彼もがお文事件を自分に結びつけて騒いでいるような気がしてならない。シアトル中がこの事件で煮え返っているような感じだ。誰の目も自分に向かってるようだ。

「おい、戸村……」

うしろの方から声かける者がある。そっりゃ来たと驚きながら振り向くと大山だった。

「お、――」

立ちどまると、大山の笑っている顔は何となく無気味だ。

「何処へ行っていたのだ。田島は探していたぜ」

「田島君、来てるのかい」

「う、どこへ行っていたんだ」

大山は変な目付で又も訊ねるのだ。なぜ、こんなに執念深《しつこ》いのだろう。

「大騒ぎだぞ、こんなところにいない方がいいぜ」

「どうしたんだ。何かあったのかい」

「まだ知らないのか……お文のこと」

「どんなことか」

「知らないのか。一体、君はどこに行っていたんだ」

「僕はタコマへ行っていたのさ、熊谷と」

「そうか、それならいいが、君にも嫌疑がかかっているぜ」

こんな事を話しながらジャクソン街に出ると向こうから浮田が現われた。戸村を見ると不思議そうな顔をしながらその雲隠れ事件は明朝《あす》の新聞に詳しく出るというのである。

戸村は雲に掴《つか》まれたようでただぼんやりしていた。時計を見るとまだ三十分ほどあるので、大山に、

「おれはこれからブレマートンに帰るよ」

といってすたすた波止場に急いだ。馬鹿馬鹿しい。あいつらまでおれを疑ってる。

……しかし、お文の雲隠れとは何のことなのだろう。どんな男と隠れたのだろうか。憎い奴だ。やはりロクな奴でなかったのだ。欺かれていたのだ。偽《いつわ》られていたのだ。

どうしてあんな女にあれほど熱をあげたのだろう。

八八

彼は夢遊の人のごとく船に投ずると隅の方で疲れきった顔を伏しながら、胸の動悸を静めようとしたが、圧《おさ》え難い神経のいらいらが血液を躍《おど》らした。すっぱりあんな女を思い切ろう——そう宣告するあとから甘ったるいお文の顔が湧いてくる。どうすることもできない。忌々しい。ただ欺かれたということのみが忌々しい。

いつの間にか海も暮れた。紅葉した山の余光に淡霧《あわぎり》がどよんで、処々の人家を洩れる灯が星のようである。彼はデッキの上を往ったり来たりした。寒い風がネクタイを翻す。もし、今の自分はお文と雲隠れする道中の自分だったら、どうであろう。「バカ！　バカ！」、相手は誰だろうか。城田？　まさか！　大山や浮田の口振りから考えてみると昨日あたり起った事件のようだ。何としてもわからない。

船が軍港についた頃は、夜も全く落ちていた。静かな田舎町には誰一人自分を待ってるものもない。淋しい宵《よい》だ。船橋を降りると学校の女生徒らが三人珍しそうな顔で彼を見てる。

「オオ、トムラ！　もう学校へ来ないの？」

と笑いながら女らは声かけてくれる。

「行くとも……来週から」

「来週から？　来週は学校が休みよ」

「どうして？」

戸村は驚いた。

「まだ知らないの？　来週から、学校職員の講習大会があるんだわ、シアトルで」

「そう……」

失望の上に落胆した彼は重い足を、波止場から丘の家への坂道へ引きずった。そんなんなら帰ってくるんでなかった。今一度シアトルへ引き返そうか。そうしてこの間、熊谷と泊ったホテルに忘れてきた書物のことが思い出された。そうそう、あの本の中にお文の頭髪《かみ》を挿《はさ》んでおいたのだ。今となっては未練もないけれど。しかし、これからの一週間、学校がないとすれば、丘の上の一つ家でどう暮らそうか。「やることはいくらでもある」と呟く。

八九

だらだら坂の両側には斑に家があるけれど大部分は空地である。それでも三年前に彼は田島と初めて此処《ここ》へ来た時分は、この道はまだ林の中であった。文明が一日一日とこの片田舎町を開拓した。草葉の蔭から秋の虫が啼く。人通りもない処々の電灯のほかは真闇である。犬の吠えるのも気味悪い山の手だ。

軍港の垣に沿うた坂を登りつめると戸村はふと、鍵《キー》をもっていないことに気づいた。田島がいないとなれば戸を開けてくれるものがないのだ。

がっかりしてしばらく立ちどまったがどうすることもできない。が、とにかく行ってみよう。窓からでもはいろう。

丘の潅木がほとんど落葉した中から秋の虫が啼く。その中へ彼は馴れた足を運んだ。わが小家《こいえ》は小暗く、死んだもののようにひっそり建っていた。やはり田島がいない。いないことはわかり切ってるのに何だか腹が立つ。邪慳に戸を押してみたが駄目だ。田島の奴、自分が帰ってくることを知りつつも意地悪くてこんな事をして行ったようにも心が僻《ひが》む。怨んで見たって開かぬものは開かない。困ったことになった。何処へ行こうか。ゆくところがない。

彼はしばらく玄関に腰かけて空を仰いだ。このまま此処に寝入ってしまおうか。夜半の寒冷には堪えられないだろう。そのため病魔に襲われる。養生もしないで放っておく。そうしてお文のためにこんな病気になったと言い触《ふ》らす。そのうちあえなく死んでしまう。――今一度生まれてこれるものなら、ほんとに一度死んでみたい。世間の人や友達がそうした自分をどう批評するだろうかをみたいのだ。バカ！　バカ！　何を考えるのだ、バカ！

どこかに山火事でもあるらしく空の色が刻々赤曇ってゆくようだ。星が赤光りしてる。それが何か兇悪なことの前兆でなかろうか。おやッ、星が落ちた。赤い星が、長い尾を曳いて夜鴉《よがらす》の啼く森の方へ鋭く落ちた。彼はぞくぞくと身の慄《ふる》うのを禁じ得なかった。

苛々した彼は開《あ》かぬことがわかりきってるのに再びハンドルを押してみた。海岸まで追っかけられた逃亡者が船を求めるように、苛々しい心で彼は玄関を往ったり来たりした。軍港の丘の無線電機がぱちぱち響き出す。近頃日米の国交が危うくなってきたが、ことによると開戦になるかもしれぬ情勢だ。あの無線電信も大方何かそんな警報を交《か》わしてるものでなかろうか。戦争になったからって現在の自分には何の意味もない。むしろそれがために捕縛されて母国へ送還されることになったら却って面白いだろう。日本人で短気のあまり殺される者も出てくるだろう。それも面白かろう。もっともっと世界が変化してくれればよい。能《あた》う限りの残酷な事件が増えるとよかろう。そうした中の自分の惨死を活動写真に映しておいて、それを自分で眺めたいような気もする。

丘はだんだん更けてゆく。思案に暮れた彼はとうとう窓の硝子を打ち破った。険悪な響きが夜陰に響いて彼自身を盗賊そのものに思わした。彼は万一、近隣の人が自分を泥棒だと間違えてやって来たらどう申し開きをしようかと、そんなことまで突嗟の間に考えつつ窓を破った。そしてマッチを擦って室内を覗き込んだ。洞穴《ほらあな》のような気味悪い暗さが彼を睨んでる。誰か自分のこの働きを戸の蔭から窺っていて、はいろうとする首を何かで打ち叩くような気がして心怖《お》じる。また、尖《とが》った硝子の破片でざくりとどこかを刺されるようだ。赤い血がだくだく見える。何かこう自分は殺人でも犯したような気となる。誰か来てくれればいい、そうしてこの始末をすっかり懺悔告白しなければ家にはいっても寝つかれそうもなさそうだ。

一歩足を跨《また》ぎ込んで彼はまた、どこからか血が流れ出てるような気がした。そこで再びマッチを擦ると硝子の破片が猫の目のようにきらりと輝く。とうとう入り込むと彼は勝手知る書物棚の上からランプをおろして室内を照らした。

一時に夜が更けた心持ちがする。家の中にはまだ誰かが潜んでいて自分を監視してるようでならぬ。彼は怖る怖るランプを手にしながら寝室から台所の方まで覗いた。そこには殺された黒い死骸が気味悪く横たわってでもいるようで身がぞっとした。

彼の神経は益々こんがらがってゆく。

九十

何でも夜明け近い頃になって戸村は漸くうとうとしだした。それから嫌な夢にばかり襲われていたが、ぼんやり目ざめると窓に面した屋根から、丘の枯れ葉が雨と共に落ちていた。何時頃だか時計も止まっていてわからない。日曜なので軍港の工場も休んでるので、下街の響までが、すべて息を殺してるように静寂である。

何となく気分が悪い。悪事を遂行した人が感ずる後の不安のような動悸が、ぞくぞく顔も洗わぬ朝の戸村を苦しめた。かなり寒くもある。昨夜破った窓硝子は、戦場のようだ。どこかそこらに血の斑点でもあるような気になる。すっくと起きてはみたが、さて何をするにも手のつけようがない。

流しへ行って棚の上の歯楊枝を取ろうとすると、蜘蛛の巣がかかってる。小さな蜘蛛がその上に安座してるのが癪《しゃく》に触る。彼は仇敵《きゅうてき》でも探し出したように手を伸ばすと一匹のそれを掴んだ。そうして掌《てのひら》上に据えてしばらく嘲けってみたが、残忍な彼の野性は忽《たちま》ちその無力な動物の手足をもぎとらした。

「こん畜生、人を馬鹿にしてやがる」

大事をなし遂げでもしたような愉快さになって彼はライオンの歯磨粉[138]を楊枝につけ、ごしごし歯をこすると痛い。吐き出すと血が混って出る。構《かま》うことはない、やたらにこする。

顔を洗ってから彼は、ぐったりして書斎の椅子に腰をおろした。何といやな雨空だろう。殺した蜘蛛のような色をして空は低く垂れ下がってる。一体、何時だろう。考えようによっては朝らしくもあるが、また夕方のような気もする。町までてくてく降りて行って時間をきいてくるのも物憂い。とにかく腹が減っている。

彼はストーブに火を焚きつけて流し場から手当りの缶詰を運び、そうして米をとごうとすると、だらしのない田島が放って行った冷飯がコゲだらけのまま鍋の中に残ってる。そんなものは片っ端からゴミ箱に叩き込む。

九一

幾分か気が落ちついたようでもある。しばらく何か読もうとして書棚をかき回す。どの本もみんな古くさい。フランスの女を研究するつもりで買い込んだモーパッサン全集もまだ五冊ほど読み残しになっているが、おなじ作家の作品ばかり読むのもつまらない。ベルグソン[139]の「新哲学」は買ってきたばかりでまだ封も切ってない。臆劫で読む元気も出てこない。

彼は常からわかりきってる書棚をかき回した揚句に古風な昔とじの御文書[140]を引きずり出した。表紙はくなくなになって頁も擦りきれているが木版は鮮やかで、風雅な角をもった昔の字に趣きもあった。彼はどうかするとこんな本にも趣味をもっていたので、ちょいちょい支那人の古本屋へ出かけて古版の唐本[141]を買って来たりなどした。今、手にした御文書は自然に白骨の文章を開いていたので彼は例の口調で一読してから目を瞑《つむ》った。——この御文書を餞別にくれた伯母の面影が瞑想の中に浮き出した。

「俊ちゃん、どこへ行っても仏様の御恩は忘られないぞ」

と目に涙を湛《たた》えて伯母は祖先からの唯一の形見であるというこの大切な一書を餞別してくれたのだ。間もなくその伯母が死んだという報せを受けたが、その後あの伯母の一家はどうなってるだろう。あれっきり手紙もやらずにいる……向こうから来もしないままになっている。そんなことの回想から彼は久しぶりで故山を思い出した。こちらへ来てから盲目になった母親は今頃どうしてるだろう。手紙を出さなくなってから三年になる。放蕩な父は相変らずあの変な女と関係してるのであろうか。自分がこちらへ来た時分にはまだ匐《ほ》うて歩いていたあの私生児はもう学校へ通うてるであろうか。

盲目《めくら》の母が、両手を拡げながらよぼよぼと壁に沿うて物を探して歩く姿が目に浮ぶ。父の放蕩を恨んで恨み泣き、その果てに潰れた眼であった。気の毒な母である。自分一人を頼りにしていたのだろうが、その自分が三年も手紙をやっていない。また、やったにしても盲目だから読得ない。父にでも知れたらなお母の不幸になると思ったのであれきりにしてるのだった……。

戸村の目にはいつか涙がにじみ出て来た。

九二

食事をしながら、雨が降るとよく漏り出したあの屋根のことなども思い出した。奥の間にはほとんど一年中盥桶《たらいおけ》が置かれてあった。誰も用のない部屋で、年中雨戸を引いてあるもんだから薄暗くて女中なども一人ではいれ得なかった。戸村はよく父と母が何か激語した揚句に泣き叫んだ母を慰めかねて、どうすることもできない悲しい時などは何ということなしにさめざめ泣きながら、その部屋にはいって顔を覆うたことなども思い返される。

「どうして父はあんな悪人なんだろう……」

自分は父の姿を見るのがお終《しま》いに怖くなった。そうして放蕩に出かける夜など——

丁度秋の夜で、竹藪を吹く風が何だか殺気を催させるような晩、母の口説きを身にしみじみと感じとった。その頃から秋の虫の哀れさを感ずる自分となった。

秋の空が高く晴れ渡っても、悲しい少年は村の子供とは親しめなかったので独り丘の上を彷徨《さまよ》うたり、トンボを追うたりした。ある時、トンボ竿《さお》で蜂の巣をつついて眼を刺され、一週間あまりも顔が丸膨《ふく》れになり、何を見ることもできなくなった。おっ母さんは叱りもしたが可愛い子供のために薬を求めて来たりしてくれた。その時分のいごいごした気分が、今の戸村にも癖のようになって残っているのだ。

彼は食物を呑み下しては目をつぶった。目をつぶると、蜂にさされたあの少年の目となる。――母の泣き声が耳の底から湧く。父が何かをぶっつける響もひびいてくる。今は亡くなってしまったがその頃はまだ十にもなっていなかった妹がわあッと叫んだ顔も。

米国へ来た動機もそうした惨状目も当てられぬ家庭から逃亡したさからであった。彼はいよいよ横浜の埠頭からただ一人淋しく郵船会社[142]の船に乗って太平洋の海へ出た時、再び祖国は見ないと決心した。悲しい故郷を呪った彼は、次第に祖国を呪う彼になってた。

九三

「知りたい」という欲に飢えていた彼は、渡米以来知らぬ世界の数々に逢遇《ほうぐう》[143]した。そうした欲望がいつか哲学や文学を渇望させたが、いろんなことを知りたがった彼は、今まで知らなかった恋を知ろうとするようになったのだ。

戸村の考えは恋という問題になった時、色彩が変ってきた。それが今朝から忘れていたお文にと飛んだ。今頃どこにどうしてるだろう。けしからぬ奴だ。近々中に独逸《ドイツ》へ留学するとか言っていた山下という医師と何かあったという噂もきいたが、あるいはそんな方面への発展となったのではなかろうか。……嫉妬らしいもの、未練らしいもの、ハッキリ認識されないいろんなものが空虚な頭の中を駆け回《め》ぐる。が、何だか、お文はそのうちに田島のいないここへやってくるような妄想が湧いてくる。こちらへくる彼女の船をボンヤリ待っている自分のような気にもなる。……馬鹿、何を考えるのだと一方の心が怒る。

と、足音が響く、誰か来たようだ。お文でないかしら。馬鹿！……。

「どうしたんだろう」と、呟いてる声が洩れる。破れた窓に驚いてるような声だ。玄関へすたすた上って泥靴をざらざらと板にこすってる音だ。

「ハロー」

その声でわかった。近藤だ。

「カム・イン」

「どうしたんだね、泥棒でもはいったのですか」

と戸を開けるや否や彼は驚いた目を放つ。

「ウ、昨夕《ゆうべ》、泥棒が入ってきてね。僕がいないと思うてはいって来たんだよ……」

「そうですか。どうしました」

本当と受とめたらしく、丸い目で近寄ってくる。滑稽でもある。が、真面目な顔になって、

「組打ちしたよ。だが、とうとう金はすっかり取られちゃった」

「嘘でしょう?、嘘だろ」

と近藤は半信半疑でまごまご立ってる。

「まァ、掛け給え……そんなことはどうでもいいや。時に変ったこともなかったか」

「君こそどうしたんです。田島君は青くなっていましたよ。どこへ行って来たんです……」

「そりゃそうと今は何時だね」

近藤は弗時計《ダラーウォッチ》[144]を引き出して、

「四時一寸前さ」

戸村は驚いた。それじゃもうすぐ日が暮れるのだ。じとじとと秋雨が壁板にしぶいている。

九四

近藤は何を言いだすかと思っていると、隣の家に働いてる跛足《ちんば》の白《はく》少女と恋に陥った話をもち出し、それで煩悶してるが、解決のしようがないどうしたらいいだろうかと真面目な顔で言うのだ。

夜鴉《よがらす》の啼く森から夜の翼が音もなく丘の上にひろげられ古い埃まみれのカーテンを透《とお》して、雨の夕べはじっとりと二人の上に降りかかってきた。近藤は、いつもの煙草の煙をポカリと口から丸め出しながら底冷たい室内に幾つかの煙輪を舞わした。そして鼠色に暮れゆく弱光に、赤い煙草の火が湾の沖の一点の燈でもあるように見えた。

「そこで君は、それをどう解決しようと思っているんだ。女はほんとに君を愛してるのか……」

戸村は、こと恋愛問題になってくると誰の話でも根掘り端《は》掘りしたくなる。それでいて誰の恋愛観を聞いても一つとして解決できるものでないことを痛感していた。だけれど聞かずにはおれなかった。

「それがね、ほんとに可愛相な女なんです。僕のこの恋は全くその同情から始まっているんです……」

といって、近藤は今の士官の家庭へ初めて働きに来た二年前の春から説き起した。去年の暮あたりはぜひ結婚してくれと自分の部屋へ来てかきくどいたこともあった。父母は二人とも病身者で、一家を支えるにはその女の稼ぎの外《ほか》何もないのである。そこでいろいろ世話もしてやり、小使金などもくれてやってきたが、うちの主婦《ミセス》がそれをかぎつけて、いっそのこと結婚したらどうだと言いだしたのである。

「しかし僕は毛唐の女との結婚はどういうもんだろうと今に迷うているのだ」

近藤は長く物語ってから最後にこう言うのだ。それが真実な彼の心のようだ。それでは戸村にしっくりと来ないのである。恋だの愛だのいうものはもっと真剣なものでなければならぬ。近藤は自分の利害のことだけ考えてる。彼は潜かに肉欲だけを求めていたのであろう。

九五

激しい恋に落ちていながら結婚を否定する人の顔に見る表情がない。それを戸村は疑った。

「しかし面白いじゃないかやり給え。そんなに君に惚《ほれ》て来た女だもの」

冷かし半分に言うのを真面目にとった彼は、

「大抵《たいてい》白人と結婚した日本人の最後は惨めだからね」

そんなら人に相談する必要がないじゃないかと戸村は心の中で叫んだ。而《そう》して自分をこの男が愚弄《ぐろう》してる様《よう》にも僻《ひが》まれた。そうしてこの男がその跛足《ちんば》の女と結婚して世帯をもった時の事を思いに描いてみた。どうせ沢山の貯えもないにきまってる。それが白人の妻をもって最後の悲劇を見るのはわかりきってるのであった。彼はそんな事を思うと例の僻で、近藤がそうなってゆくのを希《ねが》う様になった。そうしてそれをやらせて自分で看《なが》めるのも面白いと思った。

近藤は煙草の煙の中からじっと跛足《びっこ》の女の姿を見た。――ある夜去年の冬の一夜。自分は何心《なんごころ》なく自分の窓を覗くと隣のこちらに面した地下室の部屋から電光が洩れた。そこは湯殿《バスルーム》で、今将《まさ》に湯気をふかせながら白い湯船に熱湯が濺《そそ》がれていた。カーテンの半分が何かにつっかかって、そこが正面に見えるのである。しばらくじっとしてみてると白い女の足が、その真っ白な湯船の中に入った。半身しか見えぬ。

――彼女はしばらく白いタオルで身躯《からだ》を湯に浴びていたが、仰向けになって寝た。黒みかかった頭髪《かみ》の半分が、白い湯船にくっきりと見える。自分はじっと、それを見てる。見ながら、ついこの間隣の家へ来た跛足《ちんば》の少女を頭に描いた。そうして女の手足の働く様《さま》を、じっと見てる。ただ少女の姿は頭の中に食いついた様《よう》に画《え》かれたまま目はじっと見てる。どれだけ見ていても飽かぬ姿である。愛らしい白い足が清い湯に小波《さざなみ》立てて動く、それに電燈の瞬《まばた》きするのまで見える。自分はその足の動きから女というものの本体を生れて以来の強い刺戟で考えた。その夜はその事ばかり考えた。その女の事ばかり夢に見た。

彼は今、再びその最初の悦びを胸にくり返した。そうしてどろりとした気分になった煙草を中途で投《ほう》り出した。

九六

近藤は彼の恋を広告しに来たような形になって何の解決を求めるでもなく、戸村が大した興味もなさ相《そう》に言うので、お終《しま》いには帰って行った。

一人になると戸村は再び陰鬱な雨の響きを耳にした。煤《すす》赤いランプの光りに照り返る壁板を伝う雨洩りの道も気味悪い。昨夕《ゆうべ》破った窓から底冷たい風が後首《うしろくび》を舐める様にして吹いてくる。蝗《いなご》は縁の下でツンツンツルと啼く。じっと耳を澄ませば澄ますほど微妙な響きが交《まじ》り交《まざ》って感覚の一つ一つを踊らせる。そのいらいら淋しい奥に未練の殿堂が燦爛《さんらん》として建ってる。その殿堂には後光《ごこう》に輝いたお文が菩薩《ぼさつ》のように座ってる。誘惑の蠟燭《ろうそく》をきらきらともして。

あんな古靴のような女が何だろう。どうしてこんな馬鹿な迷《まよい》に入る私だろうと、自分で自分が口惜しくなり、戸村は自らの頭髪《かみ》をひきむしった。逆《のぼ》せているからでもあろうが五指の間に黒い毛が気味悪いほど抜けてついて来た。

「俺にだって女がきまってる筈だ。俺に与えられた女が何処かにいなくちゃならん」

考えて見ると今日までつまらぬ女にばかり、掛りをつけて来た。而《し》かも操《みさお》のない女にばかり。どうして自分はこんな女に対して薄命なんだろう。秋子――彼女だって真の恋をす可《べ》き女ではない。例令《たとい》彼女の夫を捨てて自分の後を追うて来る女であったにしても、自分から恋を投げる女ではない。自分の女は、誰からも犯された事のない純潔な、そして私にのみ許すために生れて来た操を、しとやかに保存してる女でなくちゃならぬ。そんな女は何処に棲《す》んでるのだろう。もしその女が居《い》るとしたら、私は明日から凡《すべ》ての私を放擲《ほうてき》してその女を見い出す為めに、長い旅を初《はじ》めねばならぬ。その女を得さえすればもう、私の希望はない。女は今の自分の全部である。女を得ないで何の文学があらう。何の哲学が考えられよう。そうして何の宗教が信ぜられよう。自分は文学者となり哲学者となる前に、是非ともその女を探し出さなくちゃならん。

九七

彼の頭に遠いふるさとの日が甦《よみがえ》った。いろんな少女たちの姿がくり出される。お為《ため》はどうしてるだろう。もう誰かの妻になっているだろう。垂髪《たれがみ》に結ばれた赤いリボンは今でも目に生きている。隠れん坊をして遊んだあの大きな銀杏樹《いちょうのき》の下。隠れた地蔵様の蔭や納屋の隅など。あの娘との遊びには恋とか芸術といったものはなかったが、しかしあれこそ文学でなかったろうか、そして彼女は私に与えられた女でなかったのだろうか。

「俊ちゃん――」

と呼んでくれたあの声。そうして蜘蛛の巣だらけにした顔の少年のわれは、

「バァー」といって出たあの時。

父や母に秘《かく》れてあの子と逢いたくなった子供心。あれが恋といったものでなかったのだろうか。物心ついたころお為は親戚へ養女にやられた。それっきり逢わないのである。

戸村は立って、書棚の中から青い表紙の詩集をとり出した。幼な馴染を歌った詩があったような気がして繙《ひもと》くと、その中からはらりと黒い花が一ひら落ちてきた。

「ウ、この花か……」

と彼は久しい女とでも出逢ったような気分になった。この間から紛れていてすっかり忘れていたウエラの少女姿がその花とともに浮いてきた。南の漁村に育った少女ウエラは、さっきの近藤の女とは比べものにならないと思われる。長い睫毛、紅い唇、絵のように浮かんだ。

「ウエラは僕に与えられた女ではなく、エピソードとしての女だったんだろう」

黒い花は彼女のプレゼントであった。黒は不吉な色だろうか。彼女はこの花で私を送ってくれた。それが今、この私一人の丘の家で返り咲いた。

「黒いこの花忘れないでね」

こんな文句が紙片に書いてあった。そうした思い出――あの頃の楽しかった思い出は今も甘い。

九八

どんな行きがかりからであったか筋道がわからぬが、戸村は日本刀を振り翳《かざ》して田島を真二つにたち斬った。田島は、声も立てずに真赤になってそこに倒れた。彼はその倒れた友の優しい死顔を見ると日本刀を打ち投げて、朱《あけ》に[145]染まった友に抱きついた。

「許してくれ給え、田島君！」

いく度もそれを叫んで慟哭《どうこく》した。

目がさめると、涙が枕を冷たく濡《ぬ》らしていた。がわと起き上って彼は再び目を拭った。

雨上りの弱い朝の光線が窓に浸《ひた》っていた。そうして雪鳥[146]がもう北国の冬を待つようにちっちっと枯葉の上に佇んでいる。どうしてこんな夢を見たのだろうと、我と自分を怪《あや》しみながら、今一度目をこすった。

フロントの戸を開けてみると昨夕《ゆうべ》降った雨で黒くなってる玄関の板の間に二通の郵便手紙が投げられてあった。慌ててとりあげると一つは熊谷からで、他《ほか》のは誰からのか見知らぬ字の差出人だ。心慄《ふる》いながら封を切ると、中からはらはら落ちるものがある。何だろうと思って拾いあげると、白い羽毛に黄金色の斑《まだら》ある胡蝶と今一つは勿忘草《わすれなぐさ》であった。

誰からだろうと思って末の方を見ると「秋子より」とある。

この間は失礼しました。あれから不快な家路を急ぎながらも貴方の面影が目に散らつきましたという書き出しで今の自分はまるで土耳古《トルコ》か朝鮮の女に見るような生活である。女と生まれて若い憧《あこ》がれから、純潔な理想を求めて遥々《はるばる》四千浬《マイル》の海を越えて来たが、来てみて何もかもが求めたものの裏街道にあったことがわかり、一日として明るい日に浴していない。そうした中で貴方の小説や随筆などを読むようになってから、何かと救われている。といったようなことが長々と書かれてある。

九九

去年の夏だったか、貴方は「勿忘草より」という見出しでお書きになった小品文を読んだ時、早速背戸《せど》の庭から一束の勿忘草を摘み、その切抜きとともに愛する藤村詩集の中に封じておいた。それから更に今年の春、貴方は「美わしい胡蝶の舞ってるような日にわが生の悦びを置きたい」ということをお書きになったので、庭の石竹《せきちく》に飛んできた胡蝶は美わしい羽毛をぱたぱたさしていたのを見ながら、自分は恋のためならこんなに悶えても辛くはないと思った。この間お目にかかってから絶えない懐かしさの余りにこの追懐を封じて送ります。貴方はどこにお出でになってどうした運命をくり展《ひろ》げられるにしても、哀れな私は、遥かに慕い奉っていますことを忘れないで下さい……といったようなことが書き流されてあった。

戸村の手はひどく震え始めた。そうして彼の頬には温かい笑いが上《のぼ》った。彼は次に気を落ちつけて熊谷の手紙を封切った。読み下すと、

「えッ！」と叫びながら慌てて再び読み返した。

「何ッ？」

熊谷は明日アラスカ行きの船に投ずるというのであった。

行っても行っても、雪ばかりの北極へ行く。そこには冷たい死があるのみだ、と最後に書いてある。

「ほ、ほんとか？」

彼は今一度それを読んだ。大きなショックは全身をゆさぶった。しばらくして立ち直ると戸外に出て北方の天を仰ぎ「熊谷がゆくならオレも行こう」と叫んだ——戸村は、あわてて着物を着がえた。そうして鞄の中へ一冊の青い表紙の詩集と今の二通の手紙を入れ、その上に着がえものなどをぶち込んで、しばらく室内を見回した。そうして机の上に、

「親愛なる田島君、僕は雪ばかりの国へ行く。解決せんために行く。雪の国にのみ純潔なものがあるように思われるから……」

と、一筆書き残して丘の家を飛び出した。

波止場の船に投じた彼は、もう希望に燃えていた。

「オレはこれで甦えるのだ！」

静かな波の上を走る船は穏やかでない青年をのせて波を切った。


（終）

『悪の日影』の短評と感想等を募る

日米新聞社編集局文芸部　没羽箭《ぼつうせん》

翁六渓氏苦心の作、長篇小説「悪の日影」は昨日九十九回をもって完結した。従来在米同胞社会に発表された諸種の小説中、色々な意義において最も優秀なるものとして、私はこの篇および作者翁六渓氏に対し大《おお》いなる敬意を表するものである。ことに作者が在米同胞社会の実相を、忠実に描写して、我ら実際のライフその物の上に移民地文学を建設しようとしたその努力に対しことに敬意を表するものである。必ずしも推奨の辞たるを必要としないが、読者諸君がこの一篇を何と見られたかをありのままに述べた各方面からの批評といったようなものを募りたい。そして相互の研鑽と協力とによりてここに生え抜きの文学を建設する一個の土台としたいと思う。この意味において十五字詰百行以内の短評・感想等を来たる九月二十六日までに本社編集局に寄稿して頂きたい。紙上に発表したものに対しては薄謝を差し上げる。

（『日米』一九一五年九月十七日・第一面）

1　Maple leaf　カエデの葉。シアトルには、金色のように黄葉するカエデの木もたくさん生えている。底本では「メーブル」となっており、「プ」「ブ」の混同がある。作者が残した初出紙の原紙のスクラップ帳を精査した上で「メープル」と確認した。

2　Capitol Hill　シアトルのダウンタウン近郊の街。ブロードウェー・ヒルと呼ばれた町だが、その開発者がワシントン州都がオリンピアからシアトルに移ることを願って一九〇一年に名付けたという説もある。

3　Columbia River　コロンビア河は、カナディアン・ロッキーを源流として、ワシントン州を流れ、オレゴン州のアストリアにて太平洋に注ぐ。

4　ワシントン州のカスケード山脈北部に位置するレーニア山（Mount Rainier）のこと。海港都市タコマ（Tacoma）の南東約64キロメートルにあり、富士山に似た山の姿から、日系人がこのように名づけた。

5　Puget Sound　ワシントン州にあるピュージェット湾。

6　底本では作中全て「ビール」と表記され、初出では全て「ビーア」となっている。本書では初出当時の日系人社会での発音に近いと考えられる「ビーア」とした。

7　戸村のモデルである作者は、一九〇二年富山県立富山中学校（現在の富山県立富山高等学校）に入学し、一九〇五年に放校処分を受けている。

8　作者は、一九〇七年五月三〇日に「加賀丸」でシアトル港から米国に入国した。

9　許容する力、度量。

10　悩み疲れた。

11 詣（もう）でるの意味。
12 日本語としてこなれた表現ではない。初出では〈無限の悲しみが胸に湧いた〉としていた。
13 気がねする、遠慮する。
14 一九〇九年のアメリカの流行歌。ブロード・ウェーで上演されたオペレッタ『チョコレート・ソルジャー』（*The Chocolate Soldier*）の中の一曲。このオペレッタは、ジョージ・バーナード・ショー（George Bernard Shaw, 1856～1950）の戯曲『武器と人』（*Arms and the Man*, 1894）を基に、一九〇八年オスカー・シュトラウス（Oscar Straus, 1870～1954）が作曲、ルドルフ・ベルナウアー（Rudolf Bernauer, 1880～1953）とレオポルト・ヤコブソン（1878～1942）の台本でヴィーンでドイツ語で上演され好評を博した『勇敢な兵士』（*Der tapfere Soldat*）を翌年スタニスラウス・スタンゲ（Stanislaus Stange, 1862～1917）が英語版の翻訳・脚色し、演出も手がけた。"My Hero" のドイツ語原曲名は、"Komm, komm! Held meiner Träume"（「来て、来て！　夢のヒーロー」）である。
15 スタンゲの歌詞では〈I have a true and noble lover,〉となっているが、初出・底本ともに〈lover〉が抜けている。
16 ガソリンを燃料にして走るボート。
17 初出、全集ともに〈Come! come! my life is only,〉と誤記されている。
18 water lily　ウバユリ（姥百合）の別名。作者には、「水百合の花」という短篇小説が二作品ある。一篇は雑誌『水郷』（1914/8）に掲載され、もう一篇は短篇集『移植樹』に収録されたもの。
19 阿輸迦の木（あそかのき）、仏教の三大聖樹の一つ。
20 心のいらだちを表す語。

21 底本では「ベッド」と表記されているが、初出では「ベッド」表記が9箇所のほかに、「床」(4箇所)、「寝床」(2箇所)、「寝台」(8箇所)にそれぞれ「ベッド」とルビを振ったものがあり、本書では初出の表記とした。

22 cannery　缶詰工場。

23 ウイリアム・ジェイムズ(William James, 1842～1910)：アメリカの心理学者、哲学者、意識の流れを提唱。

24 ルドルフ・クリストフ・オイケン(Rudolf Christoph Eucken, 1846～1926)：ドイツの哲学者、生の哲学を推奨。

25 似合わない。

26 シアトルの文学会のことと思われる。文学会の発会式は翁久允の提案で一九一〇年四月十五日に、シアトル「北京楼」で開催された。

27 通り抜けて。

28 手間のかかる日本髪に対して、明治期に洋髪の影響を受けて普及した簡便な結髪の総称。

29 軒先につけるあかり。

30 作者には、「小鳩のような女」(『帝国文学』1914/5、『全集』第七巻)という短篇小説がある。

31 ジョージ・ゴードン・バイロン(George Gordon Byron, 1788-1824)：ゲーテが「今世紀最大の天才」と賞賛した英国の19世紀ロマン派詩人。

32 明治や大正期に中国の人を呼んだ別称。

33 トコジラミの別名。

34 ビリヤード場、玉突き場。

35 騒々しいさま。混雑しているさま。

36 中国の明代の長篇口語小説。宋江ら百八人の豪傑が梁山泊という湖水に根城を構えたことと、その後の悲壮な運命を描く。

37 ざわめく。騒々しく音を立てる。

38 縮（ちぢ）こまる。手足を丸めて小さくなる。

39 さいな人、おっしゃるような人。

40 うごめくこと。物がもぞもぞ動くこと。

41 Geranium　ゼラニウム、天竺葵（てんじくあおい）のことだが、明治大正期には「ジレニアム」や「ジレニヤム」の表記が見られる。

42 しゅうり、そでのうちかたから転じて、やりくりして辛うじて取りつくろうこと。

43 Honeyのことで、ここでは親しみを込めた「あなた」の意。

44 花札遊び。

45 金属に彫りを施した。

46 半円形の櫛。

47 上弦（新月から満月）または下弦（満月から新月）の月。弓張り月。

48 堅い物どうしが触れ合う音。

49 アーク放電による電極の発光を利用した放電灯。電気利用の最初の光源であった。

50 不明瞭な、分かりにくい。

51 明治の毒婦と呼ばれた実在の殺人犯、高橋お伝（1850～1879）をモデルにした講談速記本と思われる。刊行としては、仮名垣魯文『高橋阿伝夜叉譚』（金松堂　一八七九）が古い。講談は広く

52 大衆演芸として人気があったが、明治10年代末に、その口演を速記した講談速記本が世に出ると、以降明治30年代まで、大衆読物として数多く刊行された。

53 紫紺とは紺色がかった暗めの紫色のこと。紫草の根から染めていたので「紫根」と書かれていたが、「紫紺」は明治以降のあて字。

54 延長コード。

55 一八九七年に創刊された経済雑誌で現在の誌名は『実業の日本』。

56 一八八七年京都の西本願寺が創刊した『反省会雑誌』から一八九九年に『中央公論』と改題された総合雑誌。

57 女性のする媚（こび）を含んだしぐさ。

58 肩衣（かたぎぬ）と袴（はかま）。浄瑠璃太夫の正式な服装。

59 私のところの意。初出では〈私とこの〉となっている。

60 中国産の酒。註129を参照。

61 初出、底本ともに「椽」とあるが、「たるき」では意味が通じない。〈鴎の五、六羽〉がてっぺんに止るというのであるから立木である。「椽」は「橡」（とち）の誤植でマロニエの類だろう。

62 これほど。こんなに。

63 Nasturtium キンレンカ（金蓮花）、ナスタチウム。別名を凌霄葉蓮（ノウゼンハレン）という。

64 ピョートル・クロポトキン（Pjotr Kropotkin, 1842～1921）：無政府主義理論家、地理学者、生物学者。

65 山が高く、つばが広い麦わらの帽子。

そんな、そのような。

66　Bluff 虚勢。はったり。ポーカーなどで手の内が強そうに見せかけること。
67　Goddamn　畜生、くそっ、いまいましいといった意味の卑語。
68　まゆと目が転じて、顔かたち、容貌。
69　ねたむこと、嫉妬すること。
70　明治・大正・昭和期に世界各国を結ぶ交通機関として活躍した艦船・商船で、料理を担当する者・給仕をする者を総称して、司厨士と呼んだ。
71　一九一三年カリフォルニア州ではいわゆる外国人土地法が成立、移民・帰化法でいうところの「帰化不能外国人」の土地所有が禁止された。
72　Charleston　ブレマートン市チャールストン。
73　一八〇一年、内藤新宿の娼妓白糸と情死した侍の名。また、その事件を主題とした戯曲や歌謡。
74　佐倉惣五郎（?～1653）：江戸前期の義民。印旛郡公津（こうづ・現成田市）村の名主。領主の重税を将軍に直訴して処刑されたという。江戸後期、実録本、講釈、歌舞伎『東山桜荘子』、浄瑠璃『佐倉義民伝』などによって広く世人に知れ渡るようになった。
75　段構成をもつ楽曲群の総称だが、劇的性格の濃い長編の曲を「段物」とも称する。
76　司馬芝叟（しば・しそう）作の浄瑠璃義太夫節「箱根霊験躄仇討（はこねれいげんいざりのあだうち）」の通称で歌舞伎にもなった。足が病のため不自由（躄）になった飯沼勝五郎が、妻初花とともに兄の敵討ちをする物語。
77　〈八助〉は〈三千助（みちすけ）〉の誤りと思われる。勝五郎は、北條家の家臣九十九（つくも）新左衛門の中間（ちゅうげん）となり奉公した時、三千助と名乗っていた。三千助は、新左衛門の娘・初花に恋慕され九十九家の婿（むこ）となった。

78 大きな巻き貝である法螺貝の殻を細工して、戦陣での合図に使ったり、修験道の山伏が山に入る時、猛獣を恐れさせるために吹き鳴らしたりした。
79 ブラウス。
80 執行官の旧称。裁判所に配置され、強制執行や裁判文書の送達などを行なった役人。
81 入れ髪をしてふくらませた前髪がひさしのように前方へ突き出す髪型。
82 盃と皿鉢、酒席の道具。
83 布をしごいて胴を二回りし、後ろで両輪奈（わな）に結んで締める簡単な帯。
84 泉鏡花（いずみ・きょうか、1873～1939）。シアトルでは一九〇八年末、太田虹村（おおた・こうそん）、菅野芝華郎（かんの・しかろう）の発起でシアトルの文壇史上初の純文学の会合として「鏡花会」が設立された。
85 翁久允文庫の蔵書としては、中国の唐代（618～907）と宋代（960～1279）の詩の選集等として李攀龍編『唐詩選』巻一～巻七〔編者不詳〕（江戸　小林新兵衛　再版一八六一）、『増註三体詩法』巻上～巻下（刊本　一六四九）、久保天随訳義『唐詩選新釈』第五冊　七言絶句（博文館　和装一九〇九）がある。
86 イマヌエル・カント（Immanuel Kant, 1724～1804）：プロイセン（ドイツ）の哲学者であり、批判哲学により近代哲学の祖とよばれる。
87 ゲオルク・ヴィルヘルム・フリードリヒ・ヘーゲル（Georg Wilhelm Friedrich Hegel, 1770～1831）：プロイセン（ドイツ）の哲学者で伝統的な西洋哲学を完成させた。
88 ギ・ドゥ・モォパサン（Guy de Maupassant, 1850～1893）：フランスの作家。翁久允は、富山中学校の先輩でアストリア在住だった水木義一郎から英語版全集 *The Life Work of Henri René Guy*

de Maupassant, 17 Vols. (St. Dunstan Society, 1903) を一九一一年に贈られて通読している。同全集は、富山市立図書館翁久允文庫に収蔵。

89 ツルゲーネフ (Ivan Turgenev, 1818～1883)：ロシアの小説家。人道主義者であり、また叙情豊かにロシアの田園を描いた。

90 ゴルギー　ゴーリキー ((Maksim Gor'kii, 1868～1936)：ロシア・ソ連邦の小説家、劇作家、社会活動家。戯曲『どん底』は、日本の新劇の重要な演目の一つ。

91 トルストイ (Lev Nikolaevich Tolstoy, 1828～1910)：ロシアの小説家、思想家。代表作に『戦争と平和』『アンナ・カレーニナ』『復活』など。

92 〝こうやひじり〟、一九〇〇年に発表された泉鏡花の作。飛騨から信州へ越える山中で出会った不思議な出来事を旅僧が語る。

93 菊池幽芳（きくち・ゆうほう、1870～1947）：小説家、新聞人。『己が罪』が『大阪毎日新聞』に掲載（1899～1900）されて家庭小説の代表的作家になった。

94 徳冨蘆花（とくとみ・ろか、1868～1927）著の『不如帰』（ほととぎす）の主人公・浪子は、幸福な結婚生活を送っていたが、結核にかかり、夫が出陣した間に姑から離婚を強いられ、夫を慕いつつ死んでゆく。

95 corset　コルセット。胸下から腹部の体型を整えるための婦人の下着。鯨の軟骨やはがね板のボーン（骨）で形づくられる。

96 自分のした事が悪かったことを認めて自覚すること。

97 道義に背くこと、不倫。

98 歌い出しが〈槍はさびても名はさびぬ〉の端唄の曲。

99 声帯模写、声まね。
100 明治期の流行歌。ラッパの音を真似た〈トコトットット〉という囃子ことばがつく。
101 下っ端のものの意。下級武士の被った笠の意味から転じて。
102 女性媚びを含んだ目つき、流し目。
103 江戸時代の飴売りは様々な仮装や趣向を凝らした演技で子どもの目を引かせた。近世では、唐人飴売りと言って中国服を着て、チャルメラ（唐人笛）を吹くものなどもいた。
104 耳ぎわの髪の毛。
105 Billiken（ビリケン）は、とんがり頭で目がつり上がった裸体の神様の人形。一九〇八年当時の米国大統領・ウィリアム・タウトの愛称ビリーにちなんで名付けられた。世界中で幸福の神様として流行した。
106 何の役にもたたないもの、つまらないもののたとえ。
107 せいぜい。
108 イワン・ツルゲーネフの長編小説『父と子』（一八六二）の登場人物・エヴゲーニー・バザーロフ。医学生である彼は、既存の権威を否定するニヒリストで、芸術も宗教も認めない。知識も意志もあり、思想と行動が溶け合った人物だが、医療ミスで感染症に罹り、美しい未亡人との愛の試練のなか、彼女に見守られながら死んでしまう。
109 オスカー・ワイルド（Oscar Wilde, 1854～1900：アイルランド出身の作家）の長篇小説『ドリアン・グレイの肖像』（一八九〇）の主人公で美少年だが放蕩生活を送る。
110 アンドレーエフ（Leonid Andreev, 1871～1919：ロシアの小説家、劇作家）の翻訳「霧」〈昇曙夢訳『趣味』1910/4〉を指す。

111 押し開けた後、ばね仕掛けで自動的に閉じる戸。
112 vanity　虚栄心、うぬぼれ。
113 珊瑚を細工して装飾用に作った玉。
114 江戸末期の流行歌で明治から大正にかけて再流行した。七五調四句からなり、歌詞や曲調が新内節のクドキに似て二上り調子であるためこの名称がついたとされるが、本調子を基本とする新内節とは直接の関係はない。
115 いくらか、若干。
116 Goddamn, son of a bitch.　くそっ、この野郎。
117 sweater　セーター。
118 和装下着の一つで裾よけともいう。着物の裾が傷むのを防ぐために作られ、女性たちがわざと蹴り出すようにして歩いていたことから、「蹴出し」と呼ばれた。
119 paint　絵の具。
120 pants　ズボン。
121 brush　絵筆。
122 vase　花瓶。
123 closet　クローゼット、戸棚、収納庫。
124 crazy　どうかしている。
125 豊竹呂昇（とよたけ・ろしょう、1874～1930）：女義太夫のトップスター。つやのある美声と貴品の高さで定評があった。生涯に78回転のＳＰレコード五百面以上の録音を残したといわれている。
126 紫色を帯びた金色。赤銅（しゃくどう）色。

127 しばらくして。

128 谷・海などが非常に深いこと。

129 ゴカヒ酒：五加（うこぎ）の根皮を乾燥させた生薬・五加皮をコーリャン酒に浸して作る中国の酒。Wu Chia Pi Chew〔ウーカーピーチュー〕とも言う。

130 白鶏のことだが、広東料理の白切鶏〔パイチエジー〕のことと思われる。蒸し鶏のネギ生姜だれ。

131 もともとは江戸中期に流行った俗謡で伊勢や安芸などの民謡となる。七七七五であり越中おわら節にも取り入れられたと思われる。作者は富山中学校時代に同級生で聞名寺の息子に招かれて八尾町の風の盆に行っている。

132 乃木希典（のぎ・まれすけ、1849～1912）：陸軍軍人。長州藩出身。西南戦争・日清戦争に出征。日露戦争では第三軍司令官として旅順を攻略。のち、学習院院長に任じられ、迪宮裕仁親王（昭和天皇）の教育係も務めた。明治天皇の大喪儀の当日夜妻静子とともに自刃した。

133 南ロシア、ロシアの南部。一九一七年まではロシア帝国、それ以降はソビエト連邦のロシア共和国の地理区分。南部連邦管区と北カフカース連邦管区からなる。

134 間口が九尺（2.7メートル）で奥行きが二間（3.6メートル）の六畳ばかりの江戸の棟割（むねわり）長屋の貧乏暮らしだが、それにふさわしからぬ新世帯に色っぽい若女房がいる。頼山陽作の都々逸とされる。

135 オスカー・ワイルドは、19世紀末唯美主義文学の代表的作家で、功利主義を廃して美の享受・形成に最高の価値を置き、人生と芸術を切り離そうとする大胆な試みを実行した。

136 一九〇九年に内外出版社から出版された中村孤月訳がある。

137 シアトルで一九〇七年から一九一三年まで運営されていた遊園地。一九〇三年にニューヨーク市コニーアイランドに誕生したルナー・パークと同様にドイツ人の名工チャールズ・I・D・ルーフ（1852～1918）によって手彫りのメリーゴーランドなどが設置された。

138 小林富次郎商店（現在のライオン株式会社）は、一八九六年粉ハミガキ『獅子印ライオン歯磨』を発売し、一九一一年国産初のチューブ入りのねりハミガキ『ライオン煉歯磨』を発売した。

139 アンリ・ベルクソン（Henri Bergson, 1859～1941）：生命の哲学や直観の哲学で知られるフランスの哲学者で「新哲学」の総帥と目されていた。

140 浄土真宗本願寺八世蓮如（1415～1499）が、門徒へ消息として発信した仮名書きによる法語。本願寺派では御文章（ごぶんしょう）、大谷派では御文（おふみ）と呼ぶ。白骨の章は、浄土真宗の葬儀で読まれ有名。

141 唐本とは、中華民国成立以前の中国で出版された木版印刷本。漢籍。

142 一八八五年創業の三菱財閥系の船会社である日本郵船会社。一八九六年に横浜・シアトル航路を開設。またシアトルとミネソタ州セントポールを結ぶグレート・ノーザン鉄道と貨客接続契約を締結。

143 底本では「逢合」だが、初出の「逢遇」（出会うこと）とした。

144 十九世紀後半に米国で生まれた簡素な造りで、当時の売価一ドル内外の懐中時計や腕時計。

145 底本では「あけに」だが、初出の「朱に」とした。

146 英語名 snow goose のハクガン（白雁）。シベリア東部、アラスカ、カナダで繁殖して、冬季になると北アメリカ大陸西部へ南下して越冬する。

解説

水野　真理子

『悪の日影』は北米の移民地文芸を代表する作品であり、同時に、作者翁久允自身にとって、彼の在米日本人作家としての活躍をさらに飛躍させる転機となった作品である。翁は、一八八八（明治二一）年、富山県上新川郡六郎谷村（現・中新川郡立山町六郎谷）に、漢方医の父、翁源指《げんし》と母フシイの次男として生まれる。祖父譲りの厳しい教育を父から受け、幼少期より漢籍を学ぶなど、勉学に励むと同時に、腕白で活発な少年であった。一九〇二（明治三五）年四月、富山県立富山中学校（現富山県立富山高等学校）に入学する。しかし、一九〇五（明治三八）年一月、仲の良い友人たちと、厳しく癖のある寮の舎監に対して悪戯を行ったことにより、放校処分を受ける。富山で第一の中学校で学び、さらなる進学や立身出世の夢も抱いていただろうが、ここで翁は人生最初の挫折を経験する。父も頭を悩ませたに違いない。父の計らいで、翁は上京し、現・滑川市出身の女性民権運動家中川幸子が東京で経営する私塾三省学舎にて、進学の道を模索することにした。翁の兄玄旨《げんし》も、医学修行のためにすでに上京し三省学舎に寄宿していた。翁は順天中学校に入学するが、東京で富山出身の学生たちと交流する中で、当時の若者たちの間で流行していた、いわゆる渡米熱に影響され、翁も文明国アメリカへの憧れと自分の将来への希望を抱き、語学研究を目的としてアメリカ行きを決意する。一九〇七（明治四〇）年一九歳の時であった。その後、翁は一九〇七年から一九二四（大正一三）年まで、約一七年間、アメリカのワシントン州シアトルやシアトル近郊の街ブレマートン、そしてカリフォルニア州スタクトン、オークランドなどに居住し、新聞記者として、また移民地文芸作家として、その経歴と地位を築き上げていく。

『悪の日影』の連載がサンフランシスコの邦字新聞『日米』で始まったのは、一九一五（大正四）年六月三日である。どのような経緯でこの作品を描いていくことになったかは、翁自身が私小説的自叙伝「金色の園」（『翁久允全集（三）』翁久允全集刊行会、一九七二年）で述べている。そこには在米日本人社会の「文壇」を盛り上げようとしていた『日米』の編集者山中曲江《きょくこう》の構想と期待があったようだ。当時、サンフランシスコを中心とする在米日本人社会では、『日米』『新世界』の二大邦字紙が発行され、それらは在米日本人たちが彼らの生活に必要な情報を入手するための重要なメディアとなっていた。日本で発行されている新聞の体裁を踏襲しているため、紙面には文芸欄も設置され、俳句、短歌、詩、短編小説などの懸賞募集も行われていた。その一方、掲載される長編の新聞小説は、無断で転載されてもいたという。著作権問題などが起こることを懸念し、また移民地だからこその特徴的な小説が生まれることも切望していた山中は、シアトルで六渓山人や翁六渓のペンネームで紙上を賑わしていた翁に白羽の矢を立てた。当時翁はシアトルから南下して、『桜府日報』スタクトン支社主任となっていた。シアトル時代の翁は、青年文士の恋愛の苦悩、人種差別を受ける中での葛藤、移民労働者の夢破れた姿、写真結婚が要因となった夫婦間の問題など、在米日本人社会での出来事を短編小説として数多く発表し、小説家としての実力を積み上げてきた。そのような翁にとって、移民地を舞台とした長編小説の執筆はうってつけの仕事であった。

それではここで『悪の日影』のあらすじを簡略的に述べておこう。メープルの葉も黄色く色づいてきた秋の日曜、一年ぶりに旅からシアトルに帰ってきた主人公戸村は、友人の田島とキャピタル丘《ヒル》の墓地を訪れる。田島は中学の同窓生であり、同年にシアトルに上陸し、ともにシアトル近くの田舎町で学校に通っていた。墓地には、四年前に死んだ友人の田山が眠っていた。田山は酌婦のお房をめぐって恋愛のもめごとに巻き込まれ、ジャックナイフで腹を刺されて死んだ。戸村は田山が真っ赤な血をだぶだぶと流して病院で息絶えた光景を思い出し、かつてシアトルで友人たちとともに、恋や人生に悶えた日々を回想するのである。その日々の様子が移民地における青年たちの青春群像劇として描かれている。恋や人生に頭を悩ませた戸村は、田舎町の学校を一年休学することにして、日本人労働者も多い漁師町でキャンプ生活（住み込みで働く集団生活）を体験した。そこで出会った少女ウエラに恋した戸村であったが、人種が異なるという理由でウエラの周囲は反対し、その恋は成就しなかった。また、荒々しい男たちが集まるむさくるしい労働キャンプの雰囲気から逃れたいと思い、夜の街に飛び出して異国の娼婦と遊んだこともあった。そのような経験を経てシアトルに戻ってきた戸村が、真剣に追い求めたのは酌婦お文であった。お文からは個人的に座布団やネクタイなどの贈り物をもらい、戸村は彼女に特別な思いを抱いていた。しかしお文は既婚の身であり、さらには戸村の他にもお文に心を奪われている城田や河野がいた。彼らと戸村は友人であった。お文との関係に対して、思いつめ、脅迫も辞さない城田との関係に、お文は苦悩する。そうしたお文に対して、純粋な真の「ラブ」を求めてきた戸村は、彼女の複雑な男性関係と、そのことが原因で、酒をあおるように飲んで酔いつぶれるお文に幻滅し、冷淡な態度をとってしまう。苦悶する中、お文が雲隠れしたと分かり、お文は自分が理想としてきたような純粋な女性ではなかったと実感し、驚きと失意のまま、田舎町に帰っていく。そして、戸村と同様に、酌婦の富江との恋に悩み苦しんだ友人熊谷とともに、恋に破れ疲れ果てた日々を清算し、再出発をはかるため、戸村はアラスカへ向かうことを決心し、波止場から船に乗る。

この作品の魅力はいったいどこにあるだろうか。それは第一に、在米日本人社会でうごめく若い青年たちの生きる姿を赤裸々に描いたところにある。そのため、この作品には、在米日本人社会の様子や人々の生活を伝える資料的な価値もある。もちろん、フィクションであるため、小説内に描かれている出来事が実際に起こった内容そのものであるわけではない。しかしながら、『悪の日影』に描かれている内容は、一九〇七年から一九一四年頃までの翁のシアトル、ブレマートン時代の経験にもとづいていることは明らかである。翁は一九〇八（明治四一）年四月、シアトルの日本人社会から距離を取りたいとの思いで、シアトルからほど近い日本人の少ない軍港の街ブレマートンへ移った。そして、白人家庭でいわゆるスクールボーイとして生活する。炊事、洗濯、清掃などの家事労働に従事しながら、ハイスクールに通った。小説も書くようになり、シアトルの邦字紙『旭新聞』に作品を送る。懸賞小説募集では、故郷の逸話に着想を得た「別れた間」が二等となり、それによって勢いづいた翁は、日本語への飢えや異国での寂しさを紛らわすために、短編小説を書いては新聞社に送った。

シアトルに頻繁に登場する「六渓」の名前は、シアトルの文学青年たちの間で話題となり、翁は文学青年たちとともに、一九一〇年には文学会を発足し、また他の文学同好会である「鏡花会」「沙香会」「コースト会」の文士仲間たちとも文学談義にふけり交友を深めていく。文学青年たちが文学について語り合い、気焔を挙げる場所は、主に日本人街の日本料理屋においてであった。そこで必然的に、文士たちに酒をすすめる酌婦たちと心を通わせ、戯れ、ある者は恋仲になるという、酌婦たちとの恋愛劇が生じた。

翁は、料亭まねきに勤める酌婦お秀と噂になったことがある。忘年会で酔いつぶれた翁はお秀に介抱してもらい、その数日後には、クリスマスプレゼントとして座布団とネクタイを贈られた。そのことについて邦字新聞にも、興味本位の記事が載せられたという。翁とお秀の噂にも見られるように、当時、シアトルの文学青年たちは、異国の地で抱く望郷の念や寂しさを文筆によって紛らわそうとしていたところ、酌婦たちが、文士たちの文学談義に耳を傾けてくれたため、彼女たちに心が奪われることが多々あったようだ。そのような青年たちの姿を、翁は『悪の日影』に描いたのだった。

青年たちの姿を描写するとき、翁の脳裏には具体的な人物も浮かんでいたようである。というのは、翁自身が、小説内の人物について、誰をモデルとしたのかを後に記しているからである。では、そのモデルとは誰だったのだろうか。戸村のモデルは翁自身、戸村と恋仲になる酌婦お文のモデルは酌婦お秀、そして戸村とともに酌婦との恋愛に苦悩する友人の熊谷は、翁の実際の友人であった文学青年亀谷荻骨だという。お文に恋する河野のモデルは文学青年富田緑風、そして城田のモデルは翁ら文学青年たちよりも年長者であり、当時の文学青年たちの文学熱を盛り上げていた旭新聞社の名取稜々であるという。またお文と同様に青年たちの注目を集めていた酌婦のお国は、実在の酌婦お雪と考えられる。この作品を読んでいた青年読者たちは、自分たちのシアトル時代の経験や、常日頃感じていた思い、異国生活での苦しさなどが的確に表現されているため、熱心に愛読したという。『悪の日影』読了後の感想には、そうした声が多々寄せられた。したがって彼の自叙伝や日記を併せ読むと、よりいっそう『悪の日影』を楽しむことができるだろう。私小説的自叙伝「海のかなた」(『翁久允全集(二)』翁久允全集刊行会、一九七二年)にも、シアトル、ブレマートン時代の様子が詳細に書いてある。執筆時期を鑑みると、『悪の日影』の記述を参考に描いた部分もあると思われるが、ぜひ翁のシアトルやブレマートンでの経験を小説とともに読んでみてほしい。

第二に、この作品の魅力は、シアトルの日本人街、特に酌婦が働く日本料理屋、それから支那人街、歓楽街などの様子をとてもよく伝えている点にもある。忙しい料理屋で酌婦たちが男性たちにビールをつぎながら話し相手になっている姿、酔っ払った男性たちが皿やグラスを割って大暴れしている光景がありありと目に浮かぶ。支那人街や異国の女たちが働く歓楽街を描写するときには、移民地に生きる悲哀や人種的劣等感なども表現されている。例えば第一四章に、戸村の行動について次のような描写がある。

支那人街を抜けると、明るい窓が三間ほど置きに並んでる中に、いろんな女たちが思い思いの化粧をこらして、伊太利《イタリー》人、希臘《ギリシャ》人、北欧人、日支人らが、ぐでんぐでんに酔いどれて歩く一人ひとりに目くばせをしたり、呼んだり叫んだり、囁いたりしてる長屋続きの通りを往来した。

歓楽街で異国の娼婦たちが、移民たちを誘っている光景である。さらには、そうして「肉に飢えた一群の男ども」がまぶしい電燈の下でウィスキーをあおったり、歌い踊ったりしている姿を見て、戸村は淋しい気持ちに襲われる。彼は「そこらに立ち騒いでる一群の陽気な白人に比して、自分の面影が青ざめ、体軀《たいく》も貧相に見えて、とても彼等とは、女の上で競争できないというような悲観が来たからである。」と白人男性に敵わないという劣等感を吐露している。こうした人々の在米日本人社会での生活の様子を、よりいっそう効果的に伝えているのが、在米日本人社会の当時の人々の話し言葉を反映した語彙である。例えば、「情人《スイートハート》」「支那人町《チャイナータウン》」「夜警査《ポリス》」など特徴的な単語には、英語読みでのカタカナのルビが振られている。また、「ケッチン」(kitchen)「ゴッデム」(goddamn)など、当時の在米日本人たちの英語の発音が窺い知れる単語もある。

加えて第三に、『悪の日影』が移民地における文学への関心を一挙に高めたという点でも、この作品は魅力的である。『悪の日影』の連載終了後、一九一五年一一月頃から一九一八年にかけては、移民地の文学青年たちの間で移民地文芸論が盛んに議論された。もともとサンフランシスコ周辺では『日米』を中心に長沼重隆、明石順三ら文芸に関心のある若者たちがいた。そこへ、シアトルから南下してきた翁らが合流する形で、移民地文芸を求める運動は活発化していった。中でも中西さく子と翁との論争は興味深い。中西は、移民地社会の酌婦を男性が追い回すような作品ばかりでなく、世界の他の場所を舞台として、普遍的なテーマを持った世界の文学として通用する作品を創るべきでないかと述べている。それに対して翁は、世界的な文学を目指したいが、その時にはやはり自分たち自身が熟知している現実生活を題材にしたいと、実作品を多く手掛けてきた翁だからこその、現実的な意見を述べている。彼らは日本の近代文学とは異なる、独自の文学を作り出そうとしていた。それも、移民という特殊な状況に置かれた彼らの生活を、世界的にも珍しい現象とし、新たな世界文学の一つとして、移民地文芸を生み出そうと努力していたのである。その奮闘の跡が、この作品にも表れている。青年達と酌婦の恋愛が中心に描かれているが、それは単なるありふれた恋愛ドラマではなく、日本人女性の少ない移民地社会で、真剣に恋に悩み、一瞬一瞬を懸命に生きようとする青年たちの物語なのである。

そして、この小説は、文学青年たちの群像劇であると同時に、酌婦という日本人女性のアメリカでの生き様や葛藤にも焦点を当てた作品である。その点にも留意するべきだろう。翁は酌婦たちの立場に思いを馳せ、彼女たちがなぜアメリカに渡って酌婦という職業に身を落とさなければいけなかったのか、彼女達の複雑な心情や悲哀を詳述している。例えば、第五六章では、お文の心情を「悪の日影」という言葉によって描いている。小説中盤の山場の章でもある。酌婦になってしまったがために、複数の男性と関係を持ち、その関係性の中で身動きが取れなくなり、堕落した自身を恥じ、責め、人生を呪い、お文は苦悶する。幻影として現れた牧師にすがり、お文は懺悔した。

牧師に懺悔して、それが私にどれほどの慰安と幸福をもたらしてくれるだろうかと考えられもした。この荒《すさ》んだ今の心は神を見出すべく余りに不健全である。神は私にこうした道を踏ました。一旦踏み込んだ道、そして足跡のついた過去の悪に彩られた日影が、たとえどんな悔悟《かいご》の篩《ふるい》にかけたところで、永久に剥《は》げるものでも溶けるものでもない。（中略）私はもう再び処女には還《かえ》れぬ。清い貞操の女にもなれない。私はもはや日本を誇る女としての完全さを十分に欠いてしまった。婦徳の何物も持っていない。その女がたとえ救われたにしても、永久に破れた女であらねばならぬ、汚れた女でいなければならぬ。

このような内面的葛藤を抱く酌婦お文には、翁が抱く、男性目線からの理想の日本人女性像が反映されているとも捉えられるだろう。しかし、翁自身が在米日本人社会で生きる酌婦という女性の内面に迫り、そうした女性の生きる姿をこの作品の重要な要素の一つとして提示しようとした点は、大いに評価されるべきものであろう。舞台を移民地という場に設定し、その中で、真実の愛や人生のあり方を求めて苦悩し、もがいている人間の姿がさまざまな立場から描かれている。もし文学に普遍性があるとして、それが人間の生や愛についての真実であると翁が考えていたとしたら、それを作品の中で追求しようとする、若き作家翁の試みの跡が見られる。

これらの魅力を持つ『悪の日影』であるが、では同時代の他の作品と対比して、本作品はどう位置づけられるのであろうか。翁以前、もしくは以後など、ほぼ同時代に、アメリカでの経験を小説に表した日本の作家はいる。永井荷風、有島武郎などである。彼らの作品と翁の作品とはどうその意義が異なるのであろうか。荷風の『あめりか物語』（一九〇八）も、アメリカ社会の暗黒街や日本人労働者の悲劇、チャイナタウンの様子などを描写し、日本の文壇で高く評価された。有島武郎の『迷路』（一九一七）は、アメリカでの留学体験や精神的な彷徨を描いた半自伝的小説であり、『或る女』（一九一九）は、アメリカの許嫁のもとに向かう女性が、自我に目覚め自由奔放に生きようとする姿を描いた有島の代表作の一つである。彼らの作品もアメリカ体験を随所に盛り込んだ優れた作品であるが、しかし、彼らと翁とは、その経歴や作品の特徴の上で異なっている。一九〇三（明治三六）年、渡米した荷風は、まず二年間をタコマのハイスクール、ミシガン州カラマズーのカレッジで学生として過ごした。その後、一九〇五（明治三八）年には東部へ渡り、ワシントンの日本公使館やニューヨークの横浜正金銀行支店で働きながら、耽溺な都会生活を送り、二年を過ごした。この滞米時代の経験を盛り込んだ数々の短編小説が、『あめりか物語』としてまとめられ、一九〇八（明治四一）年に日本で出版された。有島武郎については、一九〇三（明治三六）年に渡米、ハバフォード大学大学院やハーバード大学で学んだ。精神病院で働いた経験もある。帰国後には、志賀直哉や武者小路実篤と出会い、同人誌『白樺』に参加、アメリカ時代の経験を反映した小説を発表し、本格的に作家活動を開始する。

荷風と有島は、翁よりも四年先駆けて渡米していること、アメリカにおいては大学などの高等教育機関で学んだという点で、翁との違いはある。だが、時代を大きく捉えれば、彼らも翁も、日本人青年たちが、文明国への憧れと将来の希望を抱いて海外に向かった渡米熱と洋行の時代に生きた青年たちであることは確かだろう。しかし、荷風と有島は、翁のように在米日本人社会に根差した形で、アマチュアな文学活動から出発し、文筆の世界へ入っていったのではなく、どちらも日本の文壇の中で小説家として育っていった。一方の翁は、まさに在米日本人社会の中で、邦字新聞という在米日本人社会の媒体に発表し、酌婦との恋愛という移民地社会の特殊な事情をテーマに小説を創り上げ、在米日本人社会の人々に味読され、在米日本人社会の中で小説家として認められていったという、生粋の在米日本人作家なのである。加えて言えば、一九一八年以降、翁は『日米』の文芸欄を担当し、在米日本人社会の読者に向けて、短編小説、俳句、短歌などの創作を行うように激励し、文芸欄を充実させ盛り立てていった。この活躍も、翁の在米日本人社会における小説家、編集者としての貢献度の高さを示していよう。小説家や新聞記者としての経験と文筆力を、在米日本人社会で築き上げた後に、帰国して、日本の文壇に進出していったというのが翁の辿った道のりである。こうした側面が、翁の作品と作家としての経歴を評価する上で、重要であると考える。

翁は『悪の日影』を完結させたのち、続編として『紅き日の跡』（全九三回）を一九一六（大正一五）年四月一〇日から七月一七日まで『日米』に連載する。この作品ではシアトルで酌婦との恋愛に疲れ、傷心した文学青年花山三之助が、シアトルから離れたとある島へ苺摘みの季節労働に出かけ、そこの労働キャンプの主人の娘に恋愛感情を抱く。しかし、その娘を恋する男性も他にいたため、悲劇的な結末を迎えるという筋である。再び若い青年と女性の恋愛を主軸に描くが、そこには、労働キャンプに暮らし、虚しい思いと闘いながら泥にまみれて働く移民男性たちの姿が浮き彫りにされている。この作品は『道なき道』と改題され、一九二八（昭和三）年に日本で出版された。

翁のアメリカ時代の最後の年、一九二三（大正一二）年には、翁は移民地での初の短編集『移植樹』を出版する。年老いた敗残者の日本人移民労働者、結婚生活に苦悩する写真結婚の妻、酌婦となり果ててしまった女性、女性の少ない社会で父親に性的暴行を受ける呼び寄せの娘、アラスカでの労働キャンプを舞台に先住民との恋に落ちる男性、家事労働に従事する若い青年が聾唖の娘と手話を交えて心を通じさせる物語など、ある時は翁の実体験をもとに、またある時は翁が見聞してきた在米日本人社会の人々の姿をもとに、小説を精力的に創り上げ、移民地社会の様子を描いた。翁の短編作品を読むことによって、移民地で生き抜いた在米日本人たちの生活の現実を鮮明に脳裏に浮かべることができる。

一九二四（大正一三）年の三月、三六歳の翁は、アメリカでの永住の道も考えてはいたが、故郷にいる父の病状を慮り、妻キヨと長男宣《のり》とともに日本に帰国することを決める。そして、アメリカ時代の友人でもあるジャーナリスト清沢洌の紹介もあり、東京朝日新聞社に入社する。さらに、一九二六（大正一五）年からは『週刊朝日』の編集を担当し、ここから翁の日本文壇での活躍が始まる。翁は憧れていた泉鏡花や鈴木三重吉、また文壇の大御所である田山花袋、福田正夫ら民衆詩派、その他徳田秋声、直木三十五、吉屋信子、今井邦子、同郷の小寺菊子ら、多数の作家たちと交流した。また、アメリカ時代に執筆した作品を改作して発表し、四〇歳と遅咲きながら実力派の異色な小説家として注目されていった。

翁が在米時代の約一七年の間、徹底的に自らのよって立つ移民地の生活を描き、在米日本人とは何かを考え続けていったことは、彼が帰国後、真の日本人とは何かと問いかけ、自身の民族性を礎にしながら世界的な視野を持つという、理想的な人間像である翁流の「コスモポリタン」思想を主張すること、そしてその考え方にもとづいて、富山という自身の故郷を徹底的に掘り下げ、郷土研究を推進していく後半生に結び付いていく。翁は一九三一（昭和六）年、朝日新聞社を退職して、友人の竹久夢二の再起をはかるため、また新たな小説の材料を得るため夢二と再渡米する。その後、一旦、日本に戻ってからインドを訪れ、東洋文化の源泉にひたり、帰国後は山岳信仰や仏教の研究、そして郷土研究に関心を抱き、一九三六（昭和一一）年、郷土研究誌『高志人』を創刊した。翁はアメリカにおいて西洋文化や思想のあり方を体感し、その上で、日本に戻ってからは真の日本人とは何か、そして東洋の精神とは何かということを追求していった。『悪の日影』をはじめとした翁の移民地文芸は、帰国後、彼が郷土から出発して日本を考え、世界を知ろうとしたその活動の基礎ともなっていると言えるだろう。

以上のように、『悪の日影』は移民地文芸作家翁自身の軌跡を辿る上でも、また一九一〇年代頃のシアトルを中心とした在米日本人社会の様子を知るためにも、さらには日本人たちのアメリカへの越境経験を追体験し、そしてより視野を広げるならば、人々が他国へ移住し、暮らしていくということにはどのような困難や内面的葛藤、心理状態が生まれるのか、そうした問題について考察するためにも、多くの示唆と発見をもたらしてくれる作品である。この埋もれてきた秀作を、ぜひ現代の読者の方々に読み味わっていただきたいと思う。

悪《あく》の日影《ひかげ》　〔翁久允叢書１〕

2023年10月１日　初版発行　　定価　1,000円＋税

著　者　　翁《おきな》　久允《きゅういん》

企画・編集　公益財団法人翁久允財団
〒930-0077　富山市磯部町１丁目１番１号
須田　満　　水野真理子
電話 / Fax　076-421-6457
https://okinakyuin.org　　info@okinakyuin.org

発行者　　勝山敏一

発行所　　桂　書　房
〒930-0103　富山市北代3683-11
電話　076-434-4600 / Fax　076-434-4617

印　刷　　モリモト印刷株式会社

　ISBN 978-4-86627-139-2

地方・小出版流通センター扱い